KB033129

사설시조의 세계

— 범속한 삶의 만인보

석학人文강좌 29

사설시조의 세계
—범속한 삶의 만인보

초판 1쇄 인쇄 2015년 4월 10일
초판 1쇄 발행 2015년 4월 15일
지은이 김흥규
펴낸이 이방원
편 집 안효희 · 강윤경 · 김명희 · 김민균
디자인 박선옥 · 손경화
마케팅 최성수
펴낸곳 세창출판사
출판신고 1990년 10월 8일 제300-1990-63호
주소 120-050 서울시 서대문구 경기대로 88 냉천빌딩 4층
전화 723-8660
팩스 720-4579
이메일 sc1992@empal.com
홈페이지 http://www.sechangpub.co.kr

ISBN 978-89-8411-520-0 04810
978-89-8411-350-3(세트)

_ 책 값은 뒤표지에 있습니다.

이 도서의 국립중앙도서관 출판시도서목록(CIP)은 서지정보유통지원시스템 홈페이지(http://seoji.nl.go.kr)와 국가자료공동목록시스템(http://www.nl.go.kr/kolisnet)에서 이용하실 수 있습니다. (CIP제어번호: CIP2015010337)

사설시조의 세계

—범속한 삶의 만인보

김흥규 지음

세창출판사

_ 책머리에

이 책은 [석학과 함께하는 인문강좌]의 일환으로 2010년 8-9월, 5회에 걸쳐 강연한 내용을 가다듬고 일부 확충하여 저술한 것이다. 당초의 구상으로는 강연 후 1년 정도의 기간에 집필을 마무리하려 했으나, 공교롭게도 대단히 논쟁적인 저술에 시간을 먼저 쓸 수밖에 없는 상황이 그 무렵에 발생했다. 게다가 2012년에는 젊은 동학 및 제자들과 20여 년의 대장정 끝에 완성을 보게 된 『고시조 대전』의 최종 정리와 출판 작업이 모든 학문적 에너지와 시간을 휘몰아 가져가 버렸다.

그런저런 사연으로 인해 저술의 완성이 원래의 일정보다 3년쯤 늦어졌으니, 이 책에 대한 동학 및 청중들의 기대와 인문강좌 사무국의 행정 부담을 생각할 때 송구스러운 일이 아닐 수 없다. 다만, 이렇게 저술이 지체되는 동안 새로이 떠오른 착상과 흥미로운 발견들을 논의에 추가하고, 주요 논점에 대한 성찰을 좀더 숙성시킬 수 있었던 것은 크게 다행한 일이었다.

이 책은 사설시조라는 고전시가 장르의 작품들을 살피되, [석학과 함께하는 인문강좌]의 근본 취지대로 일반 교양인들의 이해 수준에서 고전시가의 의미와 맛, 그리고 울림을 충분히 드러내는 데 힘쓰고자 했다. 대상 영역이 사설시조가 아니라, 평시조나 한시, 민요 같은 것이었다면 이런 과제는 저술상의 난처함이 덜했을 것이다. 평시조, 한시, 민요 같은 장르들에도 연구의 축적이 아직 부족하거나 전문학자들 사이에 견해차가 심한 문제들이 종종 있기는 하다. 하지만 그럼에도 불구하고 이런 장르들은 전문적 논의의 차원에서 어느 정도 간추려 볼 만한 일반적 이해의 기층이 존재한다. 반면에 사설시조 연구에서는 그런 이해의 공통분모를 거의 움켜쥐기 어려울 만큼 연구자 계열마다의 관점과 접근 구도가 판이하다.

더욱이, 사설시조는 누구나가 쉽게 접하고 아낄 만한 작품으로서보다는 '형식과 내용이 특이하면서 문학사적 발전의 추이를 밝히는 데 긴요한 작품군'으로 연구자들에게 주목받기 시작했던 내력이 있다. 이로 인해 사설시조 연구는 흔히 담당층과 세계관, 미의식의 긴밀한 대응을 전제로 역사적 설명의 틀을 엮는 데 몰두했고, 초기의 접근 방식을 비판하려 한 논자들 또한 담당층에 주목한 설명 도식의 재구성이라는 압박을 벗어나지 못했다. 그러는 동안 작품은 모종의 발생론적 인과성을 예시하고 정당화하는 재료로 자주 동원된 반면, 그것이 어떤 인간학적 성찰과 울림을 함축하고 있는지 조명받을 기회를 충분히 얻지 못했다.

이 책은 그렇게 오랫동안 지속된 도식적 접근과 독해 방법으로부터 사설시조를 구출하려는 근본적 재해석의 작업이다. 따라서 여기에 제시된 것은 학계의 공통담론이 아니라 지금까지의 관행적 독법들에 대한 전면적 도전이며 이설(異說)이다. 그러면서도 이 책은 전문가적 차원의 고증과 시비보다 일반 교양인들에게 호소하는 해석과 인간 이해의 차원에서 문제를 제기하고 또 풀어 가고자 한다. 이 야심적인 시도가 얼마만큼의 효력을 발휘할 것인지 예단할 일은 아니겠지만, 적어도 나 자신은 사설시조의 여러 부분적 논점들과 고투하며 지내 온 숲길로부터 이제는 광활한 시야의 능선으로 올라선 듯한 느낌을 고백하고 싶다.

저자의 인문강좌에 시종 참여하여 참신한 논평과 토론을 베풀어 준 이형대, 김석회, 고정희 교수께 충심으로 감사를 드린다. 아울러, '사건성' 개념의 잠재력에 대해 좀 더 주목하도록 성원하여 제5장을 탄생하게 한 권순회 교수, 강연 내용의 구성과 화법에 대해 유익한 조언을 해 준 우응순, 신경숙 교수께도 이 자리를 빌려 사의를 표하고자 한다.

2015년 4월

김흥규

차례

일러두기

1. 이 책에서의 시조 작품 인용은 원전을 먼저 제시한 뒤, 서지 정보를 〈 〉 안에 밝히고, 그 아래에 현대어 번역을 첨부한다.
2. 작가 표시가 원전에 있을 경우는 작자명을 서지 정보의 첫째 항목으로 제시하고, 무기명일 때는 '작자미상'을 생략한다. 작품이 수록된 본래의 원전명은 『 』로 표시하며, 그 뒤에 김홍규·이형대·이상원·김용찬·권순회·신경숙·박규홍 편, 『고시조대전』(고려대 민족문화연구원, 2012)의 유형-군집 번호를 밝힌다.
3. 『고시조대전』은 시조 연구가 시작된 이래 2011년까지 발견된 316종의 문헌에서 고시조 46,431수를 수집·정리한 것으로서, 자구와 표현상의 미세한 차이가 있는 텍스트들은 한데 묶어서 6,845개의 작품 군집을 설정하였다. 서지정보 항목에 '고시조대전 3028.1'처럼 표시된 숫자는 이 군집번호로서, 『고시조대전』을 참조하면 해당 군집의 모든 작품과 관련 정보를 확인할 수 있다.
4. 현대역은 원작의 표현 특성과 호흡을 가능한 한 유지하고자 했으나, 독자들의 이해를 위해 부득이 풀어서 옮기거나 쉬운 말로 바꾼 경우도 있다.
5. 현대역과 작품론을 참조하는 것만으로 이해하기 어려운 어휘에는 간략한 주석을 붙인다.

제 1 장

사설시조의 새로운 이해

1. 새로운 독법의 필요성

사설시조라는 옛노래 갈래는 일반적 교양을 지닌 한국인들에게 어지간히 알려져 있다. 한국인들은 중·고등학교 교육을 통해서 이 독특한 양식이 대략 어느 시대에 존재했으며, 그 형태적 특성과 내용상의 경향은 어떠한지에 대해 배운다. 실제 작품 또한 그다지 많은 수량은 아니지만 단계별로 교과서와 참고도서에 제시되는 것들을 합하면 일반인들이 중등교육 과정을 통해 접할 만한 사설시조는 적어도 5-6편에서 10여 편 가량 될 것이다.

하지만 이렇게 해서 얻어진 지식과 작품 경험은 사설시조를 이해하는 데 별로 유용하지 못하다. 뿐만 아니라, 그런 학습이 사설시조에 대한 좀 더 나은 이해를 가로막는 간섭 작용을 하기도 한다. 우리의 당면 관심사는 중등학교 문학교육에 관한 논란이 아니지만, 사설시조의 새로운 이해를 위한 출발점을 검토하자면 이 지점에서부터의 논의를 피할 수 없다.

사설시조에 대한 이해와 수용을 제약하는 요인 중에서 중등교육에 특유한, 그리고 얼마간 불가피하기도 한 것은 이 갈래가 소재 및 관심사의 차원에서 미성년자들에게 읽히고 설명하기 거북한 작품들을 다수 포함하고 있다는 점이다. 이런 부류의 작품들이 수량으로나 장르적 대표성으로나 사설시조의 주류를 점하는 만큼, 그것을 군색하게 피해 가면서 사설시조를 제대로 바라보게 한다는 것은 어려운 일이 아닐 수 없다.

그러나 이보다 더 큰 문제는 중등교육의 제약과 무관하게 한국문학 연구 차원에서 오랫동안 작용해 온 접근 모형의 압력에 기인하는 것으로 보인다. 사설시조 연구와 그 교육적 응용에 모두 관여하여 작품 이해의 시야를 좁힌 이 담론 모형을 우리는 두 가지로 나누어 볼 수 있다. 그 하나는 '근대성 패러다임'이며, 다른 하나는 '희락적 유흥성 패러다임'이다.

근대성 패러다임이란 사설시조에 빈번하게 등장하는 남녀 간의 애욕과 성적 사태 및 세속적 욕망의 표현을 유교적 가치에 대한 도전이자 근대성의 발현으로 보려는 설명방식을 말한다. 이 관점은 사설시조에 관한 본격적 탐구를 선도한 고정옥(高晶玉, 1911-1969)의 『고장시조 선주(古長時調選註)』(1949)에서부터 시작하여, 1980년대까지 약 반세기 동안의 국문학 연구에서 지배적 논법으로 통용되었다. 그런 접근법 아래서도 논자에 따라 세부적 논리나 해석의 차이가 나타나기는 했으나, 사설시조의 창작·향유층을 평민층으로 보고 그 내용과 미의식에서 탈중세적 욕구와 근대성 내지 근대지향성을 읽어 내려는 독법은 1980년대 전반까지 별로 흔들리지 않는 권위를 유지했다.

희락적(戱樂的) 유흥성 패러다임이란 사설시조에 자주 출현하는 성적 노출과 파격성을 그 담당층의 희락적(내지 퇴폐적) 유흥에 결부시켜 다분히 부정적으로 재해석하는 논법으로서, 위의 근대성 담론을 전면적 또는 부분적으로 비판하며 1980년대 후반 이후 등장했다. 김학성(金學成), 고미숙(高美淑), 강명관(姜明官), 박애경(朴愛景) 등의 견해가 이에 속한다. 다만 이들은 사설시조의 성적 노출과 범속한 애욕에 대해 부정적인 점이 비슷하면서도 사설시조의 담당층과 성격에 대한 이해는 크게 다르며, 특히 김학성과 이에 대립하는 고미숙-강명관의 입장 차이가 현격하다.

김학성은 1980년대 전반 무렵까지 고정옥·정병욱의 관점을 대체로 계승하여, 사대부 시조와 대립하는 '서민적' 기반과 미의식을 중시하는 시각에서 사설시조를 이해해 왔다.[01] 그러나 1986년에 발표한 논문[02]을 분기점으로 해서 그의 입장은 거의 정반대의 방향으로 선회했다. 그가 주장한 새로운 견해를 간추리자면, 사설시조는 조선 전기에 양반층을 기반으로 초기적 형성 단계를 거쳤으며, 18세기 초 이래의 『청구영언』 등 가집에 무기명으로 실린 다수의 사설시조 작품들도 종래의 추정과 달리 그 상당수가 양반층의 작품일 가능성이 높다는 것이다. 이렇게 보는 경우 사설시조의 주담당층은

01 김학성, 「조선 후기 시가에 나타난 서민적 미의식」, 『국문학의 탐구』(성균관대 출판부, 1987); 길진숙, 「사설시조 담당층과 미의식의 변증」, 인권환 외, 『고전문학 연구의 쟁점적 과제와 전망』 下(월인, 2003), 114면 참조.

02 김학성, 「사설시조의 장르형성 재론」, 『대동문화연구』 20(성균관대 대동문화연구원, 1986).

평민일 수 없으며, 그 미의식 또한 '서민적'이라거나 '양반층의 주류 문화에 대한 저항'으로 이해할 여지가 사라지게 된다. 그의 견해는 다음과 같은 대목들로 요점을 집약할 수 있다.

> 사대부의 풍류마당(소리판)에서 시조를 향유할 때 처음에는 정격의 시조를 즐기게 되지만 그 곡이 늘어지고 유장한 분위기에다 진지하고 엄숙한 내용을 담고 있어 일차적인 흥은 있으나 계속하면 단조로움으로 변하기 마련이어서 그러한 단조로움을 벗어날 필요가 생기게 되는데 이때 파격의 사설시조를 향유함으로써 단조로움과 지루함에서 일탈하여 흥취를 돋우고 풍류를 만끽할 수 있게 된다.
>
> … 또한 사설시조는 평시조에서 일탈하고자 하는 욕구와 필요에 의해서 생성·향유되는 것이므로 실제 인물이 겪는 체험적 내용을 진지하게 담아내기보다는 그것을 놀이 혹은 풀이의 대상으로 삼아 놀이의 극적 상황으로 재구성하여 즐기는 경향이 두드러지는데…[03]

> ['댁드레' 등의 사설시조에 등장하는 비속한 인물형과 행위는] 자기 계층의 체험에 의한 독백적 서술이 아니라 그보다 우월한 다른 계층(양반 문화권 혹은 그에 동조하는 계층)에서 희학적 장면으로 즐기고 있음을 알

03 김학성, 「사설시조의 담당층」, 『한국 고시가의 거시적 탐구』(집문당, 1997), 413면. 이하에서 김학성, 고미숙, 강명관의 견해를 정리한 것은 저자의 선행논문 「사설시조의 애욕과 성적 모티프에 대한 재조명」(『한국시가연구』 13, 한국시가학회, 2003) 참조.

수 있다. 따라서 사설시조가 서민의 세태를 즐겨 노래한다 해서 그 담당층이 서민층일 것이라 추정하는 것은 피상적인 관찰에 의한 오류임을 알게 된다.[04]

> '애정'과 '성'을 추구한 사설시조가 … 그들[사대부층: 인용자]의 놀이문화에서 현실의 긴장을 일탈하여 희락을 추구하는 과정에서 생성·향유된 것으로 이해해야 할 것이다.[05]

요컨대 사설시조는 ① 취흥(醉興)이 도도하여 일상적 규범의 긴장이 이완된 놀이판에서 ② 양반 등 사회적으로 우월한 계층에 의해 창작·향유되었고, ③ 작품에 등장하는 비속, 용렬한 행태는 향유자들보다 낮은 계층 사람들의 모습이 희학적 놀이의 대상으로 포착된 것이라는 견해다. 그렇다고 할 때 사설시조 중에서도 성애(性愛)의 충동을 노골적으로 다루거나 비윤리적인 남녀관계를 소재로 한 작품들은 더욱이나 비천하고 누추한 희학(戱謔)의 재료라고 간주될 것이다.

1990년대에 와서 고미숙, 강명관이 제시한 견해는 이와 달리 사설시조를 중인층(내지 중간계층)의 체험, 욕구, 의식의 투영으로 보는 데에 중심축을 둔다. 사설시조의 담당층에 대한 그들의 견해는 김

04 김학성, 같은 책, 405면.
05 김학성, 같은 책, 408면.

학성의 양반층설과 대립적일 뿐 아니라, 고정옥 이래 주류적 견해로 통용되어 온 서민층설과도 다르다. 종래의 서민층 내지 평민층 개념에는 중인과 함께 일반 평민들이 범박하게 포괄되었던 데 비해, 고미숙-강명관의 입장은 조선시대의 지배체제와 문화에서 양반과 일반 평민의 사이에 위치한 중간계층으로서 서리·아전과 부호들을 특별히 지칭하여 사설시조의 주담당층으로 보는 것이기 때문이다.

이렇게 사설시조의 담당층 문제에서 예전의 평민층설 대신 중간계층설을 주장하면서, 이 두 논자는 사설시조의 평민적 활력과 탈중세적 진취성이라는 종래의 이해에 대해서도 부분적 수용과 비판의 양면을 보여 준다. 즉, 중간계층이 지닌 일면의 평민성과 또 다른 측면에서 엄존했던 중세적 기생성이 복합적으로 작용하여, 사설시조는 일부 민중적 면모를 간직하면서도 좀 더 많은 국면에서 무정향적 향락성과 퇴폐로 기울어져 가는 성향을 드러냈다는 것이다. 특히 애욕과 성적 모티프를 짙게 표현했거나 유한한 삶의 향유에 초점을 맞춘 사설시조의 대다수가 그들의 계층적 퇴폐성과 향락적 유흥문화의 산물로 간주되었다.

> 우리는 사설시조 애정시가 중세관념을 타파하는 생생한 현실적 약동성의 모습과 아울러 쾌락적 욕구 그 자체에 매몰되는 무정향적 속성이 크게 자리하고 있음을 발견하게 된다. 이 작품들에서의 성

은 개체적 삶의 진실성, 인간적 욕구의 절실한 표출이라는 맥락과는 무관하게 퇴폐적, 유희적 삶의 도구로서 기능하고 있다.[06]

사설시조는 세계의 물질성과 실체성에 기반한 현세적 삶의 적극적 향수라는 측면과 즉물적 인식을 바탕으로 허무와 퇴폐로 몰입해 가는 무정향적 측면을 두 축으로 지니고 있다. … 이러한 세계관적 기반은 여타의 미적 자질에도 규정적으로 작용하여 사설시조가 집중적으로 부각하고 있는 성애와 애정묘사 역시 건강하고 민중적인 정서에서부터 퇴폐와 쾌락추구의 두 가지 양상을 노정하고 있다.[07]

… 성에 대해 직설적·노골적인 언어를 구사하고 있는 사설시조는 (김학성의 견해처럼: 인용자 주) "사대부가 가면을 썼기 때문"이 아니라, 성에 대한 표현이 허용된 기방(妓房)이거나 기방의 분위기가 그대로 유지될 수 있는 구체적 유흥공간에서 산생된 것이다.[08]

요컨대 17세기 후반 중간계층 사이에 유흥에 몰입하는 분위기가 확산되었으며, 이들은 기녀와 기방 등 유흥계의 핵심을 장악하고 있었던 것이다. 사설시조의 여러 특징적 자질들은 이에 상응하여

06 고미숙, 「사설시조의 역사적 성격과 그 계급적 기반 분석」, 『어문논집』 30(고려대 국어국문학연구회, 1991), 56면.
07 고미숙, 『19세기 시조의 예술사적 의미』(태학사, 1998), 80면.
08 강명관, 「사설시조의 창작 향유층에 대하여」, 『조선시대 문학예술의 생성 공간』(소명, 1999), 212면.

배태된 것으로 볼 수 있다.[09]

박애경은 담당층의 사회계층보다는 성별에 초점을 맞추어 사설시조의 성적 노출 과잉과 외설성의 생성요인을 설명하고자 했다. 이에 따르면 사설시조에는 여성화자가 주도하는 성담론이 현저하게 많으며, 그를 통해 "간통, 성에 편향된 자아를 고백하는 분열된 목소리" 따위가 압도적으로 나타난다. 그러나 이런 작품들의 여성화자는 실상 여성 자신의 현현이 아니라 "기방 등 남성이 주도하는 유흥 공간에서 성욕을 대리 체험하고 대리 진술하는 욕망의 투사체"로 기능한다는 것이 논의의 핵심이다. 즉 애욕과 성을 적극적으로 다룬 사설시조들에서 여성화자는 "남성의 일탈적 욕망을 투사하기 위해 선택된 문학적 장치들"이자 "희화화된 '관음(觀淫)'의 대상"인 타자에 불과하다는 것이다.[10]

김학성, 고미숙-강명관, 박애경의 사설시조 독법을 이렇게 거론하는 것은 담당층 문제를 조명하기 위해서가 아니다. 우리가 주목할 것은 담당층에 관한 입론을 서로 달리함에도 불구하고, 위의 논자들이 남녀 간의 애욕과 성적 사태를 다룬 사설시조들을 도덕적, 심미적, 인간학적 차원에서 난잡·비천(鄙賤)하거나 심지어는 관음

09 강명관, 같은 책, 214면.
10 박애경, 「사설시조의 여성화자와 여성 섹슈얼리티」, 『여성문학연구』 3(한국여성문학학회, 2000), 93, 113면.

적 퇴폐성에 침식되어 있다고 보는 점에서 적지 않이 유사하다는 점이다. 사설시조는 양반층의 놀이판에서(김학성), 혹은 중간계층의 질탕한 풍류 공간에서(강명관-고미숙), 아니면 남성 중심의 유흥 현장에서(박애경) 놀이 주체들이 도도한 취흥에 젖어서 자극적 애욕과 사건들을 [흔히 타자화의 수법에 의존하여] 희학적으로 소비·향락한 경우가 많다는 논리구성이 바로 그것이다.

요점을 먼저 말하자면, 나는 위의 연구자들이 담당층론 중심의 접근에 몰두하면서 사설시조 작품들을 그 증거물의 차원으로 호출하여 다분히 편향적으로 독해한 일이 많지 않았던가 하는 의구심을 지녀 왔다. 그들의 구도에서 사설시조는 정밀하게 읽고 대화해야 할 텍스트로서보다 모종의 거시적 인과성 속에서 특징을 설명해야 할 집합적 현상으로 간주되고는 했다. 사설시조처럼 일반 서정시와 다른 문법과 미의식이 두드러진 장르의 경우 이런 접근 방식은 작품군 전체에 대한 집합적 특성화를 넘어서 텍스트를 음미하기 어렵도록 만든다. 더욱이 그 특성이라는 것이 '인간적 욕구의 절실한 표출로부터 유리되어 퇴폐적, 유희적 도구로 전락한 육욕이나 관음성(觀淫性)' 같은 혐의를 받고 있을 때는 더욱 그러하다.

그리하여 사설시조 연구는 근대성 패러다임의 도식적 경향이 비판된 이후에도 담당층 중심의 설명 모형이 몇 가지로 분화하면서 서로 경쟁했을 뿐, 작품 세계의 면면을 좀 더 섬세하게 헤쳐 들어가며 그 속에 담긴 경험과 상상들을 포착하는 시적 독해는 크게 진전을 거두지 못했다. 그런 의미에서 담당층 중심의 사설시조 연구가 지닌 문제성에 대해 다음과 같은 반성적 논의들이 2000년대 초에 동시적으로 대두한 것은 가벼이 여길 일이 아니다.

> 지금까지 이루어진 담당층 논의는 결국 작품 자체라기보다는 연구자의 이념과 계층적 성격에 기반한 혐의가 짙다. 사설시조의 시기가 근대적 징후를 포착해야 하는 이행기에 위치했기 때문에 더욱 그러했을 것이다. 이제는 연구자의 현재적 이념으로 작품을 휘두르지 않고 노래의 의미를 당대적인 관심사로 되돌려주어야 하지 않을까.[11]

> 사설시조의 담당층 연구가 우리에게 많은 정보를 주었고, 사설시조의 전체 연구를 끌어올리는 데 지대한 공헌을 했다는 점은 간과되지 않을 것이다. 그러나 담당층의 사회경제적 토대와 의식지향만 가지고 사설시조의 장르적 성격을 펼쳐내기에는 어떤 한계에 도달한 듯하다. 담당층에 가리워서 작품의 해석적 지평이 좁아진다면, 담당층에 고착된 우리의 의식을 바꾸는 것이 현명하리라 생각한다.
> 담당층의 문제에 국한하지 말고, 시야를 확대하여 문화사의 흐름 안에서 사설시조가 담지하고 있는 인식론적 기저를 탐색하는 일이

11 조해숙, 「사설시조의 담당층과 문학적 성격」, 『국문학연구』 9(국문학회, 2003), 97면.

필요하다고 본다.[12]

그러면 사설시조의 새로운 이해를 위해 필요한 과제는 무엇인가? 이런 물음에 대해 '작품 자체'의 존중 혹은 '텍스트로의 회귀'를 흔히 말하지만, 인식론적 차원에서 엄밀히 따진다면 해석자의 개입 없이 작품/텍스트가 제 스스로 의미를 발화할 수는 없다. 모든 독서 행위는 독자와 텍스트 사이의 대화 내지 상호 조명을 통한 의미구성 작용의 산물이다.

그럼에도 불구하고 사설시조를 좀 더 잘 읽기 위한 모색에서 작품의 중요성은 다시금 강조될 만하다. 그 이유는 위에서 지적했듯이 '근대성, 탈중세, 담당층' 등의 담론으로부터 오는 압박을 일단 보류하고, 사설시조라는 갈래의 경험 양상들과 인물형, 화법, 미의식을 탐사하여 미시적으로 포착하는 일이 긴요하기 때문이다.

아울러 이 작업에 동반하는 대전제로서 나는 위에 언급한 '희락적 유흥성 패러다임'의 논자들과 달리 사설시조가 도덕적, 심미적, 인간학적 차원에서 여타 문학 장르에 못지않게 진지하고 섬세하며 심오하다는 기본 관점을 취하고자 한다. 삶의 탐구를 위해 비극이 진지한 것처럼 희극이나 소극(笑劇)도 그 나름의 방식으로 진지할 수 있다. 세련된 전고(典故)와 완곡한 은유를 구사한 한시만 섬

12 길진숙, 「사설시조 담당층과 미의식의 변증」, 인권환 외, 『고전문학 연구의 쟁점적 과제와 전망』(월인, 2003), 131-132면.

세한 것이 아니라, 일상적 사물, 행위를 시정의 거친 언어로 표현한 시가도 행위자의 마음과 육신을 가로지르는 갈망, 충동, 망설임의 착잡한 얽힘을 섬세하게 드러낼 수 있다.[13] "비시적(非詩的) 사물의 무사려(無思慮)한 시화(詩化)"[14]를 사설시조의 문제적 특징으로 지적한 고정옥의 견해는, 그의 개척자적 공헌과는 별도로, 오랜 동안 사설시조 이해를 제약해 온 편견으로 비판되어야 한다. 시적인 사물, 경험, 감정이 항구적으로 비시적인 것과 구별되어 존재하는 것은 아니다. 세상만사 중에서 어떤 것들이 시적일 수 있는가에 대해 시대와 문화에 따라 달라지거나 서로 경쟁하는 기준들이 있을 따름이다.

2. 사설시조의 관심 영역

위에 제시한 시각에서 사설시조에 대한 새로운 이해를 추구할 때 무엇보다 중요한 것은 작품 속의 등장인물 및 화자(話者)와 그들의 언어, 심리, 행위에 대한 성찰이라 할 수 있다. 이에 관한 작품 단위의 미시적 고찰에 들어가기 전에 우리는 사설시조와 평시조의 관심

13 성행위 장면을 그리거나 남녀의 성기를 희학적으로 표현한 사설시조 작품들까지 이런 대전제 속에 포함하여 옹호할 생각은 없다. 다만, 그런 작품들은 대략 10수(유형) 미만에 불과하여, 1150수(유형) 정도에 달하는 사설시조의 총량으로 보면 극히 미미한 비중을 차지할 뿐이다.

14 고정옥, 「고장시조 선주 서」, 김용찬 교주, 『교주 고장시조 선주』(2005, 보고사), 73면.

영역이 어떻게 다르며, 또 어떤 부분에서 겹치거나 근접하는지 개략적으로 살펴 둘 필요를 느낀다. 이를 위한 이념형적 구분으로서 조선시대 시조의 전반적 윤곽을 염두에 두고 다음과 같이 세 가지 삶의 영역을 나누어 볼 수 있을 듯하다.

i) 숭고한 삶

ii) 조촐한 삶

iii) 범속한 삶

'숭고한 삶'이란 고귀한 명분과 공적 가치를 추구하며, 그런 것과의 당위론적 관계 속에서 세상을 바라보고 자신의 의지를 재확인하거나 비분(悲憤)하는 인간형과 상황을 가리킨다. 두말할 것도 없이 이것은 사대부들이 지닌, 치자(治者)로서의 자기인식과 긴밀한 관련이 있으며, 관인형의 낙관주의에서부터 강호에 물러나 있는 처사의 정치적 비판의식에 이르기까지 매우 넓은 스펙트럼을 포괄한다. '조촐한 삶'은 전원에 한거하되 세상에 대한 비분과 근심보다는 나날의 평화와 작은 여유에 자족하며 안분지족(安分知足)하는 인간형과 생활태도를 가리킨다. 이 유형의 등장인물에는 처사형의 사대부가 많지만 욕심 없는 삶의 즐거움에 대한 자의식을 지닌 경우라면 일반 평민이라도 포함될 수 있다. '범속한 삶'이란 고귀한 가치와 명분에는 관심이 없이 세속적 이익과 쾌락을 추구하며, 이와 관련된 욕망·갈등·희비에 지배되는 인간형과 그 생활세계로서의 시정(市井)을 지칭한다. 약간의 예시 작품을 통해 이 세 유형의 면모를 요점적으로 살펴보기로 한다.

古人도 날 몯 보고 나도 古人 몯 뵈
古人를 몯 봐도 녀던 길 알ᄑᆡ 잇ᄂᆡ
녀던 길 알ᄑᆡ 잇거든 아니 녀고 엇뎔고

_ 李滉, 『도산육곡 판본』, 고시조대전 0292.1

고인도 날 못 보고 나도 고인 못 뵈
고인을 못 봐도 가시던 길 앞에 있네
가시던 길 앞에 있거든 아니 가고 어쩔꼬

믉ᄀᆞ의 외로온 솔 혼자 어이 싁싁ᄒᆞᆫ고
머흔 구룸 恨티 마라 世上을 ᄀᆞ리온다
波浪聲을 厭티 마라 塵喧을 막ᄂᆞᆫ또다

_ 尹善道, 『고산유고』, 고시조대전 1734.1

물가의 외로운 솔 혼자 어이 씩씩한고
험한 구름 한ㅎ지 마라 세상을 가리운다
물결소리를 싫어 마라 진훤을 막는도다

'숭고한 삶'의 유형은 평시조에서 풍부하게 발견되지만, 사설시조에는 희귀하다고 할 만큼 출현 사례가 적다. 위의 이황 시조에 보이듯이 성현의 도를 탐구·실천하는 경건함이든, 윤선도의 작품이 간직한 독선기신(獨善其身)의 고고한 자세든 이 유형을 관통하는 의식의 기저에는 사대부들의 사회적 존재 방식이 작용하고 있다.

아ᄒᆡᄂᆞᆫ 낫기질 가고 집사ᄅᆞᆷ은 저리ᄎᆡ 친다
새 밥 닉을 ᄶᅡ예 새 술을 걸릴셰라
아마도 밥 들이고 잔 자블 ᄶᅢ예 豪興계워 ᄒᆞ노라

_ 魏伯珪, 『삼족당가첩』, 고시조대전 3015.1

아이는 낚시질 가고 집사람은 절이채 친다
새 밥 익을 때에 새 술을 걸러스라
아마도 밥 들이고 잔 잡을 때에 호흥겨워 하노라

아ᄒᆡ야 ᄆᆞᆯ鞍裝 ᄒᆞ여라 타고 川獵을 가자
술병 걸 졔 힝혀 盞 이즐세라 白鬚를 흣날니며 여흘여흘 건너가니
내 뒤헤 ᄯᅳᆫ 쇼 탄 벗님ᄂᆡᄂᆞᆫ ᄒᆞᆷᄭᅴ 가자 ᄒᆞ더라

_ 『병와가곡집』, 고시조대전 3028.1

아이야 말안장 하여라 타고 천렵을 가자
술병 걸 제 행여 잔 잊을세라 흰 수염 흩날리며 여울여울 건너가니

내 뒤에 뜬 소 탄 벗님네는 함께 가자 하더라

'조촐한 삶'이라는 유형은 흔히 안분지족(安分知足)이라는 관념을 수반하기 때문에 위의 숭고한 삶과 별 다름이 없는 유가적 자세로 여겨질 법하다. 그러나 그 실질에는 상당한 차이가 있다. 시조사 연구에서 활용된 개념들을 빌어서 설명하자면 숭고한 삶은 강호시조(江湖時調)에, 조촐한 삶은 전가시조(田家時調)에 대체로 일치한다.[15] 숭고한 삶의 경우 거의 평시조에만 나타나는 것과 달리, 조촐한 삶의 유형은 위의 예시 작품에 보듯이 평시조와 사설시조 양쪽에 모두 분포한다. 굳이 출현 정도의 차이를 변별하자면 평시조 쪽에 조촐한 삶의 출현 비율이 더 높겠지만, 사설시조에서도 이 유형을 찾아보기는 전혀 어렵지 않다. 출현 정도의 비교보다 오히려 유의할 것은 평시조와 사설시조 사이에 나타나는 표현 방식의 차이

15 예전에는 '강호·전원·산림에서의 청정한 삶이나 그에 대한 동경을 노래한 시조(시가)'를 '강호시조(시가)'라는 술어로 두루 지칭했다. 그러나 1990년대 중엽 이후 이를 세분하여 '강호시조'와 '전가시조'를 변별하는 견해가 제출되었으며, 여기서도 이를 적용하고자 한다. 이 관점에서 강호시조의 전형적 특징을 간추리자면, '강호와 세속적 삶을 대립적으로 보면서 정치현실로부터 초탈한 처사(處士)의 삶을 추구하며, 강호·전원에서도 윤리적 자긍과 긴장을 유지하는 도학적 경건성의 자세'라 할 수 있다. 반면에 전가시조는 '전원 및 농가(農家)를 공간으로 삼고, 그 속에서의 농삿일이나 향촌 생활의 구체적 모습과 소회·흥취·기쁨을 주된 관심사로 삼으며, 이념적·윤리적 긴장보다는 소박한 생활의 자족감과 평화를 추구하는 태도'가 주조를 이룬다. 이 두 유형은 주제와 성격 면에서 매우 가깝거나 일부 중첩되기도 하지만, 시가사의 추이를 해명하기 위해서는 구분하는 것이 바람직하다. 김흥규, 「16·17세기 강호시조의 변모와 전가시조의 형성」(1996), 『욕망과 형식의 시학』(태학사, 1999); 권순회, 「전가시조의 미적 특질과 사적 전개 양상」(박사학위논문, 고려대 대학원, 2000) 참조.

일 듯하다. 조촐한 삶을 다룬 작품들은 대개 정치적 비분, 근심이나 윤리적 엄숙주의를 배제하고 소박한 농촌생활의 즐거움을 노래하기 때문에 화평의 감각과 낙천성이 분위기의 주조를 이룬다. 사설시조는 평시조의 이런 성향을 수용한 위에 상당수 작품들에서 해학적 삽화나 표현 방식을 통해 낙천적 웃음을 강조하는 경향을 보인다. 위의 예시 작품 중 「아이야 말안장 하여라」의 '뜬 소 탄 벗님네' 대목이 그런 예에 속한다. 이 작품의 중장에는 천렵을 가는 주인공의 들뜬 마음과 말 타고 서두르는 모습이 '흰 수염 흩날리며 여울여울 건너가니'에 생생하게 함축되어 있다. 그런데 소를 타고 함께 가는 동료는 굼뜬 소걸음 때문에 마음만 다급할 뿐 아무리 해도 보조를 맞추지 못하고 허둥거린다. 전자의 늠름하고 멋스러운 모습과 후자의 안타까운 조바심이 해학적으로 어울리면서 천렵이라는 향촌 행사의 즐거운 소란을 재미있게 표현했다.[16] 조촐한 삶의 유형은 이처럼 평시조와 사설시조에 공통적으로 걸쳐 있으면서 세부적 양상에서 두 양식 사이에 정도의 차이가 드러나는 중간 영역으로서 주목할 만하다.

16 이 작품과 비슷한 소재로서 다음과 같이 좀 더 장형화되고 희극적 과장이 심한 예도 있다. "싱마 잡아 길 잘 드려 두메로 쉥산양 보ᄂᆡ고 /셋말 구불굽통 솔질 솰솰 ᄒᆞ야 뒤송졍 잔듸 잔듸 금잔듸 난데 말쑥 쌍쌍 박아 바 늘여 ᄆᆡ고 암ᄂᆡ 여흘 고기 뒷ᄂᆡ 여흘 고기 자나 굵그나 굵그나 자나 쥬어쥬셤 낙과ᄂᆡ야 움버들 가지 쥬루룩 훌터 아감지 쒜여 시ᄂᆡ 잔잔 흘으는 물에 청셕바 바둑돌을 얼는 닝큼 슈슈히 집어 자장단 마츄아 지질너 노코 /동자야 이 뒤에 옷셜 가진 청소 타고 그 소가 우의가 부푸러 치질이 셩헛가 ᄒᆞ야 남의 소를 읏어 타고 급히 나려와 뭇거들나 너도 됴곰도 지체 말고 뒷 녀흘노"(작자미상, 『남훈태평가』, 고시조대전 2496.1)

이와 달리 '범속한 삶'의 유형은 평시조에서의 출현 사례가 미미한 반면 사설시조에서는 뚜렷하고도 광범한 분포 양상을 보여 준다. 다음의 두 작품에서 그 일단을 살펴볼 수 있다.

져 건너 月仰바회 우희 밤즁마치 부헝이 울면
넷사ᄅᆞᆷ 니론 말이 ᄂᆞᆷ의 ᄉᆡ앗 되야 ᄌᆞᆺ밉고 양ᄆᆡ와 百般 巧邪ᄒᆞᄂᆞᆫ
　져믄 妾년이 急殺마자 죽ᄂᆞᆫ다 ᄒᆞ데
妾이 對答ᄒᆞ되 안해님겨오셔 망녕된 말 마오 나ᄂᆞᆫ 듯ᄌᆞ오니 家翁
　을 薄待ᄒᆞ고 妾 새옴 甚히 ᄒᆞ시ᄂᆞᆫ 늘근 안ᄒᆡ님 몬져 죽ᄂᆞᆫ다데

_『청구영언 진본』, 고시조대전 4236.1

저 건너 월앙바위 위에 밤중무렵 부엉이 울면
옛사람 이른 말이 남의 시앗 되어 잔밉고 얄미워 온갖 교사하는 젊
　은 첩년이 급살맞아 죽는다 하데
첩이 대답하되 아내님께옵서 망녕된 말 마오 나는 듣자오니 영감을
　박대하고 첩 시샘 심히 하시는 늙은 아내님 먼저 죽는다데

各道 各船이 다 올나올 제 商賈 沙工이 다 올나왓ᄂᆡ
助江 석골 幕娼드리 ᄇᆡ마다 ᄎᆞ즐 제 ᄉᆡᄂᆡ놈의 먼정이와 龍山 三浦
　당도라며 平安道 獨大船에 康津 海南 竹船들과 靈山 三嘉ㅣ 地土
　船과 메욱 실은 濟州ᄇᆡ와 소곰 실은 瓮津ᄇᆡ드리 ᄉᆞᄅᆞᄅᆞᆯ 올나들

갈 제

어듸셔 各津 놈의 나로ᄇᆡ야 ᄢᅵ야나 볼 줄 이스랴

_『청구영언 육당본』, 고시조대전 0053.1

각도 각선이 다 올라올 제 장사꾼 사공이 다 올라왔네

조강 석골 막창들이 배마다 찾을 제 새내놈의 먼정이와 용산 삼포 당
　도리며 평안도 독대선에 강진 해남 죽선들과 영산 삼가 지토선과
　미역 실은 제주배와 소금 실은 옹진배들이 스르르 올라들 갈 제

어디서 각진 놈의 나룻배야 끼어나 볼 줄 있으랴

「저 건너 월앙바위 위에」에는 본처와 첩 사이의 자못 표독스러운 다툼이 제시되어 있고, 「각도 각선이 다 올라올 제」는 물화의 교역이 활발하던 조강(祖江)[17] 지역의 풍경을 보여 준다. 상상적 공간과 현실세계라는 차이가 있지만, 이들은 모두 세속적 삶의 욕망과 이해관계 속에서 갑남을녀들의 다툼이 벌어지는 공간이다. 특히 뒤의 작품에서는 각 지역에서 올라온 배와 물자들이 다양하게 등장하고, 떠들썩한 포구의 활기 속에서 상인과 선원들을 상대로 몸 파는 여인들이 있는가 하면, 작은 포구에서 온 나룻배 장사치들이 초라하게 기웃거리는 모습까지도 그려진다. 숭고한 삶이 유교이념과 사대

17 한강과 임진강이 합류한 데서부터 강화도 인근의 하류 지역까지의 물길을 조선시대에 조강이라 했다. 원전의 '助江'은 '祖江'의 오기이다.

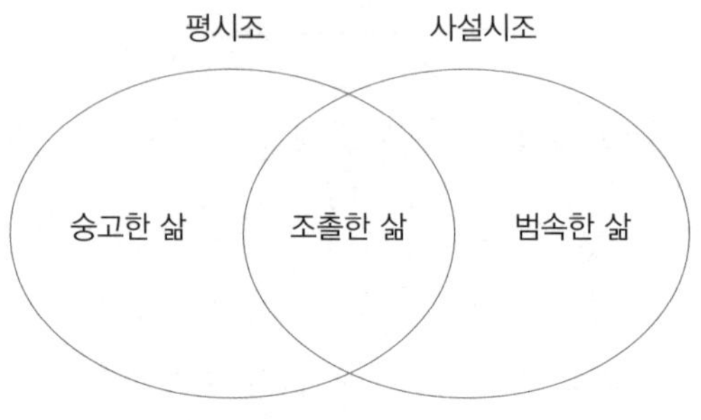

그림 1 평시조와 사설시조의 관심 영역

부적 가치의식을 중심으로 한 구심력(求心力)을 지니는 데 비해, 범속한 삶은 세속에 살아가는 인간들과 그 욕망의 다양한 층위에 관련되어 있기 때문에 소재와 인물형 및 관심사가 널리 확산되는 원심적(遠心的) 경향을 보인다는 점도 유의해 둘 만하다. 평시조의 경우는 늦은 시기에 와서야 범속한 삶에 눈길을 주는 소수의 작품이 나타나는 데 비해, 사설시조는 초기 가집에 작자미상으로 처리된 다수의 작품들이 유통되던 시기(적어도 17세기 후반)부터 범속한 삶의 세계를 주요 관심사로 삼았다.

수천 편의 시조들이 이 세 유형 중의 어느 하나로 항상 명료하게 귀속되는 것만은 아니지만, 이들을 시적 관심 공간의 좌표계처럼 생각한다면 하위 장르들의 성향과 시대적 추이를 거시적으로 포착하는 데 유익할 수 있다. 이를 위한 대체적 윤곽의 확인에 유의하여 위에 설명한 바를 그림으로 정리하면 [그림 1]과 같은 교집합의 양상이 드러난다.

3. 낮은 세계를 향한 수평적 시선

사설시조는 위에 간추린 바와 같이 시정(市井)의 범속한 삶에 가장 큰 관심을 두고, 전가(田家)의 조촐한 생활을 평시조와의 공통 관심사로 포용하는 가운데 작품 세계가 형성되었다. 이와 아울러 주목할 점은 작중인물과 사태를 바라보는 시적 시선의 특징이다. 요점을 먼저 지적하자면, 사설시조의 주류적 작품들에서 뚜렷하게 나타나는 시적 인식의 자질은 '낮은 세계를 향한 수평적 시선'이라 말할 수 있다.

여기서 '낮은 세계'라 함은 사회계층 내지 신분적 의미에만 국한되지 않는다. 평민과 천민으로 통칭되는 사회 집단과 직역(職域)에 속한 인간들을 일단 낮은 존재라 할 수 있음은 물론이다. 그러나 사설시조에서는 그들보다 신분적으로 우월한 계층의 인물도 작품화의 방식 및 의미 구도에 따라서는 고귀하거나 숭엄한 차원을 떠나 범용(凡庸)한 삶의 행위자가 될 수 있다. 뒤에서 상세히 논할 기회가 있겠지만, 사설시조에서 주목해야 할 '낮음'에는 사회적 가치의 위계질서에서 상대적으로 낮은 것이라 취급받는, 그러나 삶의 본원성 면에서는 좀 더 기층적인 가치와 욕망의 문제가 중요한 요소로 포함된다.

'수평적 시선'이란 무엇인가. 관찰 대상을 외경하는 자세로 우러르거나 높은 위치에서 내려다보는 것과 달리, '비슷한 평면의 삶에 속한 이의 눈으로 작중 상황을 포착하는 태도'를 이렇게 지칭하고자 한다. 물론 이 경우의 수평이란 개념에는 얼마간의 유연성이 필요하다. 토목공사 현장에서 완벽한 수평이 쉽지 않은 것처럼, 타자를 바라보는 주체의 시선 또한 가치의식의 차원에서 완전한 평등을 견지할 수만은 없기 때문이다. 여기서 말하는 수평이란 권력·지식·도덕성 등이 현저하게 불균형한 관계에서 어느 일방이 타자를 보는 태도가 아니라, 그런 자질의 어떤 편차에도 불구하고 결국은 지상적 삶의 한계 속에 놓인 존재로서 관찰자가 또 다른 행위자를 바라보는, '인간 조건의 수평성'이라 하는 것이 좋을 듯하다.

이런 의미의 '낮은 세계를 향한 수평적 시선'을 다음의 작품에서 음미해 보자.

書房님 病들여 두고 쓸 것 업서
鍾樓 져ᄌᆡ 달ᄅᆡ 파라 ᄇᆡ ᄉᆞ고 감 ᄉᆞ고 榴子 ᄉᆞ고 石榴 샷다 아ᄎᆞ아
ᄎᆞ 이저고 五花糖을 니저발여고ᄌᆞ[ᄂᆞ]
水朴에 술 ᄭᅩᄌᆞ 노코 한숨계워 ᄒᆞ노라

_ 김수장, 『해동가요 주씨본』, 고시조대전 2512.1

서방님 병들여 두고 쓸 것 없어
종로 시장에서 다리* 팔아 배 사고 감 사고 유자 사고 석류 샀다 아
차아차 잊었구나 오화당**을 잊어버렸구나

수박에 숟가락 꽂아 놓고 한숨겨워 하노라

* 여자들의 머리숱이 많아 보이라고 덧넣었던 딴 머리. 여기서는 그 원재료가 되는 머리카락.
** 五花糖. 오색으로 물들여 만든 둥글납작한 사탕.

서정시를 시인 자신이나 그 대리자의 내밀하고도 진지한 자기표현이라고 여기는 통념에서 볼 때 이 작품은 무척 낯설게 여겨질 수 있다. 그러나 서정시에 관한 이 통념이 전적으로 잘못된 것은 아니라 해도, 동서고금의 모든 서정시가 항상 그러했거나 그러해야만 하는 것은 아니다. 서정시의 화자(話者)는 시인 자신이나 그 분신/대리자일 수도 있고, 이와 달리 시인이 흥미롭게 여겨서 호출해 온 타자일 수도 있다. 위의 작품은 후자의 경우에 속하며, 사설시조에는 이런 예가 반수를 넘으리라 추정될 만큼 풍부하다.

18세기 중엽의 이름난 가객이자 『해동가요』의 편찬자이기도 한 김수장(1690-1770 이후)은 병든 남편을 둔 여인을 이 작품의 주인공으로 등장시켰다. 함축된 맥락으로 미루어 보건대 그녀의 나이는 비교적 젊고, 살림살이는 넉넉지 못한 서민층에 속하는 듯하다.[18] 하지만 그녀의 가난은 생계가 절박할 만큼의 궁핍에까지 이르지는 않았다. 병든 남편을 위해 시장에서 사오는 물건들이 끼니를 잇기 위한 식량이 아니라 입맛을 돋우기 위한 화채의 재료라는 점에서 그

18 "쓸 것 없어"라는 표현은 1950년대까지도 존속한 관용구로서, '필요한 것을 구입할 만한 돈이나 값나가는 물건이 수중에 없음'을 뜻한다.

러하다. 이를 위해 그녀는 종로 거리에 나가 자신의 머리를 잘라서 팔았다. 조선 후기에는 일부 평민층에서부터 양반층까지 여성들의 머리치장과 옷차림, 장신구 등의 유행이 만만치 않았으며, 그 중에서도 머리를 풍성하게 꾸미기 위한 가발의 수요가 많았다.

그런 세태 속에 사는 여인이 오히려 자신의 머리카락을 잘라 파는 심정이 어떠했을 것인가. 하지만 병든 서방님의 입맛을 되살려서 하루라도 속히 건강을 회복하게 할 수 있다면 그깟 머리카락쯤이랴. 이런 마음으로 그녀는 아낌없이 머리채를 내놓았고, 그 대가로 배, 감, 유자, 석류 등 화채 재료를 사서 집에 돌아왔다.

그런데 이게 웬일인가. 재료를 다 벌여놓고 화채를 만들다가 살펴보니 꼭 있어야 할 오화당이 빠진 것이 아닌가. 종장에 함축된 바를 음미하건대 이 실수는 시장에 다시 나가서 사 오면 되는 번거로움의 문제가 아닌 듯하다. 그녀는 여러 재료를 사느라고 이미 돈을 다 써버렸고, 모처럼 작심해서 만드는 화채는 단맛이 부족해서 서방님의 구미를 돌리기에 미흡한 졸작이 될 상황에 놓인 것이다. "수박에 숟가락 꽂아놓고 한숨겨워 하노라"라는 종장에서 우리는 조금 전까지 들떠 있던 이 여인의 안타까운 표정과 자책하는 눈빛 그리고 축 처진 어깨를 상상해 볼 수 있다.

작가는 하찮아 보이는 일상적 삶의 한 국면에서 젊은 아낙네의 애틋한 소망에 착안하고, 들뜬 마음으로 서두르는 장보기, "아차 아차"라는 발견의 탄식, 그리고 망연자실한 후회의 표정을 길지 않은 작품 속에 긴밀하게 엮어 넣었다. 간결하면서도 예리한 그 솜씨에 독자들이 감탄하는 것은 자연스러운 일이지만, 우리가 주목할 점은 그 솜씨가 표현 기법보다 더 근원적인 차원에 뿌리를 둔다는 것이다. 그것은 다름 아닌 '삶의 작은 결들과 표정, 몸짓, 마음을 읽어내는 눈길'이다. 나와 다른 차원의 존재들을 우러러 보거나 우월한 자의 시각에서 내려다 볼 경우 이런 눈길은 얻어지기 어렵다. 그것은 내 이웃이 영위하는 나날의 삶에 대한 경험적 관찰과 이해 그리고 나지막하면서도 쉽게 지워지지 않는 유대감이 있을 때 견지되는 수평적 시선에 속한다.

다음 작품에서도 우리는 이런 시선의 또 다른 면모를 볼 수 있다.

젓 건너 흰 옷 닙은 사ᄅᆞᆷ ᄌᆞᆫ밉고도 양믜왜라
쟈근 돌ᄃᆞ리 건너 큰 돌ᄃᆞ리 너머 밥쒸여 간다 ᄀᆞᄅᆞ쒸여 가ᄂᆞᆫ고 애
　고 애고 내 書房 삼고라쟈
眞實로 내 書房 못 될진대 벗의 님이나 되고라쟈

_『청구영언 진본』, 고시조대전 4244.1

저 건너 흰 옷 입은 사람 잔밉고도 얄미워라
작은 돌다리 건너 큰 돌다리 넘어 밥뛰어 간다 가로뛰어 가는고 애
　고 애고 내 서방 삼았으면
진실로 내 서방 못 될진대 벗의 임이라도 되었으면

이 작품의 화자는 젊은 나이의 미혼 여성이다. 그녀는 빨래를 널거나 채소를 뜯기 위해 사립문 밖에 나섰던 것일까. 혹은 물 길러 우물가에 나온 참인지도 모른다. 그러다가 우연히도 저만치 떨어진 개울가를 지나가는 남자의 끼끗하고 활기찬 모습을 보고 마음이 쏠린 것이다. 불규칙하게 놓인 돌다리를 성큼성큼한 보폭으로 더러는 갈지자로 펄쩍펄쩍 뛰어 가는 남성의 모습에서 젊음의 경쾌한 힘이 넘쳐난다. 성숙한 처녀의 마음과 신체적 감각은 이것을 멀리서 바라보는 것만으로도 스스로 설렘을 억제할 수 없다. 그리하여 '잔밉고 얄밉다'는 여성적 반어(反語)와 함께 "애고 애고, 내 서방 삼고 싶어라"라는 탄성이 솟구쳐 나오는 것이다.

하지만 작품의 눈이라 할 만한 초점은 바로 그 다음에 이어지는 종장에 있다. 얼핏 본 것만으로도 가슴 떨리게 매혹적인 남자가 "벗의 임"이나마 되기를 바라는 이 독백의 의미는 무엇일까? 그 멋진 남자를 다시 볼 수조차 없다는 안타까운 사실이 불가피하다면, 차라리 벗의 남편 혹은 연인이라도 되어 가끔 훔쳐보거나 한두 마디의 담화라도 나눌 수 있으면 좋겠다는 소망일 것이다. 받아들이는 각도 내지 추리 방식에 따라서는 부도덕의 위험성까지도 있는 발상이다. 그러나 여기서는 경험적 현실성과 상상적 기대치 사이의 변별이 필요하다. 작품 속의 여인이 품는 소망의 최대치는 그 남성이 "내 서방"이 되는 것이다. 통상적 서정시의 문법에 따른 애정가요라면 이것이 유일한 길일 수밖에 없다. 그러나 위의 여인은 이 최선이 불가능할 경우 차선을, 즉 그 사내가 "벗의 님"이라도 되기를 바란다. 이로부터 작품의 발랄함과 해학적 묘미가 살아난다.

다시금 생각해 보면 이 작품은 한 젊은 여인의 정념(情念)이 윤리 규범의 경계선 가까운 지점에서 얌전빼지 않고 솔직하게 표현된 데서 약간의 윤리적 긴장을 동반한 신선함을 발휘하는 데에 주목할 점이 있다. 남의 남편에게 이성으로서의 호감을 품고 가끔 곁눈질하거나 기웃거린다는 것은 윤리적으로 부적절하고 위험한 일이다. 그런 줄 알면서도 억누를 수 없는 그리움이 작동하여 '가끔 보기라도 할 만한 거리'가 가능하기를 바라는 그 소망에는 생리적 성숙함과 감정적·윤리적 순진성이 한데 어울려 있다. 작품의 구도는 이 공존 상태가 부도덕하게 발전하거나 속화(俗化)될 가능성보다 그런 소망조차 품어 보게 하는 이끌림의 간절한 자연성에 집중된다.

이를 포착하고 엮어낸 작가의 시선은 약간 장난스러우면서 따뜻하다. 작가가 상상적으로 설정한 평민 여성의 순간적 행동과 말을 자기와 다른 저급한 계층의 충동적 정념과 도덕적 맹목성을 웃음거리로 삼은 것이라 해석한다면 그것은 너무나도 부자연스러운 접근이다. 또한, 남성들의 은밀한 성적 욕망을 젊은 여성화자에게 투사하여 윤리적으로 위험한 암시를 표출하게 하고 이를 즐긴 것이라 보는 것도 설득력이 희박하다. 내가 이해하기에 이 작품은 윤리적으로 불결하거나 맹목적이지 않다. 종장의 발화가 함축한 희극성, 그리고 이로 인한 웃음이 여기서 각별히 중요하다. 독자까지 참여하는 이 웃음 속에서 우리는 욕망과 그 실현을 향한 여러 경로의 선택지(選擇枝) 사이에서 일어날 수 있는 위기적 가능성을 얼핏 감지한다. 그리고 그런 긴장이 이 작품으로 하여금 그저 편안한 우스갯거리에 머물지 않고 일상적 삶의 한 국면에서 일어난 사태를 관용의 눈으로 바라보면서도 그 감정의 행로에 대해 음미해 볼 만한 여운을 가지게 하는 것이다.

일상적 삶의 몸짓, 표정들을 이처럼 포착하는 수평적 시선이 모든 사설시조에 한결같이 나타나는 것은 아니다. 그러나 그것이 사설시조의 주류적 특징이며 반수를 훨씬 넘는 수량의 작품들에서 널리 발견되는 지배적 양상이라는 점은 유념해 둘 필요가 있다. 17세기까지의 한시와 시조 등 상층문학에서는 이런 현상을 찾아보기 어렵다.

유학(儒學)에 바탕을 둔 문인지식인들의 시에서 하층민 세계에 대한 관심이 원천적으로 없었던 것은 아니다. 유자들은 농업 중심적 사회의 지배층으로서 체제 존립의 현실적 토대인 서민들의 항산(恒産)과 안정을 이념적으로 강조했으며, 때로는 농민들의 고단한 삶에 대한 동정이라든가 그릇된 통치에 대한 비판을 작품화했다. 그런 맥락에서 낮은 신분층의 삶에 대해 깊이 있는 통찰과 공감을 담은 시들도 더러 출현했다. 아래에 보는 이규보(李奎報, 1168-1241)의 시 「농부를 대신하여 읊음(代農夫吟)」이 그 한 예다.

帶雨鋤禾伏畝中　　비 오는데 호미 들고 논바닥에 엎드렸으니
形容醜黑豈人容　　흙투성이 더러운 꼴 어디 사람 같으랴만
王孫公子休輕侮　　왕손과 공자들이여 깔보고 멸시하지 마오
富貴豪奢出自儂　　그대들의 부귀영화 우리에게서 나온다네

新穀青青猶在畝　　햇곡식은 푸릇푸릇 아직 논밭에 있는데
縣胥官吏已徵租　　관리들 벌써부터 세금 거둔다고 성화네
力耕富國關吾輩　　힘써 농사지어 나라 살찌우는 건 우리들인데
何苦相侵剝及膚　　어째서 이다지 악착스레 살가죽을 벗기나

그렇지만, 작품 제목이 보여주듯이 여기서의 공감은 농부를 '대리'하는 데서 나온, 의식적 전치(轉置)의 산물이다. 그 나름의 절실함을 굳이 가식으로 간주할 일은 아니지만, 이규보의 작품에 울리는 목소리는 사회적으로 높은 위치에 있는 작자가 한시의 대작(代作)이라는 수법을 차용하여 낮은 곳으로 상상적 이동을 행함으로써 나온 연출 효과에 해당한다. 아울러 시상은 농민의 표정, 몸짓 등의 체험적 구체성보다는 '논바닥에 엎드린' 노동과 '왕손 공자들'의 부귀영화, 익지 않은 햇곡식과 성급한 세금 징수 등 일련의 대립적 관계를 통해 구성된다. 그런 뜻에서 이 작품의 시선은 신분과 의식면에서 높은 곳에 위치한 지식인이 민생을 긍휼히 여겨서 낮은 곳으로 눈

을 주는 하향성(下向性)을 지닌다고 하겠다.

이런 구도와 시선은 조선시대의 한시에서도 자주 발견된다. 애민(愛民) 또는 위민(爲民)의 담론과 수사학에서 '민'은 사대부들에게 다스림을 받는 존재요, 사대부들은 올바른 다스림을 실천해야 하는 존재였으므로, 그 둘 사이의 비평형성은 근본적인 것일 수밖에 없었다.

이달(李達, 1539-1612)의 한시 「보리베기 노래」는 그러한 비평형성이 현저하게 제거된 모습을 보여 주는 점에서 주목된다. 그는 양반가에 태어났으나, 서얼(庶孼)의 신분으로 평생을 울울하게 떠돌며 오직 시만을 벗삼아 살다가 객지에서 일생을 마쳤다. 그런 처지였기에 자신의 운명과 신분질서에 대한 비애가 깊었지만, 일반적 사대부 문인처럼 스스로의 불우함을 정치상황의 문제와 연결시키면서 고단한 백성들을 굽어보고 걱정하는 구도는 그에게 절실하지 않았다. 그는 결손 신분의 지식인으로서 경세적 고담준론으로부터 스스로 거리를 둔 대신, 좀 더 낮은 위치에서 농민의 고단한 생활상을 수평적 시선에 가깝게, 동정적으로 포착했다.

田家少婦無夜食	농가의 젊은 아낙네 저녁거리 없어서
雨中刈麥林中歸	빗속에 보리 베어 숲길로 돌아오네
生薪帶濕煙不起	생나무 물에 젖어 불도 잘 붙지 않을 텐데
入門兒女啼牽衣	문에 드니 아이들이 울면서 옷깃을 잡네

이 작품은 한 가난한 농가의 여인과 아이들의 고단한 삶을 그리되, 치자들의 실정(失政)이나 수탈 같은 정치·사회적 차원을 불러들이지 않는다. 그 대신 시인은 이 빈농 여인의 힘겨운 생활을 근거리에 육박하여 매우 함축적이면서도 생생한 하나의 에피소드로 잡아낸다. 이를 이해하는 데에 제2행이 우선 중요하다. 여인이 저녁 끼니를 위해 어쩌면 충분히 영글지도 않았을 보리를 한두 단쯤 베어서 오는 길이라는 것은 쉽사리 알 수 있다. 그런데 그녀가 '숲길로' 돌아온다는 것은 무슨 까닭인가? 보리밭과 집 사이의 가장 빠른 경로에 숲이 있는가? 사실은 그것이 아니라, 여인에게 땔감 또한 필요했던 것이다. 그래서 여인은 비에 젖은 보릿단을 등에 멘 채, 숲에서 삭정이, 생솔가지 따위의 연료를 대강 채취해서 가쁜 숨을 몰아쉬며 집으로 돌아온다.

그 다음의 제3, 4행은 시간적 순서가 도치되어 있다. 즉 일의 순차를 따진다면 보릿단과 나뭇짐을 가지고 문에 들어선 어미를 아이들이 맞이하는 장면이 먼저요, 어린 것들을 잠깐 달래고 나서 여인이 불을 피우려 애쓰는 대목은 그 다음의 일인 것이다. 그러면 시인은 왜 이 두 줄을 뒤바꿔 놓았는가. 아이들이 '엄마, 배고파.'하고 울며 옷자락을 잡는 대목이 작품의 결구로서 중요했기 때문이다. 이에 따라 시간 순서와 다른 자리에 놓인 제3행의 의미 변이도 흥미롭다. 결구보다 앞에 재배치된 제3행은 이제 '잠시 뒤에 일어난 일'이 아니라 '일어날 그 일에 대해 여인의 마음속에 있는 걱정'이 된다. 다시 말해서, 집에 돌아온 어미를 잡고 아이들이 우는 장면에서 여인은 이 굶주린 것들을 먹이기까지 물 젖은 땔감으로 불을 피워야 하는 고통과 기다림의 시간이 더 있어야 함을 안타까워하는 것이다.

이달이 자신의 개인적 불행을 매개로 하여 낮은 신분층의 사람들이 지닌 고통을 다분히 수평적 시선으로 바라본 데 비해, 정철(鄭澈, 1536-1593)의 다음 시조는 현달한 문인 관료의 지위에도 불구하고 낮은 세계의 경험에 대한 접근에서 사설시조와 매우 가까운 시선을 구현한 사례로 흥미롭다.

남진 죽고 우ᄂᆞᆫ 눈물 두 져ᄌᆡ ᄂᆞ리 흘러
졋 마시 ᄶᆞ다 ᄒᆞ고 ᄌᆞ식은 보채거든
뎌놈아 어ᄂᆡ 안흐로 계집 되라 ᄒᆞᄂᆞᆫ다

_ 정철, 『송강가사 이선본』, 고시조대전 0878.1

남편 죽고 우는 눈물 두 젖에 내리흘러
젖 맛이 짜다 하고 자식은 보채거든
저 놈아 어떤 마음으로 계집 되라 하느냐

이 작품의 주인공은 낮은 신분층의 젊은 여인, 그러나 어린 자식을 업은 채 남편을 땅에 묻고 돌아온 아낙네다. 추정을 덧붙이자면 살림살이도 가난해서, 남편을 잃은 애통함과 더불어 앞으로 살아

갈 걱정이 새록새록 슬픔을 더하는 처지인 듯하다. 그런 줄도 모르고 어린 아이는 젖을 빠는데, 여인의 뺨에서 떨어진 눈물이 젖무덤을 타고 흘러 그 입으로 들어갔다. 그러자 아기는 젖 맛이 짜다고 칭얼댄다. 고단하고 막막한 삶을 함께 견디어 갈 동반자를 잃은 가운데 여인은 단 하나의 혈육인 아이마저 자신의 슬픔에 무심한 타자처럼 느낀다. 그 야속함과 괴로움 속에서 여인은 아무것도 모르는 젖먹이에게 "저 놈아 어떤 마음으로 계집 되라 하느냐"고 푸념하는 것이다.

정철은 16수의 「훈민가」 연작에서도 유교 윤리를 관념적 당위로서보다는 일상적 수준의 경험과 육체적 감각으로 형상화하여 뛰어난 시적 설득력을 발휘한 바 있다. 위의 작품은 그처럼 설득을 위한 장치로서의 낮은 시선에서 좀 더 나아가, 아무런 윤리적 메시지도 끼워넣지 않은채 하층민 체험의 한 장면을 연민의 눈길로 구체화했다.

앞 시대의 시가 문학에서 이처럼 낮은 세계의 삶을 포착하는 수평적 시선이 흔치 않은 현상이었던 데 비해, 사설시조는 그것이 주류를 이룰 만큼 양적으로 팽창하고 시적 구도와 화법 면에서도 다양화된 모습을 형성했다는 점이 각별히 중요하다. 물론, 시선의 상·하향성이나 수평성 여부가 그 자체로서 문학적 가치를 결정하는 것은 아니다. 풍경을 보는 데 원경과 근경이 다 소용되듯이, 인간의 삶을 이해하는 데에도 다양한 위치의 시점과 시야각이 필요하다. 그럼에도 불구하고 우리가 사설시조의 등장에 주목하는 이유는 조선시대 같은 신분제 사회에서 상층의 주류 문학이 드높은 가치 위주의 시야에 치우친 가운데, 치자(治者)의 자의식을 간직한 채 잠정적으로 낮은 곳에 임하는 시선이 시적 인식의 범위를 제한하는 일종의 문턱을 형성했기 때문이다. 대략 17, 18세기 한문학에 나타난 새로운 추이들 속에서 이 문턱을 넘으려 하거나 일부 넘어선 사례들을 볼 수 있을 듯하다.[19] 사설시조는 그런 변화의 사후적 영향이 아니라 그것들과 병행하거나 앞서는 별도의 맥락으로부터 형성되어 낮은 세계를 포착하는 수평적 시선을 실현했고, 이로써 시적 인식과 인간 이해의 시야를 넓히는 데 공헌했던 것이다.

4. 인접 예술의 양상들

여기서 사설시조와 흡사한 세속적 관심사와 시선을 지닌 인접 장르의 양상들로서 풍속화와 일부 한시의 사례를 잠시 살펴보기로 한다. 이들은 우리가 주목하는 사설시조의 특성들이 뚜렷하게 나타난 18세기 초(혹은 17세기 후반) 무렵보다 반세기 내지 한 세기 정도 뒤의

19 이에 관해서는 이동환이 「조선 후기 한시에서 민요취향의 대두」(1978, 『실학시대의 사상과 문학』, 지식산업사, 2006)로 개척적 관심을 보인 이래, 다음의 주요 저서를 포함하여 흥미로운 연구들이 나오고 있다. 안대회, 『18세기 한국 한시사 연구』(소명출판, 1999); 진재교, 『이조 후기 한시의 사회사』(소명출판, 2001); 박영민, 『한국 한시와 여성 인식의 구도』(소명출판, 2003).

현상이지만, 시간적 편차와 장르상의 거리에도 불구하고 그들의 친연성을 음미해 보는 것은 적지 않게 흥미로운 일이다.

우선 머슴들이 주인공으로 등장하는 사설시조 한 수를 보자.

논 밧 가라 기음ᄆᆡ고 뵈잠방이 다임쳐 신들메고
낫 가라 허리에 ᄎᆞ고 도ᄭᅴ 벼려 두러메고 茂林山中 드러가셔 삭ᄶᅡ
　리 마른 셥흘 뷔거니 버히거니 지게에 질머 집팡이 밧쳐 노코 ᄉᆡ
　옴을 ᄎᆞᄌᆞ가셔 點心 도슭 부시이고 곰방ᄃᆡ를 톡톡 ᄯᅥ러 닙담ᄇᆡ
　퓌여 물고 코노ᄅᆡ 조오다가
夕陽이 ᄌᆡ 너머 갈 졔 엇ᄭᅵ를 추이즈며 긴 소ᄅᆡ 져른 소ᄅᆡ ᄒᆞ며 어
　이 갈고 ᄒᆞ더라

_『청구영언 육당본』, 고시조대전 1079.1

논 밭 갈아 기음매고 베잠방이 대님쳐 신들메* 하고
낫 갈아 허리에 차고 도끼 벼려 둘러메고 무림산중 들어가서 삭정
　이 마른 섶을 베거니 버히거니 지게에 짊어 지팡이 받쳐놓고 샘
　을 찾아가서 점심 도시락** 부시고 곰방대를 톡톡 떨어 잎담배 피
　어 물고 콧노래에 졸다가
석양이 재 넘어 갈 제 어깨를 추키면서 긴소리 짧은소리 하며 '어이
　갈꼬' 하더라

* 신이 벗겨지지 않도록 신을 끈으로 발에 동여매는 일, 또는 그 끈.
** 고리버들이나 대오리로 길고 둥글게 엮어 만든 작은 그릇. 흔히 점심밥을 담는 데 썼음.

이 작품에는 조선시대 농촌의 남성 노동에서 적지 않은 비중을 차지했던 나무하기, 즉 땔감 채취의 모습이 그려져 있다. 논밭 농사가 가장 중요하기는 하나 그것은 절기에 따라 일이 정해져 있는 반면, 땔감은 비교적 잦은 간격으로 마련해야 하므로 나무하기는 봄부터 가을까지의 상시적 노동에 속했다. 큰살림 하는 집의 머슴들이나 소농·빈농 집안의 청장년층이 이 일을 주로 맡았는데, 그것은 힘든 가운데서도 얼마간의 여유와 전원적 흥취가 있는 역할이었다. 위의 작품에서 길게 확장되어 있는 중장이 그런 모습을 보여 준다. 허리가 휠 만큼의 나뭇짐을 마련한 뒤에는 준비해 간 점심밥을 먹고 산골짜기 샘물에 도시락을 씻는다. 그러고 나서 담배를 한 대 피워 물거나 노래를 흥얼거리고, 풀섶에 누워 짧은 낮잠을 즐길 수도 있다. 그러다가 저물녘이 되면 지방에 따라 「어사용」 혹은 「메나리」라고 불리는 민요를 길게 뽑으면서 집으로 돌아오는 것이다. 이와 같은 흐름을 엮어 가는 가운데 위의 사설시조는 노동하는 서민 남성의 육체적 힘과 여유를 넌지시 드러내며, 거친 음식이나마 점심으로 달게 먹고 담배 한 대와 구성진 노랫가락을 즐기며 넉넉해지는 충족감을 과시한다. 시골의 투박한 삶에서 느낄 수 있는, 또 가능한 한 누리고 싶은, 작은 여유와 즐거움이 바로 그 세계에 밀착한 사람의 시점과 감각으로 그려져 있다.

김홍도(金弘道, 1745-1816/1818 사이)의 풍속화 중에서 다음 작품은 위의 사설시조에 그럴싸하게 어울리는 삽화라 해도 좋을 만한 그

그림 1 김홍도, 〈고누놀이〉, 18세기 후반, 27.0×22.7cm, 국립중앙박물관 소장.

림이다.

미술사 분야에서는 이 작품을 「고누놀이」라 통칭하는데, 고누놀이는 이 그림에서 전원적 노동의 여유를 드러내기 위한 재료일 뿐,

소재적 차원의 핵심은 나무하기다. 화면에 등장하는 인물은 모두 여섯. 담뱃대를 물고 있는 사내를 제외한 나머지는 모두 떠꺼머리 총각들인데, 산에서 내려오다가 잠시 나뭇짐을 세워놓고 고누놀이를 하는 중이다. 저고리 앞자락을 풀어 헤치거나 반쯤 벗어버린 모습이 활달하며, 놀이에 몰두한 표정과 자세가 자못 진지하다. 세워져 있거나 뒤쪽에서 지고 오는 나뭇짐의 우람한 크기가 이 장면을 한결 풍성하게 하면서, 그들이 놀이가 게으른 장난이기보다는 건강한 휴식의 일부분이라는 것을 시사한다. 이 밖에 『단원풍속화첩』에 함께 실려 있는 「점심」, 「주막」, 「장터길」, 「우물가」, 「빨래터」 등에서도 "조선 후기 서민사회의 점경"[20]을 여실하게 볼 수 있다.

조선 후기 풍속화의 이런 경향은 윤두서(尹斗緖, 1668-1715), 조영석(趙榮祏, 1686-1761) 같은 문인화가들이 선도했지만, 본격적 국면은 18세기 후반에서 19세기 초기까지 활동한 김홍도, 김득신(金得臣, 1754-1822), 신윤복(申潤福, 1758-?)에 의해 전개되었다.[21] 이들의 풍속화에 담긴 시선은 사설시조와 비슷하게 '낮은 세계의 인물 군상과 살림살이를 근거리에서 묘파하는 수평적 접근'이라 할 수 있으며, 화면에 종종 해학적 연출과 사건성(事件性)이 깔린다는 점에서도 견주어 볼 만한 면모가 적지 않다.[22] 이 중에서 신윤복에 관하여는 뒤

20 안휘준, 『한국회화사』(일지사, 1980), 277면.
21 진홍섭·강경숙·변영섭·이완우, 『한국미술사』(문예출판사, 2006), 651-652면 참조.
22 '사건성'이란 사설시조를 이해하는 데 매우 중요한 특징으로서, 제5장에서 상세히 논한다.

그림 3. 김득신, 〈송하기승〉, 18세기, 22.4×27.0cm, 간송미술관 소장.

에 살펴볼 기회들이 있으므로, 여기서는 김득신의 그림을 먼저 보기로 한다.

「송하기승(松下棋僧)」이라 불리는 이 그림의 계절적 배경은 무더운 여름날, 두 승려가 옷자락을 풀어 헤치고 맨발인 데다가 소매까지 걷어붙인 채 장기를 두는 중이다. 오른쪽의 승려가 묘수를 발견했는지 미소 지으며 여유 있는 자세로 장기쪽을 집는데, 맞은편 승려는 심각하게 판을 내려다본다. 그런데, 뒤쪽의 승려는 누구며 왜 혼자서만 고깔과 장삼을 걸치고 염주까지 걸었을까. 얼굴을 찬찬히 보건대 그는 장기 두는 승려들보다 나이가 훨씬 많은 노스님인 듯하다. 아마도 외출할 일이 있어 승복을 제대로 갖추고 길을 떠나려다가 잠시 장기판에 붙들린 것인지 모른다. 미투리 신은 한쪽 발의 모습을 보면 이런 추정이 썩 그럴 법하다.

계율의 관점에서 논하자면 승려가 염불이나 참선을 접어두고 나무그늘에서 장기판을 벌인다는 것은 눈살을 찌푸릴 만한 일일 수 있다. 그러나 이 그림의 구도와 온화한 필치에서 그런 못마땅함이나 비판의 눈초리는 찾아보기 어렵다. 그보다는 얼마간의 이완을 관대하게 받아들이고 해학의 시선으로 그들을 바라보는 여유가 느껴진다. 찌는 듯한 무더위에 농부들이 잠시 일을 멈추고 그늘을 찾아 한담을 나누거나 낮잠을 즐기듯이, 승려들 또한 육신을 지닌 존재로서 휴식이 필요하며, 장기 같은 놀이의 승부에 잠시 마음을 빼앗겨 볼 수도 있다는 태도가 여기에 함축되어 있다. 승속(僧俗)의 구별이나 엄격한 계율을 따지기보다는 인간 존재를 그 범속함의 차원에서 너그럽게 감싸고 관용하는 수평적 시선이 이를 가능하게 했던 것으로 생각된다.

다음 그림은 19세기 화가인 성협(成夾)의 작품 「투전(鬪牋)」이다. 이 경우는 「송하기승」과 달리 투전이라는 행위와 그것에 몰두하는 작중인물들을 따뜻한 관용의 감각으로 받아들일 여지가 없다. 조선

그림 4. 성협, 〈투전〉, 연대미상, 20.8×28.3cm, 국립중앙박물관 소장.

후기의 여러 문헌들이 자주 개탄했듯이 투전은 빈부와 상하귀천을 가릴 것 없이 널리 성행하면서 패가망신을 초래한, 중독성 높은 도박이었기 때문이다.[23] 그럼에도 이런 일이 수준급 화원의 그림에 수용되고, 18-19세기에 걸쳐 풍속화의 소재로 적지 않이 선호되기까지 했다는 사실은 어떻게 해석되어야 하는가. 투전판을 다룬 그림은 나의 옅은 견문으로 접한 것만도 김득신, 김양기(金良驥), 김준근(金俊根)의 작품들이 더 있다.[24] 이 중에서 풍속 소개를 위한 설명적 삽화의 성격을 띤 김준근의 그림을 제외하면, 나머지 세 화가의 투전도는 등장인물들의 다양한 태도, 표정, 동작과 소도구들을 엮어 넣음으로써 핍진한 현장감을 추구했다는 점이 주목된다.

위의 그림에서 다섯 명의 사내가 둥글게 앉아 저마다의 방식으로 노름에 참여하는 중인데, 다른 한 사내는 이미 돈을 많이 잃었거나 패가 잘 풀리지 않아 이불에 기댄 채 한잠 자고 있다. 잠자는 사내 앞의 인물이 가장 의기양양하여 투전 패 하나를 힘차게 내리치려는데, 그 아래쪽의 맨상투를 한 이는 패를 들여다보며 무언가 고심하는 듯하다. 반면에 오른쪽 상단의 인물은 패를 내려놓은 채 담뱃대에 불을 붙이며 느긋하게 여유를 보인다. 그들 주변에 배치되어 있는 술상, 요강, 등잔, 그리고 보조조명인 촛불 따위가 밤 깊은 노름판의 분위기를 거들고 있다.

23 강명관, 『조선풍속사 2: 조선 사람들, 풍속으로 남다』(푸른역사, 2010), 239-249면 참조.
24 김양기는 김홍도의 아들로서 19세기 초 무렵에, 김준근은 19세기 후반에 활동했다.

이 그림의 화폭 한쪽에 적힌 제시(題詩)를 읽어 보면 다음과 같다.

技之爲戱亦云多	노름하는 재주가 많기도 한데,
象陸骨牌巧且苛	쌍륙이니 골패니 교묘하고 까다롭다.
矧是投牋爲害最	그중에도 해롭기는 투전이 으뜸이니,
圖諸座右作監柯	가까이에 그려 두고 교훈을 삼으리.

그러나 이 그림이 위의 결구(結句) 내용처럼 투전의 해로움을 일깨워 주는 감계(鑑戒)의 수단으로서 구매, 감상되었다고 본다면 그것은 너무도 순진한 해석이다. 투전이 한번 빠지면 헤어나기 어려운 파멸적 유혹이라는 것은 값비싼 그림을 자주 들여다보지 않더라도 알 만한 일이다. 더욱이 김득신, 성협 같은 화원들의 뛰어난 솜씨로 노름꾼들의 모습을 입체적으로 포착한 회화적(繪畵的) 실감과 홍취를 '노름하지 말지어다'라는 교훈에 평면적으로 종속시킬 수는 없다. 이들의 그림은 투전을 관용하는 것도, 멀리해야 한다고 훈계하는 것도 아니다. 그것은 투전판이라는 상황에서 드러나는 인간 군상들의 표정, 몸짓, 태도에 대한 회화적 탐구로 이해되어야 마땅하다.[25] 그리고 이러한 탐구의 근저에 사설시조와 다분히 흡사하게

25 기생 집에서 풍류객들 사이에 종종 벌어지는 싸움을 그린 「기방 난투」(신윤복), 대취해서 고함을 질러대는 동료를 힘겹게 끌고 가는 양반들이 희화적으로 포착된 「대쾌도」(김득신) 등도 마찬가지 각

낮은 세계를 더듬어 가는 수평적 관찰의 시선이 자리잡고 있었던 것이다.

풍속화와 사설시조 사이의 이런 친근성은 크게 보아 조선 후기 문화의 시정(市井) 취향이 증대되는 가운데 출현한 다원적 병행(竝行) 관계의 징표로 이해된다. 굳이 시대적 선후를 따지자면 1728년에 편찬된 『청구영언』에 사설시조 116수가 이미 들어 있고, 편자인 김천택이 이들에 대해 "말과 뜻에 비속한 점이 많지만, 그 유래가 오래기 때문에 함부로 없앨 수 없다"[26]고 했으니, 사설시조의 주류적 특질이 풍속화의 본격적 전개보다 앞서서 형성된 것만은 의심할 바 없다.

한시의 경우에는 작품의 수량이 방대한 데다가 아직 연구가 미흡한 부분이 많아서 속단하기 어렵지만, 세속적 삶의 양상들에 대한 관심의 대두라는 현상이 청구영언에 정착된 사설시조들의 시대보다 앞서지는 않는 듯하다. 다만 이 경우에도 우선적으로 중요한 것은 시기적 선후를 변별하거나, 어느 쪽이 다른 쪽에 영향을 끼쳤는지 단선적 인과관계를 추론하는 일이 아니다. 그보다는 시적 취향과 시선에서 나타난 여러 변화들이 삶에 대한 형상적 이해를 어떻게 확장 또는 재조정했는가에 주목하는 것이 바람직하다.

그런 각도에서 강박(姜樸, 1690-1742), 최성대(崔成大, 1691-1760), 이안

도에서 조명할 수 있다. 이에 관하여는 제5장에 사건성의 특징과 더불어 자세히 논한다.

26 "蔓橫淸類, 辭語淫哇, 意旨寒陋, 不足爲法. 然其流來也已久, 不可以一時廢棄故, 特顧于下方."

중(李安中, 1752-1791), 이옥(李鈺, 1760-1812), 이학규(李學逵, 1770-1835) 등이 매우 흥미롭다. 여기서는 이옥의 작품 몇 수만을 보기로 한다.

巡邏今散未	순라가 하마 지금쯤 끝났을까
郞歸月落時	서방님은 달 떨어질 때나 돌아오는데
先睡必生怒	먼저 잠들면 틀림없이 화를 낼 게고
不寐亦有疑	안 자고 있으면 또 의심할 게라
使盡闌干脚	긴 다리를 쭉 뻗어서는
無端蹴蹋儂	까닭 없이 나를 걷어찼지요
紅頰生靑後	붉은 뺨에 푸른 멍이 들었으니
何辭答尊公	시아버님께는 뭐라고 변명하나요
嫁時倩紅裙	시집 올 때 입었던 고운 다홍치마
留欲作壽衣	두었다가 수의를 만들려 했는데
爲郞鬪箋債	낭군의 투전판 빚을 갚으려
今朝淚賣歸	오늘 아침에 울면서 팔고 왔다네

이옥은 그 시대 상하층 여성들의 삶을 다양한 각도에서 묘파한 66수의 연작시 「이언(俚諺)」을 남겼다. 위의 세 토막은 그 중 하층민

여성들을 다룬 '비조(悱調)'에서 가려 뽑은 것이다. 여기에 등장하는 여인들이 반드시 단일한 인물은 아니지만, 그렇게 읽어도 안 될 것은 없다.

인용된 첫 수의 여인은 남편이 순라군(巡邏軍)에 속한 하급 군졸이다.[27] 새벽이 되어서야 집에 돌아오는 이 고달픈 직업 속에서 남정네는 성질이 거칠어졌고, 여인은 숱한 밤들을 홀로 지켜야 하는 처지다. 하지만 정작 문제는 다른 데 있다. 새벽까지 졸음을 참기 힘들어서 먼저 잠드는 날이면 남편이 "먹고 살자고 고생하는 서방은 아랑곳없이 잠만 퍼질러 자느냐"고 화를 낸다. 그런 소리를 듣지 않으려고 옷매무새 단정하게 앉아 새벽까지 밤을 밝히노라니, 이번에는 "이 계집이 혹시 야밤중에 어딘가 빠져나가서 수상한 짓을 벌이고는 방금 들어와서 천연덕스럽게 앉아 있는 게 아냐?"라는 따위의 의심이 날벼락처럼 떨어진다.

다음 수에 나오는 남편은 가정폭력의 전형이다. 밥상 내던지기나 손찌검 정도를 넘어 발길질까지 예사로 한다. 그를 위의 순라군과 동일인물이라고 본다면, 평소의 신경질과 의처증이 어떤 계기에 대폭발을 일으킨 사태라 해도 무방할 것이다. 이 작품은 그 험악한 장면이 지나간 뒤 어질러진 세간을 정돈하고 거울을 들여다보는 여인의 독백이다. 시퍼렇게 멍든 뺨을 어루만지며 그녀는 다친 몸의 아

27 조선시대에는 도둑·화재 따위를 경계하기 위하여 야간에 궁중과 장안 안팎을 순찰하는 순라군(巡邏軍)을 두었는데, 2경(밤 10시 무렵)에서 5경(새벽 4시 경) 사이가 이들의 근무시간이었다.

픔이나 설움보다는 시아버지에게 둘러댈 변명이 더 걱정스럽다. 출가외인(出嫁外人)의 규범과 가부장적 질서 속에서 피신할 곳조차 없는 여인의 비애가 여실하다.

몇 수를 건너서 뽑은 다음 작품에는 투전에 정신 팔린 건달의 아내가 등장한다. 신혼 때에 입었던 다홍치마를 평생토록 아껴서 저승 가는 길에 입을 수의로 쓰려 했는데, 남편의 도박 빚이 급해서 달리 돈을 마련할 길이 없다. 충혈된 눈으로 새벽녘에 들이닥쳐서 '돈 마련해 오라, 젊은 나이에 서방 죽는 꼴을 보아야 하겠느냐, 이번만 도와주면 다시는 투전판 출입을 안 할테니 믿어 보라' 등등으로 폭언과 허언을 늘어놓는 남편의 모습은 생략되어 있다. 시인이 주목하는 것은 그 뒤숭숭한 새벽녘을 시달리다 못해 아침길에 고운 다홍치마를 팔고 돌아오는 여인의 눈물이다.

「이언」은 이처럼 여인들의 아프고 힘든 삶을 많이 그렸지만, 여성이라고 해서 항상 선량한 피해자의 자리에만 배치되지는 않았다. 예컨대 다음 대목을 보자.

蹔被阿郎罵	어쩌다 낭군님의 꾸지람을 듣고는
三日不肯飱	사흘 동안이나 먹지를 않았어요.
儂佩靑玒刀	내가 푸른 옥장도를 차고 있는데야
誰復愼儂言	누가 다시 내 말을 건드릴라구

작중 화자는 적어도 중인층 이상의 신분에 속하는 가문의 새댁이다. 성격이 원래 그러한지, 아니면 친정집의 위세가 대단하여 그러한지, 이 여인은 콧대가 무척 세고 누구에게도 굽히기를 싫어하며 몹시 표독스러운 데가 있다. 남편의 나무람을 듣고 삼일간 단식으로 저항한 것도 예사롭지 않지만, 여차하면 자해(自害)의 도구로도 쓸 용의가 있는 푸른 옥장도를 무기 삼아 '나를 건드릴 자가 누구냐' 라고 자긍심을 뽐내는 그 어조는 엷은 해학성 속에서도 자못 섬뜩한 느낌을 준다.

이와 같은 인접 예술의 양상들을 소략하게나마 살펴본 이유는 사설시조의 시적 관심과 시선이 조선 후기 문화의 전반적 기후와 무관한 예외적 현상이 아니었다는 점을 먼저 지적해 두자는 데 있다. 극히 세속적인 생활 현장에서 벌어지는 사태와 범용한 인간 군상들을 즐겨 다루고 또 강렬한 수법으로 그리는 일이 많다는 점에서 사설시조는 분명히 특이한 장르다. 그러나 그 특이함은 조선 후기에 대두한 바 '낮은 세계의 삶에 대한 예술적 성찰'의 맥락 속에서 발현된 것이지, 그런 기류와 무관한 영역에서 예외적으로 돌출한 것은 아니다. 아울러, 사설시조에서 종종 비속함의 정도가 심한 인물, 사건, 언어가 구사되는 것도 비천(卑賤)한 것 자체를 즐기는 통속성의 탓인 듯이 몰아가는 것은 너무도 안이한 관점이라고 지적해 두고 싶다. 성(聖)과 속(俗)의 분별이 항상 자명할 수 없다는 명제를 외면하고 문학을 대한다면 익숙한 고정관념 외에 얻어지는 것이 별로 없다. 사설시조를 깊이 있게 읽기 위해서는 누추한 삶의 몸짓, 표정, 언어 속에도 지워버릴 수 없는 체온이 있으며, 그것은 어쩌면 숭고한 이념과 수사에 필적하거나 적어도 그것을 보완할 만한 성찰의 온도일지 모른다는 가정이 필요하다.

참 조

사설시조 개관

이 책은 인문강좌의 취지에 따라 사설시조의 작품세계에 대한 해석적 접근에 주안점을 두고 설계, 저술되었다. 따라서 사설시조의 명칭, 형식, 기원, 전개, 특질, 작품 분포, 전승 상황 등을 통상적 개론서 체제로 서술하는 것은 본서의 관심사가 아니다. 하지만 이로 인해 많은 독자들이 사설시조에 대한 일목요연한 개관의 아쉬움을 느낄 수밖에 없으리라는 점 또한 예상된다. 이 항목은 그런 아쉬움을 적으나마 보완하는 선에서 독자들을 돕기 위한 문학사전적 개관 수준의 보론(補論)이다.

1) 명칭과 형식

'시조(時調)'라는 용어는 원래 3행시 형식의 단가(短歌) 텍스트를 가창하는 창법의 명칭이었다가 20세기에 와서 문학상의 갈래 명칭이 되었다. '사설시조(辭說時調)' 또한 정형적 3행시보다 긴 사설을 촘촘한 장단으로 엮어 부르는 창법의 명칭으로 쓰이다가 이런 부류의 작품들 전반을 가리키는 이름으로 정착된 것이다.

그 형태를 보면, 대개의 경우 종장은 평시조와 비슷한 틀을 유지하되, 초·중장 혹은 그 중 어느 일부가 4음보 율격의 정제된 구조에서 현저하게 이탈하여 장형화되어 있다. 논자에 따라서는 이들을 더 잘게 나누어 엇시조와 사설시조로, 혹은 중형시조와 장형시조로 변별하려 한 예도 있다. 그러나 엇시조(중형시조)와 사설시조(장형시조)의 형태적 차이를 어떻게 구분한다 하더라도 그들 사이의 변별성보다는 평시조와의 전체적 대비에서 드러나는 형태 및 내용상의 차이가 좀 더 뚜렷하고 중요하다. 이 때문에 문학상의 갈래 개념으로는 이들을 한데 묶어 사설시조(長型時調, 長時調)라 규정하는 관점이 널리 받아들여지고 있다.

사설시조는 평시조의 정형으로부터 이탈한 장형화를 형태상의 기본 특질로 하기 때문에 일정한 형식상의 규범을 말하기 어렵다. 그러나 사설시조에 부분적인 정형성 및 율격성이 전혀 없는 것은 아니다. 우선 초·중·종장의 3장 형식을 유지한다는 점에서 정형성을 찾아볼 수 있고, 종장의 첫 음보(音步)가 평시조만큼 엄격하지는 않으나 대체로 3음절인 경우가 많다는 점도 유의할 만하다. 시행(詩行)을 장형화하는 방법으로는 4음보 단위로 확장하면서 2음보 또는 6음보의 변형을 때때로 삽입하는 방식이 가장 많이 발견된다. 사설시조의 형식 및 운율이 지닌 자유로움이란 완전한 파격과 불규칙성의 산물이 아니라 이와 같은 '헐거운 정형성'을 적절히 활용하면서 일상어의 산문적 호흡과 다채로운 리듬, 어법을 구사하는 데서 이루어진 것이다.

2) 형성, 전개

사설시조의 모태(母胎)가 된 양식적 기원이 무엇이며, 그로부터 사설시조가 독립적 양식으로 분화하여 발생한 시기가 언제인지에 대하여는 아직까지 확고한 정설이 없다.

예전의 통설은 조선 후기에 접어들면서, 즉 17세기 말경에 평시조의 정형을 깨뜨리고 자유분방한 체험과 감정을 표현하는 양식으로 사설시조가 나타났다고 보았다. 그러나 17세기 중엽 이전의 인물들이 지은 사설시조가 여러 편 발견되면서 이 설은 더 이상 존속하기 어렵게 되었다.

현재의 연구 수준에서 사설시조의 기원·발생에 관한 가설로서 주목되는 견해는 대략 다음의 두 가지로 요약할 수 있다.

첫째는, 소수 학자들의 주장이지만, 사설시조가 평시조의 파격·변형으로 생겨난 것이 아니라 조선 중기 이전부터 존속해 온 민간 가요로부터 나왔으리라는 것이다. 이러한 입장의 학자들은 사설시조라는 이름 대신 '만횡청(蔓橫淸)'이라는 용어를 제안하였다. 그리고 이 부류의 작품들은 평시조와 달리 하층민들의 가요로부터 전이되어 주로 평민층의 생활체험과 의식을 표현하는 별도의 시가로서 18세기 초보다 훨씬 앞선 시기에 형성되었을 터인 바, 그것이 시조의 변종처럼 간주된 것은 조선 후기에 접어들면서 시조를 가창하는 악곡에 실려서 불린 때문이라고 설명했다.

둘째는 사설시조가 평시조와 비슷한 시기에 병행적 보완 관계를 지니면서 성립한 것으로 보고, 그 담당층 역시 평시조와 마찬가지로 사대부층이 주축이었다고 주장하는 견해이다. 이를 내세우는 학자들은 사설시조가 조선 전기 동안에는 양반들에 의해 주로 창작·향유되면서 존속하다가, 18세기 초 이후에 중인층 이하의 향유층도 참여하여 그 창작과 연행의 사회적 범위가 확대되었다고 본다. 그들은 후대의 가집에 작자가 밝혀지지 않은 채 실린 작품들 중 상당수도 사대부들이 지은 것이리라고 추정한다.

이런 쟁점은 더 많은 검토가 필요하지만, 조선 후기가 사설시조의 창작·연행에서 가장 활발했던 본격적 융성기라는 점은 의문의 여지가 없다. 이 시기의 사설시조 창작과 향수에 중인(中人)을 포함한 평민층이 큰 몫을 담당했다는 점도 대체로 시인되고 있다. 조선 전기의 사대부들이 남긴 몇 편의 사설시조는 대개가 형태상으로만 사설시조일 뿐 내용과 미의식에서는 평시조와의 차이가 미미했는데, 이 시기에 와서는 이름을 밝힌 중인층과 사대부 작가들의 작품에서도 사설시조의 본령이라 할 해학, 풍자와 대담한 표현 및 세속적 인간형을 다룬 것들이 풍부하게 나타났다. 김수장(金壽長), 이정보(李鼎輔), 박문욱(朴文郁), 신헌조(申獻朝), 안민영(安玟英) 같은 이가 그 대표적 작가들이다.

조선 후기 동안의 사설시조에 어떤 역사적 변화가 있었는가는

1990년대 이래 새로운 관심사로 논의되어 왔는데, 이에 대해서도 학자들 사이에 적지 않은 견해 차이가 있다. 다만, 사설시조가 지닌 세태시(世態詩) 및 희화시(戱畵詩)로서의 성향이 17세기 말에서 18세기까지 우세했던 반면, 19세기에 와서는 세련된 수사를 통해 좀 더 우아한 풍류와 미적 감각을 추구하는 성향이 부분적으로 확대된 점을 주목할 만하다.

3) 특질과 의의

사설시조가 조선 중기 이전에 발생했다 하더라도, 그 대다수의 작품은 조선 후기의 것이며, 또한 이 시대의 새로운 관심사와 미적 특질을 잘 나타내고 있다. 사설시조는 평시조의 균형 잡힌 틀과는 전혀 다른 형태를 통해 평민적 익살, 풍자와 분방한 체험을 표현함으로써 조선 후기 문학사의 새로운 국면에 크게 기여했다.

사설시조는 전아(典雅)한 기품과 관조적 심미성(審美性)을 존중하는 사대부 시조와 달리 거칠면서도 활기에 찬 삶의 역동성을 담고 있다. 사설시조를 지배하는 원리는 웃음의 미학이라 할 수 있겠는데, 일상적 삶 속의 갑남을녀(甲男乙女)들에 대한 관찰, 고달픈 생활과 세태에 대한 해학·풍자 등이 그 주요 내용을 이룬다. 아울러 남녀간의 애정과 기다림 그리고 성(性)의 문제가 많은 비중을 차지한다. 평시조에서 자주 보이는 전원의 한가로운 흥취라든가 고사(故事)를 노래한 것, 송축과 교훈 등이 담긴 것도 적지 않으나, 이들은 사설시조가 시조와 더불어 당대의 가창 문화에서 공유할 수밖에 없었던 부분임을 감안해야 할 것이다.

시적 대상을 바라보는 관찰의 시선에서도 사설시조는 독특한 점이 두드러진다. 평시조를 포함한 일반적 서정시에서 시적 자아는 작자 자신이거나 작자의 체험, 심리가 투영된 상상적 분신(分身)인 경우가 압도적으로 많다. 반면에 사설시조에서는 작자와 수용자가 작중 인물 및 사태에 대해 심리적 거리를 두고 희극적으로 객관화하여 보게 하는 시선 유형의 작품들이 평시조에서보다 훨씬 많으며, 이들이 사설시조의 변별적 양상을 드러내는 주요 작품군이 된다.

이러한 시적 시선을 통해 사설시조가 포착한 관심사는 '범속한 현실 공간 속에 살아가는 갑남을녀들의 욕망과 행태'라고 요약할 수 있다. 이들은 해학적으로 관용할 만한 보통 수준의 인물인 경우도 있고, 풍자와 조롱의 대상이 될 만큼 용렬함이 심한 인물인 경우도 있다. 그 어느 쪽이든 간에 사설시조의 갑남을녀들은 절실한 욕구·결핍·소망을 지닌 '욕망의 개체'들이다. 물론 그들의 욕망과 현실 사이에는 쉽사리 메꾸어지지 않는 거리가 존재하며, 이로 인한 생각과 행동의 과불급(過不及)이나 비정상성이 작품의 중심 내용이 된다. 그리고 그것이 사설시조의 희극적 구도 속에서 해학 또는 풍자를 주축으로 하여 포착되는 것이다.

위의 특질들을 표현하는 언어 역시 독특한 점이 많다. 종래의 관념으로는 비시적(非詩的)이라 할 일상적 어휘, 어법과 하찮고 속된 사물들이 사설시조에서는 흔하게 등장한다. 이러한 언어 요소들은 작품에 진솔하고 구체적인 생동감을 불어넣으며, 때로는 경쾌한 익살과 재담의 효과를 일으키기도 한다. 잡다한 사물과 행위를 숨가쁘게 나열하는 표현과 자주 결합함으로써 이런 효과는 더욱 두드러지게 나타난다.

4) 작품의 전승 상황

최근까지 수집된 옛시조 자료가 『고시조 대전』(古時調大全)으로 간행되었는데,* 여기에 실린 작품들의 누적 합계는 약 46,400건이다. 이들 중에서 약간의 자구(字句) 차이가 있는 유사형들을 동일 작품으로 간주하여 묶으면 작품 수 총계는 6,850편 정도가 된다. 이 중에서 사설시조는 1,260편 내외로서, 전체의 18.3% 정도에 해당한다.

이 가운데서 어떤 한 문헌에라도 작자가 표시된 작품이 약 230수이고, 나머지는 작자를 알 수 없다. 작자 불명 작품의 비율이 이처럼 높은 현상은 평시조의 경우에 비추어 극히 대조적이다.

그 이유에 대해서는 대략 두 가지 추정이 제시된 바 있다. 하나는 사설시조 창작의 주된 원천이 중인 및 그 이하의 신분층에 있었던 때문이라는 것이고, 다른 하나는 사대부층의 창작 또한 많았으나 작품의 비속함 때문에 이름 밝히기를 꺼린 데 기인한다는 것이다.

* 김흥규·이형대·이상원·김용찬·권순회·신경숙·박규홍 편, 『고시조 대전』(고려대 민족문화연구원, 2012).

이 중 어느 한쪽이 전적으로 옳다고 확증하기는 쉽지 않으나, 후자를 주된 이유로 보기는 어려울 듯하다. 우아한 흥취를 노래하거나 송축, 고사, 교훈 등을 담은 점잖은 작품들에도 작자가 밝혀지지 않은 것이 무척 많기 때문이다.

사설시조 작가로 이름이 기록된 이들은 40명 정도로서 중인층과 사대부층이 두루 섞여 있는데, 작품 수량으로 보면 중인층의 것이 훨씬 많다. 사대부층 작가들은 대개 2-3편씩의 작품이 있을 뿐인데, 이정보(李鼎輔)만이 특이하게도 20수 가량의 사설시조를 남겼다. 그 밖의 주요 작가들은 대다수가 중인층이며, 특히 경아전(京衙前) 신분에 속하는 가객들이 많다. 김수장(金壽長)과 안민영(安玟英)을 그 대표적 인물로 꼽을 수 있는 바, 전자는 18세기 사설시조의 경향을 후자는 19세기의 경향을 보여주는 작가로서 주목된다.

제 2 장

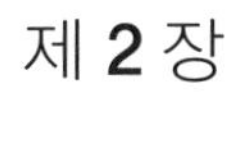

욕망의 인간학

1. 사설시조의 인간관

사설시조의 주류적 특징이 '낮은 세계의 삶을 포착하는 수평적 시선'이라면, 그 시야에서 인간을 이해하는 대전제 내지 초점은 어떤 것일까. '욕망'이라는 단어가 논의의 출발점이 될 만하다.

원론적으로 말하자면 어떤 종류의 인간 행동 내지 생명적 작위(作爲)도 욕망과 무관하지 않다. 욕망과 번뇌를 끊음으로써 지고한 깨달음에 도달하고자 하는 종교적 추구조차 아직 욕망의 역학에서 완전히 떠나 있는 것은 아니다. 따라서 욕망이라는 요인을 통해 문화현상을 조명해 볼 만한 가치는 특정 장르에 국한되지 않는다. 그럼에도 불구하고 여기서 이 문제를 중시하는 것은 사설시조가 욕망의 문제를 간접화하거나 복잡한 상징의 회로 속에 감추지 않고 작품의 전면에 드러내는 화법을 즐겨 구사하기 때문이다.

사설시조는 인간의 욕망을 육체성, 물질성, 세속성의 차원에서 그리는 일이 많다. 뿐만 아니라 그런 층위의 욕망들을 여러 겹의 매개, 전치(轉置)로써 간접화하고 우아하게 표현하는 일에 대해 다소간은 적대적이기도 하다. 바로 이 점에 주목했던 고정옥(高晶玉, 1911-1968)의 선구적 업적[01] 이래 많은 연구자들은 사설시조가 인간의 본능적 욕구를 거리낌 없이 노출·긍정하고, 유교적 도덕관념의 허위성을 비판했다는 식의 논의를 되풀이하며 엇비슷한 해석 모델을 구성해 왔다.

나는 이처럼 관성화된 접근이 반쯤만 옳다고 생각한다. 그 이유는 사설시조가 육체적, 물질적 욕망을 절대화하는 세속적 쾌락주의에 몰두하기보다, '욕망과 그 충족을 가로막는 상황 조건 사이의 긴장'을 포착하는 데 집중적 관심을 보인다고 이해하기 때문이다. 이런 긴장과 갈등을 그리는 데 희극적 수법이 많이 구사된 점은 널리 알려진 사실인데, 종래의 논자들은 사설시조의 웃음이 지닌 복합성과 '웃음 뒤에 남는 성찰'을 깊이 고려하기보다는 이 희극성을 단순한 재미와 소재적 차원의 긍정으로 해석하고는 했다.

새삼스러운 말이 되겠지만, 욕망의 총량은 그것을 수납할 수 있는 세계 전체보다 언제나 크다. 뿐만 아니라 세계 안에는 서로 경쟁하는 수많은 집단과 개체들이 있으며, 개인 내부에조차 종종 충돌하는 욕망들이 있다. 사회는 이 욕망들을 조절하고 규율하는 체계인 동시에, 자연적 욕구보다 훨씬 복잡한 욕망들을 생산하고 가공하며 거래하는 공간이다.

사설시조가 인간을 욕망의 주체로 본다는 것은 욕망과 세계 사이의 이 복잡다단한 얽힘 속에서 당면하는 난제들을 삶의 불가피한

01 『古長時調 選註』(정음사, 1949).

속성으로 여긴다는 것과 같은 의미이다. 다만 사설시조는 이를 개념화하거나 텍스트의 액면에서 명시적으로 표현하는 일이 거의 없으며, 오히려 반어(反語)와 희극적 연출의 수법을 즐겨 구사한다. 사설시조의 관심사와 의미 구성 방식을 적절히 이해하기 위해서는 고상하며 진지하다고 간주되는 여타 장르의 작품을 읽는 경우와 다를 바 없이 섬세한 독법이 필요하다. 다음 작품이 그런 점을 새삼 일깨워 주는 시금석이 될 만하다.

> 불 아니 ᄯᅵ일지라도 절노 익ᄂᆞᆫ 솟과 녀무쥭 아니 먹어도 크고 ᄉᆞᆯ져
>   ᄒᆞᆫ 건ᄂᆞᆫ ᄆᆞᆯ과
> 질ᄉᆞᆷᄒᆞᄂᆞᆫ 女妓妾과 술 ᄉᆡᆷᄂᆞᆫ 酒煎子와 牂 보로 낫ᄂᆞᆫ 감은 암쇼 두고
> 平生의 이 다ᄉᆞᆺ 가져시면 부를 거시 이시랴
>
> _『병와가곡집』, 고시조대전 2148.1
>
> 불 아니 땔지라도 절로 익는 솥과 여물죽 아니 먹어도 크고 살져 잘
>   걷는 말과
> 길쌈하는 기생첩과 술 샘솟는 주전자와 양 부루 낳는* 검은 암소 두고
> 평생에 이 다섯 가졌으면 부러울 것이 있으랴
>
> * 좋은 안주거리인 양(소의 밥통 고기)을 오랫동안 계속해서 낳아 주는.

이 작품의 주제를 '물질적 풍요와 향락에 대한 열망'으로 읽은 연

구자들이 더러 있었지만, 이는 적잖이 잘못된 해독이다. 그런 욕구가 시상의 출발점에 있다는 것은 분명해도, 작품의 전개와 귀결은 오히려 '소진(消盡)되지 않는 물질적 충족의 불가능함'을 해학적으로 확인하는 반어로 이루어져 있기 때문이다. 불을 때지 않아도 음식이 저절로 익는 솥이 있는가. 그런 솥은 없다. 여물을 먹지 않고도 튼튼해서 일 잘하는 마소 따위도 존재하지 않는다. 넉넉지 않은 살림에서 술은 아쉬움을 채우기 전에 바닥나고, 좋은 안주거리를 쑥쑥 낳아 주는 검은 암소 따위는 가당치 않은 공상에 불과하다. 생활을 유지하기 위해서는 나무하고 밭 갈고 가축을 돌보는 등 힘든 노동의 나날을 견디어야 하며, 부족한 음식으로나마 위안을 삼아야 한다.

'길쌈하는 기생첩'은 이렇게 열거된 '불가능한 충족'의 해학적 가상 중 하나이면서, 세상사에 대한 씁쓸한 깨달음의 일단을 재미있게 보여 준다. 육아와 부엌일, 빨래, 청소 등을 착실히 감당할 뿐 아니라 틈나는 대로 길쌈을 하여 옷감을 장만하고 더러는 내다 팔아서 가용에 보태는 일이 신분을 가릴 것 없이 조선시대 주부들에게 기대되던 소임이었다. 그렇게 일에 치어 사는 동안 여성적 매력을 잃어버린 아내에게 불만을 느껴서 남성들은 흔히 소실을 들였고, 그중에서도 재색(才色)과 교태를 갖춘 기생첩이 특히 매력적인 선택일 수 있었다. 하지만 기방의 예능을 배우고 곱게 꾸민 미모와 연약한 듯한 교태로 처신하는 수완을 익힌 기생첩이 어찌 몸을 돌보지 않고 가사노동에 전념할 것인가. 그러니 '길쌈하는 기생첩'이란 여타의 네 가지 사물에 대한 불가능의 상상처럼, 세상에 있을 수 없는 여성 형상일 뿐이다.

요컨대 이 작품은 무한한 물질적 풍요의 불가능성에 관한 노래라고 보아야 마땅하다. 그것이 불가능함을 화제로 삼는다는 것은 인간이 세계의 물질성 속에 불가피하게 매여 있으며, 그런 조건에 관련된 욕망의 문제가 중요하다는 인식을 당연히 전제한다. 하지만 작품의 초점은 이 당연한 이치의 확인보다 어떤 종류의 물질적 필요성도 완전히 충족될 수 없는 것이 세상의 완강한 현실이라는 깨달음을 더 강조한다. 그것을 표현하는 방식이 해학적으로 과장되어 있기에 이 깨달음은 침울함에 빠지지 않고 오히려 장난스러운 경쾌함마저 동반한다. 그런 가운데서 이 작품은 우리의 삶이라는 것이 세상 어디서나 피할 수 없는 한계성의 수면에 떠서 헤엄치면서 때로는 작은 여유에 만족하고 때로는 결핍을 감내해야 하는 일임을 따뜻하면서도 씁쓸한 웃음으로 확인하게 해 주는 것이다.

다음 작품은 이런 반어를 구사하지 않고, 통속적으로 엮어진 욕망의 이상을 다분히 거드렁거리는 화법으로 술회한다.

> 大丈夫ㅣ 功成身退ᄒᆞ야 林泉에 집을 짓고 萬卷書를 ᄡᅡ하 두고
> 죵 ᄒᆞ여 밧 갈리고 甫羅ᄆᆡ 질들이고 千金駿駒 알픠 ᄆᆡ고 金樽에 술을 두고 絶代佳人 겻틔 두고 碧梧桐 검은고에 南風詩 놀릐ᄒᆞ며

太平煙月에 醉ᄒᆞ여 누엇신이
암아도 平生 ᄒᆡ올 일이 잇분인가 ᄒᆞ노라

_ 李鼎輔, 『해동가요 주씨본』, 고시조대전 1303.1

대장부 공을 이루고 은퇴하여 임천에 집을 짓고 만권서를 쌓아 두고
종 시켜 밭 갈리고 보라매 길들이고 천금준마 앞에 매고 금동이에
술을 두고 절대가인 곁에 두고 벽오동 거문고에 남풍시 노래하며
태평연월에 취하여 누웠으니
아마도 평생 하올 일이 이뿐인가 하노라

'공성신퇴(功成身退), 임천(林泉), 만권서(萬卷書)' 같은 구절이 자못 장중하고 고아한 분위기를 꾸미고 있지만, 이들은 사대부 문화에서 상투화된 관용어에 불과하다. 욕망의 차원에서 좀 더 실질적인 의미 비중은 그보다 중장에 집약되어 있는 듯이 보인다. 직접 노동으로부터의 해방("종 시켜 밭 갈리고"), 말 타기와 매사냥 등의 호방한 레저 스포츠, 아름다운 기녀를 동반한 취락과 풍류 생활 등이 그 내용이다. 여기에 소도구로 등장하는 남풍시(南風詩)는 전설적 제왕인 순(舜) 임금이 오현금을 타며 즐겨 불렀다는 태평성대의 노래지만, 그 이념적 의미는 이제 거의 증발해서 안락태평의 풍류를 장식하는 상투어가 되었다. 이 작품에서 초장이 문인관료적 일생의 이상을 압축한 것인 데 비해, 중장은 이보다 세속화된 풍요의 공간에서 호방

한 풍류와 일락을 누리는 거부(巨富), 호농(豪農), 풍류집단 등을 모두 포용할 만한 일반성을 지닌다. 조선 전기의 강호시조 같은 발상법에서라면 초·중장의 이런 연결은 불가능했을 것이다. 그러나 사설시조에 와서 강호라는 이념 공간은 현저하게 쇠퇴했고, 어쩌다가 관습적 화법에 의지하여 잔존한 경우에도 여기에 보듯이 전원적 삶의 흥취라는 지배적 주제에 종속하는 것이 보통이다.

위의 작품은 지향 가치의 측면에서 우리가 제1장에서 논한 '조촐한 삶'의 유형에 속하면서도 그것을 화려하게 치장하고 의기양양하게 과시하는 방향으로 나아갔다. 반면에, 다음 작품은 차분하게 가라앉은 어조와 함축적인 수사로써 큰 욕심 없는 삶의 평화와 자족감을 그야말로 조촐하게 노래한다.

곳구룽 우ᄂᆞᆫ 쇼ᄅᆡ에 낫잠 ᄭᆡ여 이러 보니
져근아달 글 이르고 며늘아기 벼 ᄶᆞᄂᆞᆫᄃᆡ 어린 孫子ᄂᆞᆫ ᄭᅩᆺ노리 ᄒᆞᆫ다
마쵸아 지어미 슐 거로며 맛보라고 ᄒᆞ더라

_『시가 박씨본』, 고시조대전 0297.1

꾀꼬리 우는 소리에 낮잠 깨어 일어 보니
작은아들 글 읽고 며늘아기 베 짜는데 어린 손자는 꽃놀이 한다
때마침 지어미 술 거르며 맛보라고 하더라

구체화된 전원 풍경 속에 작중인물들의 배치와 역할이 자연스럽게 어울리는 가운데 소박하면서도 조화로운 봄날의 충족감이 여실하다. 수사적인 허세가 전혀 없을 뿐 아니라 특별한 기교도 부리지 않았지만, 그런 가운데 숨어 있는 암시와 함축의 화법이 탁월하다. 이를 살피기 위해 우선 '소리'의 차원을 눈여겨보자. 이 작품에는 여러 가지 소리가 등장한다. 꾀꼬리 우는 소리, 글 읽는 소리, 베 짜는 소리 등이 그것이며, 어린 손자가 꽃놀이를 하면서도 이런저런 말소리가 있었을 법하다. 그럼에도 불구하고 가장인 작중화자는 꾀꼬리 우는 소리에 낮잠을 깬다. 나머지 소리는 이 집안에 일상적으로 반복되는 것이어서, 잠을 깨우기보다는 오히려 생활의 안정감을 지속적으로 확인시켜서 편안히 잠잘 수 있게 해 주는 요인이다. 그런 점에서 초장의 꾀꼬리 우는 소리는 이 가문의 넉넉한 평화를 암시하고 또 심미화해 준다.

그런데 작은아들이 글을 읽는다면 큰아들은 어디 있는가. 상상적 추론일 수밖에 없지만, 작품의 분위기로 보아서는 큰아들도 진작부터 착실히 글을 읽어 입신출세를 했기에 관직이나 공적인 소임을 위해 집을 떠난 것이라 보아도 무방할 듯하다. 이 경우 큰아들의 부재라는 사실은 이 가문이 향촌에 파묻혀 영락하거나 간신히 현상을 유지하는 데 그치지 않고, 사회적 위신을 높이며 번성하는 중이라는 암시가 될 수도 있다. 종장은 이처럼 낙관적이고 조화로운 장면에 새로 거른 술의 향기와 홍취를 첨가한다. 집안은 무사태평하고 가족들은 모두 근면한 가운데 주인공인 가장이 누리는 현실적, 심미적 충족감이 이 술잔에 담겨 있다.

하지만 작위적인 느낌이 전혀 없도록 간결, 소박한 필치를 교묘하게 구사했어도 이 작품은 현실태이기보다는 희망적으로 구성한 이상형에 가깝다. 글 읽기 싫어하는 아들, 잔소리하는 아내, 그리고 꾀꼬리 울음 따위가 아니더라도 편안히 낮잠을 잘 수 없도록 방해하는 걱정거리들이 현실에는 너무나도 많기 때문이다.

여기서 조선 후기의 서사문학 작품 중 위의 사설시조와 상통하는 관점에서 삶의 이상형을 논한 사례들을 살펴볼 만하다. 1848년에 목판본으로 간행된 소설집 『삼설기(三說記)』 중의 「삼사횡입황천기(三士橫入黃泉記)」와, 또 다른 경로로 「삼사발원설(三士發願說)」이라 전해지는 야담이 그것이다. 이 두 작품은 동일 작품의 변종이라 보아도 좋을 만큼 구성과 핵심 내용이 비슷하지만, 분량과 표현 방식에는 차이가 많다. 그런 가운데 앞의 작품은 상당히 길고 한문투의 표현이 많아서 아래에 줄거리만을 간추리고, 둘째 작품으로부터는 종결부의 핵심 장면을 직접 인용으로 보기로 한다.

함께 과거공부를 하던 세 선비가 있었다. 어느날 이들이 봄놀이를 갔다가 술에 크게 취하여 인사불성이 된다. 이때 마침 저승사자들이 임무를 수행하러 다니다가 그 세 선비를 잡아간다. 지부(地府)

에 끌려온 선비들은 자기들이 억울하게 잡혀왔음을 호소한다. 저승의 판관이 장부를 확인한 결과 이들이 삼십 년이나 일찍 잡혀 온 것임이 확인된다. 이에 염왕은 세 선비를 다시 이승으로 보내 주도록 명한다. 그러나 세 선비는 죽은 지 이미 오래되어 혼백을 붙일 데가 없어졌다. 그리하여 염왕은 세 선비가 각자 원하는 삶을 새로 살 수 있게 해 달라는 요구를 수락하고, 각기의 희망을 써내게 한다.

이에 첫째 선비는 군사적 영웅의 삶을 소원한다. 대장부의 기상과 풍격을 갖춘 위에 천문, 지리와 각종 병법을 통달하고, 마침내는 대장군이 되어 천군만마를 지휘함으로써 위엄이 온 세상에 떨치는 인물이 되고 싶다는 것이다.

둘째 선비는 문인 관료로서 숭앙받는 생애를 희망한다. 명문가의 자제로 태어나 경학과 문장에 두루 통달하고, 유능한 관인으로서 역량을 발휘하여 지방과 중앙의 요직을 두루 거치며 마침내 백관을 총지휘하는 자리까지 오른 뒤 노년에 명예롭게 은퇴하겠다는 것이 그 내용이다.

염왕은 두 선비의 소원이 모두 수긍할 만하다고 여겨서 그렇게 되도록 조치한다. 하지만 다음 선비의 경우는 처분이 이와 다르다.

셋째 선비는 앞의 두 사람이 말한 바와 같은 출세와 영광의 생애를 갈망하지 않는다. 그가 원하는 바는 바른 품성과 몸가짐을 익히며 성장하여, 부모에게 효도를 다하며 사는 것이다. 그런 뒤에는 산수가 깨끗한 곳에 초당을 지어 세상의 영욕을 멀리하고 부유하지 않은 살림일지언정 거문고와 한잔 술을 벗삼으며 유유자적하고자 한다. 그런 가운데 슬하에는 2남 1녀를 두고 내외손이 번창하며 친척이 화목하여, 몸에 병 없이 살다가 천수를 다하는 것이 소원이라고 말한다.

이 말을 듣자 염왕은 대노하며, 그의 욕심이 이루 말할 수 없이 크다고 꾸짖는다. 셋째 선비가 원하는 바를 임의로 할 수만 있다면 자기 스스로도 염라대왕을 내놓고 그렇게 살겠다는 것이다.*

* 『한국고전문학대계 13: 단편소설선』(민중서관, 1976), 504-519면.

[선비 1, 2의 소원을 들어준 뒤 셋째 선비에게] 옥황상제가 묻기를 "너의 소원이 무엇이냐?"

그 선비는 안색을 고치고 옷깃을 여미고 향안(香案) 앞으로 나아가 엎드려 두어 번 기침을 한 연후에 비로소 소원을 아뢰는 것이었다.

"소신(小臣)이 소원하옵는 바는 앞의 두 사람과 다르옵니다. 신은 성벽이 맑고 한가로움을 사랑하와 부귀공명은 전혀 구하지 아니하옵니다. 다만 임수배산처(臨水背山處)를 얻어 초옥을 두어 간을 조촐하게 세우고 수 경(頃)의 논과 몇 그루의 뽕나무 밭이 있어 홍수나 가뭄의 걱정이 없고 부세(賦稅)의 시달림을 잊으면 그만이지요. 그리하여 조반석죽이나마 배를 채우기에 충분하고 겨울은 솜옷, 여름은 갈포로 몸을 가릴 것입니다. 겸하여 자손들은 직분을 다하여 수고로이 책망할 것이 없고 노비들은 부지런히 농사짓고 길쌈을 하여 안으로는 능상(凌上)하거나 잡스러운 일이 없으며, 밖으로 시끄러워질 염려가 없습니다. 신은 이에 쾌적하게 소요하며 한가로이 노닐어 마음이 쓰이는 곳이 없고 육신 또한 편안하여 명은 천수를 다하되 무병(無病)하게 돌아가는, 이것을 소원할 따름이옵니다."

말이 미처 끝나기도 전에 옥황상제가 향안을 어루만지며 탄식하는 것이었다.

"어허! 그것은 이른바 청복(淸福)이라 하느니라. 청복이라 하는 것은 세상 사람이 모두 바라는 바요, 하늘이 가장 아끼는 것이니라. 만약 저마다 구하고, 구하여 얻을 수 있다면 어찌 유독 너뿐이겠느냐? 우선 내가 남 먼저 차지하여 누렸을 것이니라. 무슨 맛에 괴로이 이런 옥황상제 노릇을 하고 있겠느냐?"*

* 이우성 · 임형택 편역, 『이조한문단편집』 중(일조각, 1978), 74-75면.

이 두 작품이 권력, 지위, 명성과 부귀를 모두 가진 생애보다 '조촐한 평화의 삶'을 더 높이 평가했다는 것은 분명하다. 명리의 세계로부터 물러나 전원에 한거하며 친족과 공동체의 화친을 누리는 가운데 과욕도 근심도 없는 조화에 자족하는 것, 이것이 '청복'이요 최상의 삶이라는 것이다. 염라대왕과 옥황상제마저도 그런 삶을 위해서라면 기꺼이 자신들의 지위와 권력을 내놓겠다고 한다든가, 셋째 선비의 소망을 격려하기보다 욕심이 지나치다고 꾸짖는다는 것은 물론 극단적 수준의 과장이다.

그러면 이 두 작품은 일체의 물질적, 현세적 욕망으로부터 초탈한 고고함을 이상으로 내세우는 것일까? 그렇게 본다면 지나친 이분법의 도식에 발목을 잡히는 일이 될 것이다. 위의 작품들이 예찬하는 조화의 삶은 고도의 도덕적 긴장과 청빈 의식으로 곤궁을 견디며 구도자의 길을 가는 지사적(志士的) 형상과는 상당히 먼 거리에 있다. 무엇보다도 물질적 조건의 차원에서 셋째 선비의 소망은 '부유하지는 않더라도 나날의 삶을 유지하고 봉제사(奉祭祀), 접빈객(接賓客)의 도리를 실천하는 데 궁하지 않은 정도의 가산'을 전제로 삼는다. 적당한 규모의 논밭이 있어서 "홍수나 가뭄의 걱정이 없고 부세(賦稅)의 시달림을 잊을" 만하다면 이것은 이미 빈궁의 위협으로부터 안전한 경지에 속한다. 그런 가운데서 노비들은 부지런하고, 가족들 모두가 화평한 가운데 무병장수할 수 있다면 옥황상제까지는 아니더라도 세상의 숱한 권력자와 부호들 또한 부러워함이 없지는 않을 것이다. 그런 뜻에서 위의 소설과 야담은 안빈낙도(安貧樂道), 즉 '가난을 태연히 받아들이면서 오로지 도(道)를 추구함'에 비중을 두기보다는, 적절한 수준의 물질적 영위와 심성의 다스림이 한데 어울린 삶을 강조한 것이라 하겠다. 그리고 이 점은 우리가 바로 앞에서 본 사설시조 「꾀꼬리 우는 소리에」가 함축성 있게 형상화한 전원적 행복의 모습이며 가치의식이기도 하다.

염라대왕조차 샘을 낼 만큼 그런 행복이 세상에 희귀한가는 의문이라 해도, 사람들의 실제 생애가 그런 경지와 동떨어진 결핍, 좌절, 실망의 수준에서 벗어나기 어렵다는 것은 자명한 일이다. 그럼에도 불구하고 평시조, 특히 조선 전기의 평시조는 이 자명한 고뇌를 작품화한 경우가 많지 않다. 반면에 사설시조는 그런 결핍과 갈등의 문제를 자주 포착한다.

서로 다른 차원에서 희화화된 인물이 등장하는 다음의 두 작품을 보자.

還上 갑ᄉᆡ 볼기 셜흔 맛고 長利 갑ᄉᆡ 동솟츨 써여 가ᄂᆡ
ᄉᆞ랑 동 女妓妾을 원의 差使 등 미러 간다
아ᄒᆡ야 粥湯罐에 개 보아라 豪興계워 ᄒᆞ노라

_『해아수』, 고시조대전 5481.1

환곡* 값에 볼기 서른 맞고 장리 값에 동솥**을 떼어가네
사랑 둔 여기첩을 원의 차사 등 밀어간다
아이야 죽탕관에 개 보아라 호흥겨워 하노라

* 환곡(還穀). 조선시대에, 곡식을 사창(社倉)에 저장하였다가 백성들에게 봄에 꾸어 주고 가을에 이자를 붙여 거두던 일. 또는 그 곡식.
** 옹달솥. 작고 오목한 솥.

부러진 활 것거진 통 젼 銅爐口 메고 怨ᄒᆞᄂᆞ니 黃帝 軒轅氏를

相奪與 아닌 前에 人心이 淳厚ᄒᆞ고 天下 太平ᄒᆞ여 一萬八天歲 사랏
거든

엇더타 習用干戈ᄒᆞ여 後生 困케 ᄒᆞ연고.

_『청구영언 진본』, 고시조대전 2067.1

부러진 활, 꺾어진 총, 땜질한 퉁노구* 메고 원망하나니 황제(黃帝)
헌원씨를

서로 빼앗고 싸우기 전에는 인심이 순후하고 천하 태평하여 일만팔
천세 살았는데

어찌타 무기 쓰는 법을 가르쳐 뒷사람을 고달프게 하신고

* 품질이 낮은 놋쇠로 만든 작은 솥. 병사들이나 먼 길을 다니는 장사치들이 지참하여, 음식을 만드는 데 사용했다.

첫 작품의 주인공은 온갖 빚으로 인해 가산(家産)을 다 빼앗기고 죽으로 끼니를 이어야 하는 처지에 있다. 그는 환곡을 갚지 못한 데 대한 처벌로 관가에 끌려가 볼기를 맞았을 뿐 아니라, 장리 빚을 갚지 못해 동솥마저 압류당했다. 작은 솥인 동솥을 빼앗겼다면 그보다 큰 가마솥은 진작에 다른 빚쟁이가 가져갔을 것이다. '사랑하던 여기첩'마저 빚쟁이가 데려간다는 것은 이와 같은 수난을 희극적으로 강조하기 위한 설정이다. 종장은 이보다 더 기발하면서 희극성의 내면에 비애의 감각을 삽입한다. 탕관(湯罐)이란 국을 끓이거나

약을 달이는, 손잡이가 달린 작은 그릇으로서, 통상적으로 죽을 끓이는 데 쓸 만한 도구는 아니다. 그러나 크고 작은 솥을 모두 빼앗겼으니 탕관을 쓸 수밖에 없다는 사정이 이 대목에 함축되어 있다. 그 작은 그릇에서 죽이 끓는데, 개가 죽 냄새를 맡고 저도 먹을 것인가 하여 킁킁대고 껑충거리며 설쳐댄다. 주인의 사정이 곤궁하기 짝이 없으니 개는 또 얼마나 굶주렸을 것인가. 그 개의 겅중대는 모습과 이를 바라보는 주인의 심경이 어울림으로써 상황의 희극성은 더 커진다. 그러나 이 희극성 속에는 웃음만으로 지워지지 않는 빈곤의 탄식이 깔려 있다.

둘째 작품에 등장하는 인물은 전쟁에 시달린 병졸이다. 부러진 활, 꺾어진 총에다 땜질한 퉁노구를 메었다는 묘사에서 남루하고 지친 군졸의 모습이 떠오른다. 그런 처지의 병졸답게 그는 자신의 고달픈 신세를 한탄하고, 전쟁을 원망한다. 그런데 이 작품을 흥미롭게 만드는 초점은 그의 원망이 황제(黃帝) 헌원씨를 향한다는 점이다. 황제는 중국 고대의 전설적 제왕으로서 수레와 배를 만들었고, 치우(蚩尤)가 반란을 일으키자 무기를 처음 제작하여 무찔렀다는 인물이다.

자신에게 고달픈 처지를 가져 온 원인으로 황제를 지목하는 군졸의 말은 기묘한 위화감을 불러일으킨다. 그의 말이 무기와 수레 등의 기계로써 이로움을 추구한 문명 전체에 대한 원망이라면 그 거창함과 말단 군사의 초라한 모습 사이에 희극적 부조화가 생겨난다. 단순히 전쟁에 대한 원망을 헌원씨에게 돌린 것이라면 그의 순진함이 웃음을 자아내게 된다. 그의 고난은 헌원씨를 탓하기보다 잘못된 군역(軍役) 제도나 행정에 원인을 물어야 할 것이기 때문이다. 어느 쪽으로 해석하든 이 군졸의 고달픈 푸념은 일종의 '유식한 무지'의 산물이 된다.

그러나 이런 우스꽝스러움을 연출하면서도 작품의 시선은 그의 괴로운 신세에 대해 따뜻한 동정의 태도를 간직한다. 처자식과 오랫동안 이별하고 변방의 고초를 감내해야 하는 군졸의 처지는 그의 유식한 무지가 불러일으키는 서글픈 웃음 때문에 더욱 안쓰러운 형상이 되는 것이다.

서로 다른 처지의 두 인물이 겪는 고난을 희극적으로 조명하면서 위의 작품들이 단순히 한때의 실소(失笑)를 제공하기만 하는 것은 아니다. 한 편의 시가 때때로 작은 웃음을 줄 수 있다면 그것도 무가치한 일은 아니지만, 위의 작품들은 짧은 웃음의 여백에서 세상의 엄혹한 질서에 치이거나 힘겹게 물려들어간 자들의 일그러진 표정과 엉거주춤한 자세에게로 수용자의 시선을 이끌어 간다. 그 모습은 우스꽝스럽다 해도 우스꽝스러움의 근저에 있는 소망의 원천적 질량까지 웃음으로 지워지기는 어렵다.

이 항목의 서두에서 말한 바를 다시 강조하건대, 사설시조는 대다수의 경우 인간을 욕망의 주체로 보며, 육체성, 물질성, 세속성의 차원에 속하는 욕망에 많은 관심을 기울인다. 하지만 그렇다고 해서 사설시조가 욕망을 무조건적으로 긍정하거나, 다른 가치들보다 항상 우월한 위치에 놓는다고 일반화할 수는 없다. 사설시조는 욕망을 절대화하는 세속적 쾌락주의에 몰두하기보다, '욕망과 그것을 가로막는 상황 조건 사이의 긴장'을 포착하는 데 관심을 보인다는 것이 오히려 사설시조를 온당하게 이해하는 데 유익한 관점이다.

2. 욕망의 위계

인간을 욕망의 주체로 본다 하더라도 욕망의 여러 종류를 어떻게 관계 짓고 서열화하는가에 따라 그 구도는 현저하게 달라질 수 있다. 요점을 먼저 지적하자면 사설시조는 기층적 차원의 욕망을 매우 자주, 그리고 뚜렷하게 강조한다. 명예, 학식, 벼슬처럼 고차적이면서 여러 겹으로 매개된 욕망보다는 물질적·육체적 만족이 더 중요하며, 후자의 영역에서도 육체의 직접성에 가까운 것이 우선적인 지위를 차지한다.

육체의 욕구를 '낮다, 비천(鄙淺)하다'고 하고, 명예욕이나 해탈의 욕구 같은 것을 '높다, 숭고하다'고 함으로써 가치의 위계를 부여하는 것은 말할 것도 없이 인간 사회와 문화의 일반적 속성이다. 생물학적 개체를 일정한 사회체제 속의 주체로 만들기 위해서는 생물적 조건에서 발생하거나 그것과 가까이 있는 욕구들을 포섭, 중재, 대체하는 2차적 가치들이 만들어지고 그것들을 상위에 놓는 위계질서가 조성되어야 한다. 이러한 담론적 위계는 대체로 그 사회의 신분적 위계와 조응한다. 상위 계층은 고차적 가치와 욕구를 수호하고 실천하며, 하위 계층은 높은 수준의 욕구를 실행할 만한 자질을 지니지 못했지만 그것을 존경하고 가능한 한 본받으면서 낮은 욕구의 삶을 살아가야 하는 것으로 차별화된다. '귀족의 의무'라는 관념, '군자 대 소인/서인(庶人)'의 대립적 범주에 이런 위계 의식이 함축되어 있다.

이와 같은 구분을 잠정적으로 참조하면서 말하자면 사설시조의 주류적 욕망이 지닌 '기층성'이란 가치서열상의 낮음에 해당하는 동시에, 사회신분상의 낮음이라는 속성도 피할 수 없는 듯하다. 즉 사설시조는 '하층민들의 삶을 통해, 비속한 차원의 욕망을 즐겨 그린' 양식이라 규정될 위험성이 많다. 이런 관점은 사설시조에 관한 종래의 이해에서 자주 표출되었고, 또 대체적인 지지를 얻기도 했다. 그러나 여기에는 섬세하게 따져보아야 할 문제성이 숨어 있다.

사설시조는 육체적·물질적 욕망을 중시할 뿐 아니라, 그것을 비루하고 추한 것으로 보는 위계질서를 의심하거나 때로는 거부하는 태도를 보인다.[02] 바꿔 말하면 고상한 가치의 실효성, 진정성에 대한 의문이 사설시조의 인간 탐구에 다양한 농도로 스며들어 있는

02 여기에는 물론 작품에 따른 편차가 적지 않게 있다. 본고의 논의는 사설시조에서 주류적이거나 비교적 우세한 경향을 중심으로 한 것이다.

듯하다. 작품에 포착된 인물들 또한 하위 계층으로만 일반화할 수는 없다. 내용상의 단서들을 통해 상당수 사설시조의 등장인물 중에서 하층민 내지 서민층을 식별하는 것은 물론 가능하고 또 중요하다. 하지만 그런 추정이 불가능하여 신분이 특정되지 않는 포괄적 인물형도 많으며, 간혹은 양반이거나 중인 이상의 계층이라고 보아야 할 인물들도 있다.

孫約正은 點心 ᄎᆞᆯ히고 李風憲은 酒肴를 쟝만ᄒᆞ소
거믄고 伽倻ㅅ고 嵇琴 琵琶 笛 觱篥 杖鼓 舞[鼓] 工人으란 禹堂掌이
　ᄃᆞ려오시
글 짓고 노래 부르기와 女妓女 花看으란 내 다 擔當ᄒᆞ리라.

_『진본 청구영언』, 고시조대전 2751.1

손약정*은 점심 차리고 이풍헌**은 술안주를 장만하소
거문고 가야금 해금 비파 젓대 피리 장고 무고 공인들일랑 우당장
　이 데려오소
글짓고 노래 부르기와 기생 일일랑 내 다 담당하리라

* 손씨 성을 가진 약정(約正). '약정'은 조선시대 향약(鄕約) 단체의 임원.
** 이씨 성을 가진 풍헌(風憲). '풍헌'은 조선시대 향소직(鄕所職)의 하나.

'약정(約正), 풍헌(風憲), 당장(黨長)' 등의 호칭으로 보아 이들은 관료의 지위에 있지는 않지만 양반이며, 상호간에 긴밀한 친교의 관

계망을 유지하면서 향촌사회에서 지도적 역할을 담당하는 상층집단이다. 현달한 문인 관료가 아니라 해서 그들이 고상한 학식과 덕행을 외면하고 범속한 향락에만 몰두할 리는 없다. 그러나 이 작품은 그런 높은 수준의 모습을 접어두고, 음악과 기녀를 동반한 주연(酒宴)의 즐거움에 관심을 집중한다. 향촌의 사대부답게 그들의 놀이는 비교적 검소하다. 음식과 술을 각자 분담할 뿐더러, 각종 악기를 연주하는 악사와 기녀들을 조달하는 것도 그들 자신이 해야 할 일이다. 이 번거로운 일들을 기꺼이 분배하고 기획하는 작중화자의 어조는 들놀이하는 당일의 넉넉한 흥취에 대한 기대로 자못 들떠 있다. 고결한 이상과 규율의 긴장감으로부터 잠시 벗어나 유유자적하는 즐거움을 노래하는 것은 한시와 평시조에도 종종 있었던 일이다. 하지만 위의 사설시조에서 점심, 술안주, 악기, 악공, 노래, 기녀들이 구체적으로 열거되는 동안 그 즐거움은 사대부적 예악(禮樂)이나 '영이귀(詠而歸)'의[03] 절제된 심미성으로부터 떠나, 세속적 풍류의 쾌락 쪽으로 전환한다. 등장인물의 신분은 상층에 속한다 해도, 그 욕망과 쾌락의 신분적 구분은 여기서 희미해진다.

압 논에 올여 뷔여 百花酒를 비저 두고

03 『論語 · 先進』, "莫春者, 春服旣成, 冠者五六人, 童子六七人, 浴乎沂, 風乎舞雩, 詠而歸." 夫子喟然歎曰, "吾與點也!"

뒷東山 松亭에 箭筒 우희 활 지어 걸고 손조 구굴뭇이 낙가 움버들

에 쒜여 물에 ᄎᆡ와 두고

아희야 벗님네 오셔든 긴 여흘로 ᄉᆞᆯ와라

_『해동가요 일석본』, 고시조대전 3089.1

앞 논에 올벼를 베어 백화주*를 빚어 두고

뒷동산 송정**에 화살통과 활 지어 걸고, 손수 구굴무치*** 낚아 움버

들****에 꿰어 물에 채워 두고

아이야 벗님네 오시면 긴 여울로 [오시라고] 사뢰어라

* 여러 가지 꽃을 넣어 빚은 술.

** 솔숲에 지은 정자.

*** 구굴무치과의 민물고기. 몸길이 15cm 정도. 몸빛은 흙갈색이고 몸통 옆에는 흑색 세로 띠가 있음.

**** 새로 움이 돋아난 버들.

ᄉᆡᆼ마 잡아 길 잘 드려 두메로 쒱 산양 보ᄂᆡ고

셋말 구불굽통 솔질 ᄉᆞᆯᄉᆞᆯ ᄒᆞ야 뒤 송정 잔듸 잔듸 금잔듸 난 데 말

뚝 쌍쌍 박아 바 늘여 ᄆᆡ고 암ᄂᆡ 여흘 고기 뒷ᄂᆡ 여흘 고기 자나

굴그나 굴그나 자나 쥬어쥬셤 낙과ᄂᆡ야 움버들 가지 쥬루룩 훌

터 아감지 쒜여 시ᄂᆡ 잔잔 흘으는 물에 청셕바 바둑돌을 얼는 ᄂᆡᆼ

큼 슈슈히 집어 자장단 마츄아 지질너 노코

동자야 이 뒤에 욋쏄 가진 청소 타고 그 소가 우의가 부푸러 치질이

셩헛가 ᄒᆞ야 남의 소를 읏어 타고 급히 나려와 뭇거들나 너도 됴곰도 지체 말고 뒷 녀흘노

_『남훈태평가』, 고시조대전 2496.1

생매 잡아 길 잘 들여 두메로 꿩 사냥 보내고

흰말 굽은 굽통 솔질 솰솰하여 뒷송정 잔디 잔디 금잔디 난 데 말뚝 쌍쌍 박아 밧줄 늘여 매고, 앞내 여울 고기 뒷내 여울 고기 자나 굵으나 굵으나 자나 주섬주섬 낚아 내어, 움버들 가지 주르륵 훑어 아가미 꿰어 시내 잔잔 흐르는 물에 청석바 바둑돌을 얼른 냉큼 많이 집어 자장단 맞추어 눌러다 놓고

동자야 이 뒤에 외뿔 가진 푸른 소 타려다 그 소가 등이 부풀어 치질이 성할까 하여 남의 소를 얻어 타고 급히 내려와 묻거들랑 너는 조금도 지체 말고 뒷 여울로 [아뢰어라]

이 두 작품은 앞서서 본 시골 양반들의 즐거운 만남을 일상적 삶의 소망으로 바꿔놓은 것이라 할 만하다. 일상화된 모습이기에 각종 악기, 악공, 기녀와 풍성한 음식은 등장하지 않지만 조촐한 대로 여유와 운치가 부족하지 않다. 그런데 작중인물의 신분은 불분명하다. '활, 사냥매, 말' 등이 등장하는 것을 보면 무반(武班)이나 중인층인 것도 같지만 글 읽는 선비가 반드시 배제될 까닭도 없다. 이 작품들은 그런 신분적 구별이 별로 중요하지 않을 만큼 공적인 사

회관계의 분별에서 벗어나 전원에 유유자적하는 삶을 이상화한 것이다.

첫째 작품에서 중요한 사물은 '올벼, 백화주, 구굴무치'이다. 각박하게 절약을 힘쓰지 않아도 좋을 만한 농업생산의 수확, 꽃을 넣어 담근 술로 흥취를 돕는 여유, 그리고 몸소 그물질이나 낚시를 해서 술안주를 장만하는 즐거움 등이 이 사물들에 동반하는 함축적 의미들이다. 게다가 이 넉넉한 공간에 친밀한 벗이 찾아올 것이다. 소찬이 마련된 여울에서 그를 맞아 담소를 나누는 것을 상상하는 가운데 전원생활의 자족감이 더욱 고양된다. 이 자족감은 단순한 물질적 차원 이상의 것이지만, '올벼, 백화주, 구굴무치'로 표현된 물질의 풍성함에 대한 인식이 그것을 떠받치고 있다.

둘째 작품은 동일한 시상을 장난스럽게 과장하고 부연하면서 좀 더 세속화한다. 첫 작품에 없던 '매사냥, 흰말'은 그의 전원생활에 호방하고 멋스러운 감각을 덧붙인다. 매를 이용한 사냥은 조선시대 남성의 여가생활 중에서 가장 장쾌하고 놀이의 격이 높은 야외 활동이었다. 잘 손질한 말이 뒷동산에 준비되어 있다는 구절 또한 이런 호방함을 더해 준다. 그러나 이와 같은 서두는 다분히 장식적인 그림에 불과할 뿐, 이하의 시상은 현실의 전원에 있는 여울에서 몸소 물고기 잡는 모습으로 바뀐다. 그의 고기잡이는 "앞내 여울, 뒷내 여울"을 가리지 않고 왕래하며 물고기를 "자나 굵으나, 굵으나 자나 주섬주섬" 낚아내는 서민적 욕심스러움을 보여 준다. 그것은

"무심한 달빛만 싣고 빈 배 저어 오노라"는 처사(處士)의 청정함과는 상반되는 행동이다. 이 대목의 말씨와 촘촘한 리듬에 담긴 해학성은 종장에서 더 뚜렷한 세속주의적 태도로 귀착한다. 그 핵심에 '푸른 소'와 '치질'이라는 희극적 대립이 작용한다.

종장에 '외뿔 가진 푸른 소'로 표현된 청우(青牛)는 노자(老子)가 『도덕경(道德經)』을 저술한 뒤 세상으로부터 자취를 감출 때 탔다는 소로서,[04] 세속으로부터의 초탈을 은유한다. 그러나 이 작품의 화자가 기다리는 벗은 치질이 있어서, 등이 불룩 튀어나온 청우를 타지 못하고 남의 소를 얻어 타야 하는 처지라는 것이다. 노자의 청우가 정말 그러했던가의 신빙성 여부를 넘어, 이 대목은 '청우'와 '치질'의 익살스런 대조를 통해 초월적 삶의 표상을 희화화한다. 노자 같은 현인은 청우를 타고 세속을 떠나는 일이 가능했다지만, 우리네가 속한 나날의 삶에서 그런 일은 고상하고 먼 꿈에 불과하다는 것이다. 그런 점에서 이 작품은 앞의 사설시조에 이미 존재하던 세속적 감각을 좀 더 강화한 희극적 수정판이라 하겠다.

사설시조는 위에서 보듯이 전원 내지 향촌을 배경으로 한 작품들에서조차 세속적, 일상적, 물질적 차원의 욕망을 중시하는 경향이 우세하다고 말할 수 있다. 작품 공간이 시정으로 옮겨가거나, 인정(人情) 세태(世態)의 양상들을 다루게 될 경우에는 이런 경향이 전적

04 이 때문에 노자를 청우사(青牛師) 또는 청우옹(青牛翁)이라고도 부른다.

으로 압도하는 모습이 나타난다. 이에 관하여는 앞으로도 다채로운 사례를 접하게 될 터이므로 여기서는 다음의 세 편 정도를 살펴보고자 한다.

> ᄃᆡᆨ들에 臙脂라 粉들 사오 져 쟝ᄉᆞ야 네 臙脂粉 곱거든 사쟈
> 곱든 비록 안이되 ᄇᆞᆯ음연 네 업든 嬌態 절로 나는 臙脂粉이외
> 眞實로 글어ᄒᆞ량이면 헌 속써슬 ᄑᆞᆯ만정 대엿 말이나 사리라
>
> _『해동가요 일석본』, 고시조대전 1329.1
>
> 댁들에 연지라 분들 사오 저 장사야 네 연지분 곱거든 사자
> 곱든 비록 아니하되 바르면 예 없던 교태 절로 나는 연지분이오
> 진실로 그러할 양이면 헌 속옷을 팔망정 대여섯 말이나 사리라

이 작품은 화장품을 파는 장사치와 시정 여인 사이의 대화로 이루어져 있다. 여인이 장사치의 상품에 대해 그것을 바르면 얼굴이 고와지느냐고 묻자, 장사치는 '고와지지는 않아도 예전에 없던 교태(嬌態)가 저절로 생겨나게 하는 연지분'이라고 효과를 자랑한다. 이 말에 여인은 반색을 하여, 사실이 그렇다면 헌 속옷까지 파는 등 어떤 방법으로 돈을 마련해서라도 다량으로 사겠다는 것이다. 미모와 성적 매력에 관한 여성의 욕망이 이 작품의 핵심이라는 것은 두말 할 여지가 없다. 그것이 18세기 중엽 정도의 조선 사회에 실재

했던 여성들의 욕망일까에 대해 의문이 제기될 법하지만, 그럴 만한 개연성은 충분하다. 조선왕조실록을 보면 여성들의 옷차림과 머리치장이 유행을 타면서 씀씀이가 헤퍼지는 것을 걱정하는 기사가 18·19세기에 종종 등장하며, 여성용 저고리의 길이가 점점 짧아져서 보기에 민망하다는 지적도 발견된다. 다음의 한시는 남성 문인의 손에서 나온 것이지만, 여기에 포착된 젊은 여성의 얼굴 화장에 대한 색조 감각은 당대 사회의 여성 생활과 심리에 대한 섬세한 관찰을 보여 주기에 충분하다.

桃花猶是賤　　복숭아꽃은 오히려 천한 듯하고
梨花太如霜　　배꽃은 너무 희어 쌀쌀맞네요
停勻脂與粉　　연지와 분을 알맞게 발라서
儂作杏花粧[05]　　나는 살구꽃 같은 화장을 하지요

다음의 두 작품은 남녀간의 욕망과 기대 및 배신의 문제가 얽힌 점에서 좀 더 흥미로운 데가 있다.

얼고 조코 뜻 다라온 년아 밋경조차 不貞흔 년아

05 李鈺, 「俚諺」 艶調 17, 『藝林襍佩』(국립중앙도서관 소장 필사본).

엇더혼 어린 놈을 黃昏에 期約ᄒᆞ고 거즛ᄆᆡ바다 자고 가란 말이 입으로 ᄎᆞ마 도와 나는

두어라 娼條冶葉이 本無定主ᄒᆞ고 蕩子之探春好花情이 彼我의 一般이라 허믈홀 줄이 이시랴

_『청구영언 진본』, 고시조대전 3281.1

얼굴 곱고 뜻 다라온 년아 밑정조차 부정한 년아

어떠한 젊은 놈을 황혼에 기약하고 거짓으로 꾸며서 자고 가란 말이 입으로 차마 되어 나오느냐

두어라 [길가의] 여린 가지와 잎사귀엔 본래 주인이 없고 탕자가 봄꽃을 탐내는 정은 피차일반이라 허물할 줄이 있으랴

속적우리 고은 ᄯᅴ치마 밋머리에 粉ᄶᅵ 민 閣氏

엇그제 날 소기고 어듸 가 ᄯᅩ 눌을 소길려 ᄒᆞ고

夕陽에 곳柯枝 것거 쥐고 가는 허리를 ᄌᆞ늑ᄌᆞ늑 ᄒᆞ는다

_ 金壽長, 『해동가요 주씨본』, 고시조대전 2749.1

속저고리 고운 때치마 민머리에 분 바른 각시

엊그제 날 속이고 어디 가 또 뉘를 속이려 하고

석양에 꽃가지 꺾어 쥐고 가는 허리를 자늑자늑 하는다

「얼굴 곱고 뜻 다라온 년아」는 유흥가에 출입하는 사내가 자신과 가까웠던 여인의 이중적 행동을 힐난하는 데서 시작한다. 아마도 기녀일 듯한 이 여인은 상당 기간 동안 작중화자인 사나이에게 교태를 부리며 뜨거운 정분을 나누었음직 하고, 사나이는 호탕한 씀씀이로 그녀에게서 환영받았을 것이다. 그러나 근간의 어느 무렵부터인지 여인의 태도가 달라졌다. 겉으로 드러나는 언사는 전과 다름이 없는 듯해도, 진심은 이미 떠난 것이 분명하다. 그 배후에는 새로 정분을 맺은 젊은 사내가 있는데, 오늘도 일찍 일어서야겠다는 작중화자를 빈말로만 자고 가시라 붙잡으면서 사실은 저녁 때 그 녀석을 만날 속셈이 빤하게 보인다. 그리하여 사나이는 여인에게 '얼굴을 고우면서 뜻은 추잡한 계집, 아랫도리 행실[밑정]조차 부정한 계집'이라고 험한 말을 내뱉는 것이다.

그러나 화류계에서 만난 여인에게 양갓집 여성의 정숙함과 신의를 요구할 일인가. 또한 그녀의 새로운 정남(情男)이 된 젊은이의 역할 또한 얼마 전까지는 자신의 몫이 아니었던가. 초·중장의 분노와 탄식 뒤에 이런 질문을 스스로 던지면서 작중화자는 종장의 체념적 자각에 도달한다. 한탄할 것도 성낼 것도 없이 한동안의 정념으로부터 돌아서서 허허로이 떠나는 일, 그것이 그에게 남은 유일한 선택인 것이다.

「속저고리 고운 때치마」는 위의 작품과 비슷한 사태를 전혀 다른 시각과 맥락에서 포착한 점이 각별히 흥미롭다. 작자인 김수장

(1690-?)은 김천택이 『청구영언』을 편찬하던 1720년대에 30대의 나이였으므로 앞에 인용된 「얼굴 곱고 뜻 다라온 년아」 같은 작품을 접할 수 있었을 것이다. 하지만 그는 이 작품을 참조했을지라도 완전히 환골탈태하여 새로운 시간과 상황 속의 일로 재창조했다.

여기에 등장하는 여인과 작중화자의 사이에는 아마도 짧은 기간 동안의 뜨겁고 감미로운 만남이 있었던 것 같다. 그리고 '엊그제 날 속이고'라는 구절을 보건대 이 만남의 뒤끝은 작중화자인 사내가 그 달콤함의 대가를 톡톡히 지불하고 씁쓸하게 돌아서야 하는 일이었음이 분명하다. 작품의 현 상황은 이 여인이 곱게 화장하고 잘 차려 입었을 뿐 아니라 어지간한 남성이라면 성적 유혹을 느끼지 않을 수 없는 모습으로 석양 무렵에 "허리를 자늑자늑하며" 길을 가고 있는 중이다. 여인은 또 다시 어떤 사내를 성적 매혹의 거미줄로 포획하여 이익을 취하고자 사냥에 나선 것 같다. 그것이 아니라면, 이 여인은 젊고 가녀린 체형 때문에 걸음새가 그러할 뿐 성적 암시성이나 남자 사냥의 의도 따위는 없었을 수도 있다. 그럼에도 불구하고 그녀와의 사이에 씁쓸한 기억이 있는 작중화자에게 우연히 눈에 띈 여인의 모습이 "어디 가 또 뉘를 속이려 하는" 것으로 보였는지도 모른다.

어느 쪽이 진정한 의미이든 간에 이 상황에 대해 더 이상의 설명적 개입이나 논평을 가하지 않고 물러서 있는 데에 김수장의 작가적 교묘함이 엿보인다. 작중화자는 김수장 자신인가, 아니면 허구적 가상인가. 어느 쪽으로 보아도 불가능할 것은 없다. 중요한 것은 작자 김수장과 작중화자의 동일성을 인정한다 해도, 이때의 화자는 작품 속의 사태에 연루된 '욕망의 개체'로서 작자에 의해 관찰되는 대상이라는 점이다. 양자의 동일성을 인정할 경우, 우리는 오히려 김수장이 자신의 직접적 체험까지를 대상화한 시야에서 인간을 욕망의 주체로서 파악하고, 그런 행위자들 사이의 거래에서 발생하는 인상적 장면들을 해학적으로 포착했다는 데에 주목하게 된다. 이 점은 김수장처럼 유능한 작가에게만 국한된 현상이 아니라 다수의 사설시조들이 폭넓은 스펙트럼으로 연출하는 자질이기도 하다.

3. 욕망의 곤경, 그리고 여성

인간을 욕망의 주체로 바라보는 일은 흔히 욕망으로 인한 곤경 속에서 그들의 표정과 몸짓을 포착하는 구도로 이어진다. 앞에서도 언급했지만 욕망의 총량은 세상이 그것을 수용할 수 있는 여지를 항상 초과하며, 저마다의 욕구에 따라 움직이는 주체들 사이의 거래가 그들 모두를 만족시키는 것 또한 쉽지 않다. 그런 가운데서 발생하는 충돌과 어긋남이 '욕망의 곤경'이라 할 만한 상황을 흔히 야기하는데, 사설시조는 이런 국면들을 작품화하는 데에 각별한 관심을 보인다.

이런 면모를 살피기 위해 우리는 여기서 성적 욕망과 여성 등장인물에 초점을 맞추고자 한다. 성적 욕망은 물질적 소유나 권력에 대한 욕망보다 본원적이어서 억제 혹은 대체(代替)가 쉽지 않고, 따라서 행위자들로 하여금 곤경에 봉착하게 하는 경우가 사설시조에서 압도적으로 많다. 그런 작중 상황에 관련된 주체의 성별을 나누어 본다면, 정확한 계량을 해본 조사가 아직 없지만, 여성 등장인물의 비중이 남성보다 많을 것으로 추측된다.

어떤 요인이 작용해서 이런 현상이 나타났는가는 매우 흥미롭고도 중요한 의문이다. 그러나 우리는 이 자리에서 명쾌한 답변을 서두르지 않고자 한다. 그 이유는 종래의 사설시조 연구와 해석이 담당층 내지 작자층에 관한 모종의 가설로부터 이런 의문을 풀어내는 결정적 열쇠를 구하는 데 집착했고, 그 결과 오히려 작품에 접근하는 시야를 협소하게 만들었기 때문이다. 다만 이 문제를 이해하는 출발선에서 우리는 조선시대의 여성이 성적인 역할과 욕망에 관한 규범문화에서 수동적이며 이차적인 존재로 규정되었다는 점을 환기해 둘 필요가 있다. 사설시조에 자주 등장하는 '욕망의 주체로서의 여성'은 성적 욕구와 관련하여 능동적이며 일차적(내지 상호적)일 수 있는 존재로 인식되며, 따라서 욕망으로 인한 모종의 충돌과 곤경에 처할 가능성을 더 많이, 그리고 더 뚜렷하게 지닌다.

이런 양상에 접근하기 위해 우선 문제적 사태나 곤경과는 무관하게 한 처녀가 자신의 장래에 대한 소망을 말하는 작품에서부터 논의를 시작하자.

高臺廣室 나ᄂᆞᆫ 마다 錦衣玉食 더옥 마다

銀金寶貨 奴婢田宅 비단치마 大段쟝옷 蜜羅珠 겻칼 紫芝 鄕織 져고리 ᄯᆞᆫ머리 石雄黃 오로 다 ᄭᅮᆷᄌᆞ리 ᄀᆞᆺ고

眞實로 나의 平生 願ᄒᆞ기ᄂᆞᆫ 말 ᄌᆞᆯᄒᆞ고 글 ᄌᆞᆯᄒᆞ고 얼골 ᄀᆡ쟈ᄒᆞ고 품ᄌᆞ리 잘ᄒᆞᄂᆞᆫ 져믄 書房이로다.

_『청구영언 진본』, 고시조대전 0266.1

고대광실 나는 마다 금의옥식 더욱 마다

금은보화에 노비며 전택, 비단치마, 대단장옷,* 밀화주 곁칼,** 자지향직*** 저고리, 딴 머리, 석웅황**** 모두 다 꿈자리 같고

진실로 나의 평생 원하기는 말 잘하고, 글 잘하고, 얼굴 깨끗하고 잠자리 잘하는 젊은 서방이로다

* 대단(大緞)으로 만든 장옷. 대단은 중국산의 비단. 장옷은 옛날에 여자가 나들이할 때 얼굴을 가리기 위하여 머리에서부터 길게 내려쓰던 옷.

** 노리개로 차는, 밀화 구슬로 장식한 곁칼. 밀화(蜜花)는 장신구 재료인 호박(琥珀)의 일종.

*** 자주빛 명주.

**** 누른 빛깔의 광물.

미혼으로 추측되는 이 여인의 말을 요약하자면 물질적 풍요보다는 인물 좋고 다정한 남편이 최상의 소원이라는 것이다. 하지만 고대광실과 좋은 의복, 장신구 등이 모두 헛것이라는 선언은 후자의

중요성을 강조하기 위한 것일 뿐, 그녀가 물질적 욕망 자체를 부정하는 것이 아니다. 한편 남편의 덕목으로 열거된 것들 중에서도 '잠자리 잘하는 젊은' 서방이라는 자질이 각별히 중요한 위치를 차지한다. 여기에는 물론 웃음을 자아내기 위한 의도가 가미되어 있지만, 표현상의 재미를 위해 가치의 서열을 뒤바꾼 것이라 하기는 어렵다.

장래에 대한 희망에서 남편의 용모와 성적 능력에 가장 큰 비중을 두는 발언을 남몰래 했다 해서 이 처녀가 윤리적으로 단죄될 것은 없다. 이 작품의 독백 상황 자체는 별다른 윤리적 위험성도 없으며, 욕망의 곤경과는 더더욱 무관하다. 그러나 이 작품은 성적 차원에서 수동적, 이차적 존재로 규정되던 여성을 적어도 내면적 욕구의 차원에서 능동적, 일차적 존재로 조명한 점에서 우리가 앞으로 보게 될 작품들과 기층적인 공통성을 지닌다.

다음의 두 작품은 성적 욕구의 중요성에 관한 의식을 극도의 희극적 과장으로 보여 준다.

石崇*의 累鉅萬財와 杜牧之**의 橘滿車風采***라도
밤일을 ᄒᆞᆯ 저긔 제 연장 零星ᄒᆞ면 ᄉᆞᆷ자리만 자리라 긔 무서시 貴ᄒᆞᆯ
　소냐
貧寒코 風度ㅣ 埋沒ᄒᆞᆯ지라도 졔 거시 무ᄃᆞᆰᄒᆞ여 내 것과 如合符節

곳 ᄒᆞ면 긔 내 님인가 ᄒᆞ노라.

_ 『청구영언 진본』, 고시조대전 2541.1

석숭의 큰 재산과 두목지의 대단한 풍채라도

밤일을 할 때에 제 연장 변변찮으면 꿈자리만 자리라, 그 무엇이 귀할소냐

가난하고 풍채 없을지라도 제것이 묵직하여 내것과 여합부절****만 하면 그 내 임인가 하노라

* 항해와 무역으로 돈을 많이 모았다는, 중국 진(晋)나라의 부호이며 문장가.

** 당(唐) 나라의 시인 두목(杜牧). 목지(牧之)는 자(字). 문장이 뛰어나고 용모가 수려하였다 함.

*** 두목지가 술에 취하여 양주(楊州)를 지나가는데 여성들이 그 풍채에 혹하여 귤을 던지니 수레에 귤이 가득 찼다는 고사가 있다.

**** 부절(符節)이 합쳐지는 것과 같이 서로 꼭 맞음.

白華山 上上頭에 落落長松 휘여진 柯枝 우희

부헝 방귀 쒼 殊常ᄒᆞᆫ 옹도라지 길쥭 넙쥭 어틀머틀 믜뭉슈로 ᄒᆞ거라 말고 님의 연장 그러코라쟈

眞實로 그러곳 ᄒᆞᆯ쟉시면 벗고 굴물진들 셩이 ᄆᆞ슴 가싀리.

_ 『청구영언 진본』, 고시조대전 1941.1

백화산 꼭대기의 낙락장송 휘어진 가지 위에

부엉이 방귀 뀐 유별난 옹두라지* 길쭉 넓죽 우툴두툴 두리뭉툭하거라 말고 임의 연장 그러했으면

진실로 그러할작시면 헐벗고 굶을진들 무엇이 성가시리

* 나무의 가지가 떨어지거나 상한 자리에 결이 맺혀 불퉁하여진 것, 또는 그와 같이 된 물건.

앞의 작품은 성적 충족의 중요성을 강조하기 위해, 그것 없이는 부와 풍채의 고전적 전형인 석숭·두목지조차 공허한 반려자에 불과하다고 평가절하한다. 뒤의 작품은 이보다 좀 더 구체적인 사물의 형상을 동원하여 성적 충족의 가치를 절대화한다. 이를 위한 표현에 '제것, 내것, 연장' 등의 완곡어가 구사되기는 해도, 그런 말들의 은어적(隱語的) 실질이 너무나 명백하기 때문에 희극적 노출성은 오히려 더 부각된다.

보통의 사회관계나 담화 공간에서 표출하기 거북한 사항들을 매우 강렬한 어법으로, 게다가 여성 화자의 입을 통해 제시하는 것은 물론 희극성을 높이기 위한 과장이다. 따라서 여기에 담긴 의식이 반드시 그 시대 여성들이 지녔던 욕구의 실상을 반영한다고는 말할 수 없다. 위의 두 여인은 여성들의 비례대표가 아니며, 그렇다고 남성들이 가진 욕구를 거꾸로 투사한 성적 가상이라고 보기도 어렵다. 그들은 희극적으로 과장된 욕망의 주체인 바, 욕망에 관한 자기 표현에서 여성에게 더 많은 억제를 부과했던 조선시대의 관습 때문에 파격적 웃음을 더 잘 일으킬 수 있는 성 역할로 선택된 것이다. 인물과 상황 설정에 개입한 희극성을 덜어내고 말해 본다면, 욕망의 위계질서에서 가장 낮은 것으로 간주되는 성적 욕구가 여러 종류의 규율에도 불구하고 완전히 억압되거나 대체될 수 없는 힘을 가진다는 데에 이 작품들의 핵심이 있는 듯하다.

그런데 육체적, 물질적 욕망들 사이의 세력관계가 그렇다는 것은 평균적 환산의 결과일 뿐, 그 선후관계가 언제나 판명한 것은 아니다. "아침에 우는 새는 배가 고파 울고요 / 저녁에 우는 새는 임이 그리워 운다"라는 민요가 있는데, 이 노래를 전승해 온 이들은 두 계열의 욕망이 각기 절실하면서도 상황에 따라 그 무게가 다르다는 이치를 체득했던 것이다. 더욱이 아침과 저녁 사이에는 그보다 훨씬 긴 낮과 밤이라는 시간대가 펼쳐져 있다. 사설시조 중의 일부 작품들은 바로 이 중간적 영역에서 욕망과 기대를 밀고 당기며 살아가는 인물들의 갈등을 그려낸다.

都련任 날 보려 ᄒᆞᆯ 제 百番 남아 달ᄂᆡ기를

高臺廣室 奴婢 田畓 世間汁物을 쥬마 판쳐 盟誓ㅣᄒᆞ며 大丈夫ㅣ 혈마 헷말 ᄒᆞ랴 이리 져리 조ᄎᆞᄶᅥ니 至今에 三年이 다 盡토록 百無一實ᄒᆞ고 밤마다 불너ᄂᆡ야 단잠만 ᄶᅵ이오니

自今爲始ᄒᆞ야 가기난 커이와 눈 거러 달회고 넙울 빗죽 ᄒᆞ리라.

_ 『청구영언 육당본』, 고시조대전 1336.1

도련님 날 보려 할 제 백번 넘게 달래기를

"고대광실 노비 전답 세간집기를 주마" 호언장담 맹세하며 "대장부 설마 헛말 하랴" 하기에 이리 저리 좇았더니 지금까지 삼년이 다 되도록 하나도 된 것 없고 밤마다 불러내어 단잠만 깨우오니
이제로부터는 가기는커녕 눈 흘겨 빗기뜨고 입을 비쭉 하리라

이년아 말 듯가라 구읍고 나마 ᄌᆡ즐 년아
쳐음 너을 볼 졔 百年을 ᄉᆞᄌᆞ커늘 네 말노 신청ᄒᆞ고 집 팔고 터앗 팔고 머길쇼 ᄌᆡ장말에 ᄉᆡ암논 마ᄌᆞ 팔아 너를 아니 쥬엇ᄂᆞ냐 무ᄉᆞ시 뉘 낫바셔 쇼되를 놀니나니
져 님아 님도 나를 쇼겻거든 ᄂᆡᆫ들 아니 쇼길숀야

_ 『홍비부』, 고시조대전 3750.1

이년아 말 듣거라 굽고 남아 잦을 년아
처음 너를 볼 제 백년을 살자거늘, 네 말을 곧이듣고 집 팔고 텃밭 팔고 검은 소 붉은말에 새암논* 마저 팔아 너를 아니 주었더냐, 무엇이 뉘 나빠서 한눈을 팔았느냐
저 임아 임도 나를 속였거든 낸들 아니 속일소냐

* 가뭄에도 물이 마르지 않아 농사가 잘되는 좋은 논(?).

위의 두 작품은 한쌍의 남녀가 벌이는 속물적 애정 갈등의 국면

들을 그린 것처럼 보이지만, 발생의 계기에서 직접적인 상호관계는 없다. 그럼에도 불구하고 동일한 드라마의 일부 같은 느낌을 주는 이유는 애정이라는 기호를 둘러싼 물질적, 육체적 욕망의 얽힘이 공통의 문제로 들어 있기 때문이다.

첫 작품의 여인은 바람둥이 도련님의 물질적 허장성세에 혹하여 밤나들이를 일삼던 여염집 처녀인 듯하다. 기녀라면 미래의 보상에 관한 약속만으로 삼 년 동안이나 속을 가능성이 희박하고, 무엇보다 밤마다 외출할 수가 없을 터이기 때문이다. 추측컨대 그녀는 도련님에게서 어느 정도의 남성적 매력을 느꼈지만, 그보다는 물질적 풍요에 대한 기대 때문에 밀회의 유혹을 뿌리칠 수 없었을 것이다. 작품은 헛된 기대에 지친 여인의 앵도라진 몸짓과 결심으로 종결되지만, 이 결심이 과연 지켜질지는 알 수 없다. 사설시조는 시정을 탐사하는 사진작가처럼 이와 같이 속화된 욕망의 줄다리기를 포착하는 데 능숙하다.

둘째 작품의 여인은 상대역 남성에게 온갖 교태를 부리고 변치 않을 사랑을 약속하여 물질적 이득을 챙긴 듯하다. 남자는 온갖 재산을 다 팔아 대면서도 이 여인을 차지한 것으로 마음이 흡족했다. 그런데 뜻밖에 여인이 다른 남자와 심상치 않은 새 관계를 몰래 만들었다는 사실이 드러난 것이다. 이로 인한 실망과 분노가 초장의 격한 말씨에 생생하다. 하지만 여인으로서도 할 말이 없지 않다. 남자도 그동안에 여인을 속인 적이 있었으니, 자기가 속인 것도 피장

파장이라는 항변이다. 신뢰의 공통기반이 없는 자리에는 기만의 상호성이 인간관계를 매개할 따름이라는 진리가 희극적으로 확인되는 것이다.

이 작품들에서 인간의 육체적, 물질적 욕망을 포착하는 시선은 그것들을 전적으로 긍정하는 태도와 동일시될 수 없다. 사설시조는 기층적 차원의 욕망들을 분명히 중시하지만, 그것들을 무조건적으로 예찬하거나 다른 고상한 가치나 윤리보다 우월한 것으로 주장하려 하지 않는다. 사설시조의 관심사는 그런 욕망의 집요한 힘에 이끌리는 인간들의 속성이며, 이로 인해 발생하는 곤경(困境)들이다. 여기에 작용하는 희극적 요소 때문에 곤경의 난처함은 가벼운 웃음으로 처리된다. 하지만 웃음으로 포장된 가운데서도 곤경의 인간학적 의미가 말소될 수는 없다. 앞의 네 작품보다는 긍정 내지 동정의 여지가 많은 여인들이 주역이 된 작품들을 보자.

달바즈는 찡찡 울고 잔듸 잔듸 쇽닙 난다
三年 믁은 말가쥭은 오용지용 우짓는듸 老處女의 擧動 보쇼 함박 족박 드더지며 역정니여 ᄒᆞ는 말이 바다의도 셤이 잇고 콩팟헤도 눈이 잇지 봄 쑴즈리 ᄉᆞ오나와 同牢宴를 보기를 밤마다 ᄒᆞ여 뵈니
두어라 月老繩 因緣인지 일락빅락 ᄒᆞ여라

_『시가 박씨본』, 고시조대전 1207.1

달바자[*]는 쨍쨍 울고 잔디 잔디 속잎 난다

삼 년 묵은 말가죽은 오용지용 우짖는데 노처녀의 거동 보소 함박 쪽박 드던지며 역정내어 하는 말이 "바다에도 섬이 있고 콩팥에도 눈이 있지 봄 꿈자리 사나워서 동뢰연(同牢宴)[**]을 보기를 밤마다 하여 뵈네

두어라 월노승[***] 인연인지 일락배락 하여라"

* 달뿌리풀로 엮어 만든 울타리용 바자. 바자는 대, 갈대, 수수깡, 싸리 따위로 발처럼 엮어 만든 물건으로서, 흔히 서민들의 집 울타리로 썼다.

** 전통 혼례에서 신랑과 신부가 맞절을 마치고 술잔을 서로 나누는 잔치.

*** 월하노인(月下老人)이 부부의 인연을 맺어 주기 위해 사용하는 끈. 월하노인은 부부의 인연을 맺어 준다는 전설상의 늙은이로서, '월노'라고 줄여 부르기도 한다.

과년하도록 시집 못간 노처녀가 어떤 봄날에 벌이는 신경질적 행동과 푸념이 무척 강렬하다. 이를 위한 배경부터가 다른 장르에서는 보기 드물게 '과장된 생명성'으로 충만하다. 봄날의 훈풍 속에서 온갖 식물들이 깨어난다는 것이야 흔한 표현이지만, 여기서는 '달바자'도 살아서 쨍쨍 운다고 한다. 더욱 기발한 것은 '삼 년 묵은 말가죽'까지 봄날의 생명력으로 살아나 히힝거린다는 상상력이다. 그러니 한참 성숙한 나이에 여러 해를 홀로 지내 온 노처녀의 몸과 마음이 어떠하겠는가라는, 희극적으로 과장되기는 했지만 그 나름의 진정성이 없지 않은 상황 설정이다. 여기서 노처녀는 수줍음 많거나 언행이 조신한 규수가 아니다. 그녀는 부엌세간을 거칠게 내던

지며 기약 없이 지연되어 온 욕망의 괴로움을 표출한다.

이를 위해 끌어들이는 사물들이 기발하고도 구체적인 호소력을 발휘한다. 넓고 넓은 바다조차 망망하게 물로만 이어진 것이 아니라 가끔은 섬이 있어서 단조로움을 덜어주고, 항해하는 이들의 정박지(碇泊地) 혹은 피신처가 된다. 작디작은 콩과 팥에도 씨눈이 있어서 때가 되면 싹을 틔울 수 있다. '그런데 내 인생은 왜 이렇게 기약 없이 외롭고 막막하기만 한가'라는 원망이다. 그런 가운데 그녀는 자주 봄꿈을 꾸는데, 그 속에서 어김없이 신부로서 신랑과 합환주(合歡酒)를 나누는 잔치의 주인공이 된다. 그런데 왜 그녀는 이에 대해 꿈자리가 사납다고 하는가. 현실에서 이루지 못하는 혼인을 꿈속에서라도 거행하고 잔치를 즐길 수 있다면 적으나마 위안이 되지 않는가. 그렇기는 하다. 문제는 이 꿈이 제대로 이어지지 않고 중간에 깨진다는 것이다. 오랜 소망이 이루어지는구나 하는 기쁨과 새색시의 수줍음으로 합환주를 입에 대는 순간, 혹은 그 잔을 건네면서 신랑의 얼굴 모습을 살그머니 보려는 순간 꿈이 깬다면 얼마나 안타까운가. 이처럼 훼손된 줄거리가 날마다 되풀이된다면 그것은 더욱 참기 어려운 악몽일 수밖에 없다. 종장의 탄식이 이러한 추리를 지지해 준다. 실제가 아닌 꿈속의 혼인조차 이렇게 어려운 까닭은 무엇일까라는 괴로운 질문 끝에 그녀는 '그나마도 월하노인의 도움이 있어야 온전하게 이루어지는 것인가'라는 슬픈 한탄에 도달하는 것이다.

싀어마님 며느라기 낫바 벽바흘 구로지 마오

빗에 바든 며ᄂᆞ린가 갑세 쳐 온 며ᄂᆞ린가 밤나모 서근 들걸 휘초리 나[니] ᄀᆞᆺ치 알살픠신 싀아바님 볏 뵌 쇳동 ᄀᆞᆺ치 되죵고신 싀어마님 三年 겨론 망태에 새 송곳 부리 ᄀᆞᆺ치 ᄲᆡ죡ᄒᆞ신 싀누으님 당피 가론 밧틔 돌피 나니 ᄀᆞᆺ치 ᄉᆡ노란 외곳 ᄀᆞᆺ튼 피ᄯᅩᆼ 누ᄂᆞᆫ 아ᄃᆞᆯ ᄒᆞ나 두고

건 밧틔 멋곳 ᄀᆞᆺ튼 며ᄂᆞ리를 어듸를 낫바 ᄒᆞ시ᄂᆞᆫ고.

_『청구영언 진본』, 대전 2915.1

시어머님아 며늘아기 밉다고 벽 바닥을 구르지 마오

빚 대신 받은 며느린가 값 주고 사 온 며느리인가. 밤나무 썩은 등걸에 회초리 난 듯이 앙상하신 시아버님, 햇볕 쬔 쇠똥 같이 말라빠진 시어머님, 삼 년 결은 망태에 새 송곳 부리 같이 뾰족하신 시누이님, 당피 심은 밭에 돌피 난 것처럼* 샛노란 외꽃 같은 피똥 누는 아들 하나 두고

기름진 밭에 메꽃 같은 며느리를 어디를 미워하시는고

* '당피'는 품종이 좋고 잘 자라는 좋은 곡식(작물), '돌피'는 어쩌다 씨앗이 떨어져서 나온 작물.

앞의 노처녀와 달리 적당한 나이에 시집을 간 새색시가 이 작품의 주역이다. 그런데 그녀 역시 행복하지 못하며, 말씨도 상당히 거칠다. 그 이유는 시집살이의 고통에 있다. 그런 점에서 이 작품은

사설시조형 시집살이 노래인 셈인데, 민요 계열의 시집살이요와 비교해 보면 풍자·해학의 요소가 강렬하며 성적인 암시까지 내포한 점에서 차이가 크다.

작품 전체는 며느리의 독백으로 이루어지는데, 까닭 없이 며느리를 미워하는 시어머니의 행동이 그 도화선이다. 며느리는 자신도 한 집안의 귀여운 딸로서 자라 떳떳하게 혼사를 치르고 시집온 인격적 구성원이지, 빚 대신 데려오거나 돈 주고 사온 노예적 존재가 아니라는 점을 먼저 분명히 한다. 그럼에도 불구하고 시집 식구들의 냉대가 지속되어 온 데 대해 그녀의 원망이 폭발하고, 그들의 인정머리 없는 모습을 신랄하게 조롱하는 말들이 쏟아져 나온다. 유사한 것들을 열거하거나 반복하여 경쾌하게 엮어가는 사설시조의 핵심적 기법이 여기서 매우 유용하다.

시아버지는 고목나무 등걸에서 어쩌다 삐져나온 휘추리에 비유되었는데, 이는 육체적으로 앙상할 뿐 아니라 너그러움이나 온화한 덕성 따위는 찾아보기 어려운 강퍅한 성품까지 암시한다. 시어머니 역시 햇빛에 말라비틀어진 쇠똥 같아서 인정의 촉촉함이라고는 없다. 시누이는 어떤가. 낡은 망태기에서 삐져나온 날카로운 송곳처럼 신경질적이고 사나워서 올케의 조그만 잘못도 그대로 넘어가지 않는다. 생활 주변의 사물들을 비유로 구사하는 착상이 비근하고도 신랄한데, 여기에 '님'이라는 경칭과 존칭 보조어간 '-시'를 꼬박꼬박 붙이는 화법이 반어적인 냉소의 효과를 더해 준다.

점입가경(漸入佳境)이라 할 만한 국면은 그 다음 대목이다. 시집 식구들의 냉대와 시집살이가 고달프다 해도 남편이 든든하다면, 그래서 잠자리에서나마 그 넓은 가슴에 의지하여 위로받을 수 있다면 이 여인은 나름대로 행복하거나 적어도 견딜 만할 것이다. 그런데 남편이라는 인물은 잘 자라는 좋은 작물(당피) 사이에 어쩌다 씨앗이 떨어져서 나온 변변찮은 식물(돌피)처럼 비실비실한 모습이다. 게다가 병약하기까지 해서 얼굴은 샛노랗고 무슨 병인지 피똥 누는 일이 잦다. 그러니 아내에게 내어 줄 넓은 가슴도, 피곤한 몸을 안아 줄 억센 팔뚝도 기대할 수 없다. 남편의 이런 모습과 달리 여인 자신은 비옥한 밭에서 탐스럽게 자라고 꽃핀 "메꽃"에 비유된다. 이 불균형한 대비에는 성적 불만을 포함한 생명력의 갈증이 깔려 있는 듯하다.

이쯤의 맥락에서 우리는 사설시조에 등장하는 인간관과 희극성의 관계를 거론해 볼 필요를 느낀다. 사설시조의 주류적 인물형과 인간관은 '욕망의 주체'로 집약할 수 있으며, 여기서의 욕망은 흔히 육체성, 물질성의 차원에서 포착된다는 점을 이미 지적한 바 있다. 하지만 사설시조가 그런 욕망들을 절대화하여 세속적 쾌락주의를 예찬하는 경우는 그다지 많지 않다. 오히려 사설시조는 이 세상이 욕망을 거리낌 없이 구현하기에는 물리적으로나 윤리적으로 한계 지어져 있으며, 인간이란 그런 제약 속에서 고민하고 넘어지며 허우적거리는 존재라는 형상적 인식을 보여 준다. 사설시조의 희극성은 이런 성찰의 표현을 돕는 방법적 요소인 동시에, 기법의 차원을 넘어서 '상충하는 힘의 톱니바퀴 사이에 끼인 인간'의 표정을 그 모순성 속에서 바라보는 인식론적 태도이기도 하다.[06]

표현, 연출 방법으로서의 희극성은 사설시조에서 '비정상적 상황 설정'과 '현실적 비례관계 내지 개연성을 넘어선 과장'으로 나타난다. 이 두 가지가 긴밀하게 결합하는 예가 많음은 물론이다. 바로 앞에서 본 작품들의 노처녀, 항변하는 새색시, 솥마저 압류당한 사내, 그리고 남루한 꼴의 말단 군사 등 인물형과 정황에 희극적 구도가 작용하고 있다. 서술자와 작중인물의 발화에 자주 쓰이는 비속어라든가 강렬한 비유, 수다스러운 열거, 말장난, 반어(反語) 등이 희극적 과장을 산출하거나 강화하면서 웃음을 자아낸다. 이에 대해서는 통상적인 사설시조론에서 자주 언급된 바 있고 이 책의 작품론에서도 풍부하게 예시될 터이므로 더 이상의 설명을 가하지 않기로 한다.

반면에 인식론적 태도로서의 희극성이라는 차원은 종래의 사설시조 연구에서 제대로 주목되지 못했다. 이로 인해 사설시조는 초기 연구에서부터 "비시적(非詩的)인 것을 무사려(無思慮)하게 시화"하려다가 "속되고 잡스런 사실적인 비문학에 빠지고 말았다"는[07] 평

06 여기서 쓰는 희극(성)이란 해학(諧謔), 풍자(諷刺)의 상위 개념으로 쓰이는 골계(滑稽)와 같은 뜻이며, 영어로는 'comedy'와 'farce'의 범위를 모두 포괄한다.

07 고정옥 원저, 김용찬 교주, 『교주 고장시조 선주』(보고사, 2005), 76-77면.

가를 받았다. 근년의 연구에서 양반층, 중인층을 오가는 담당층 시비를 벌이면서도 사설시조의 주요 속성을 퇴폐 내지 비속한 유락(遊樂) 취향과 결부시켜서 논리를 구성하려 한 논자들 역시 사설시조의 희극성을 깊이 있게 성찰하는 데는 소홀했던 것 같다.

사설시조의 희극적 구도 속에 등장하는 인물들은 전적인 긍정이나 부정의 어느 한쪽으로 일면화되지 않는다. 등장인물 중에서 해학적 관용과 풍자적 조롱의 대상을 구별하는 것은 대체로 가능하고 또 필요하지만, 사설시조는 그들의 용렬함이나 악덕마저도 인간의 불가피한 속성인 욕망의 에너지와 결부시켜 조명한다. 욕망은 그 자체만으로는 선이나 악이 아니면서, 나날의 삶을 영위하는 인간들에게 제어하기 어려운 힘으로 내재한다. 그것은 현실의 물질적 한계와 충돌하거나 사회제도 및 윤리규범과 어긋나는 일이 많으며, 바로 이 충돌·어긋남의 지점을 희극적으로 부각시킴으로써 사설시조는 수용자들을 문제적 국면으로 초대한다. 진지한 방식으로 말하기 거북한 것을 상상적 성찰 공간으로 불러오는 데에 희극적 장치가 완충 작용을 해 주는 것이다. 바로 앞에서 본 노처녀와 며느리의 언행이 단적인 예가 된다. 비정상적으로 과장된 때문에 그들의 거친 행동과 말은 현실성이 박약해지고, 우스꽝스러운 허구로서 용인된다. 이 허구성에 힘입어 조성된 공간에서 그들은 때로는 난폭하게 때로는 절실하게 자신들이 처한 상황과 욕망 사이의 괴리를 드러낸다. 이 책의 제 3, 4, 5장 작품론에서 더 자세히 논하겠지만 사설시조의 희극적 수법은 단순히 한때의 웃음을 만드는 데 그치는 수단이 아니다. 그것은 통념상 위험하거나 거북한 것들을 시적 경험의 공간에 노출시키기 위한, 그리고 어쩌면 수용자에게 잠재해 있을 내면의 친연성까지 돌아보게 하는 '발견의 놀이'이다.

물론 이렇게 제시되는 작중의 문제상황에 대해 명쾌한 답이 있는 것은 아니다. 다른 진지한 문학들이 흔히 그러하듯이 사설시조 역시 인생의 진리를 판명하게 가르치기보다는 삶의 어떤 국면들을 보여 준다. 사설시조의 인물들은 다스리기 어려운 욕망의 힘과 그 실현을 가로막는 현실적, 윤리적 장벽 사이에 끼여 있다. 이 난관으로부터 벗어나려는 몸부림이 오히려 그것들 사이의 충돌을 수습하기 어려운 파국으로 몰아가는 것도 많은 작품들에서 볼 수 있다. 이를 연출하는 희극적 장치와 조명을 모두 제거한다면 상당수 사설시조는 매우 침통한 비극 또는 격정극이 될 것이다. 사설시조의 희극성은 그런 방향으로의 전개를 차단하고, 모순하는 힘들 사이에 처한 삶의 곤경을 웃음으로 포장한다. 그 웃음은 갈등이 해결된 데 따른 선물이 아니라 명쾌한 답이 없는 난제를 괄호 속에 넣어서 마무리하는 출구(出口) 전략 같은 것이다. 어떤 수용자는 그러한 웃음의 작은 재미에 즐거워하고 지나칠 것이다. 평시조보다 길다고는 해도 역시 석 줄에 불과한 시 한편이 그런 웃음을 준다면 과히 나쁘지 않은 일이다. 또 다른 수용자는 그 웃음 속에서, 혹은 웃음의 뒤에 무엇인가 남는 것을 느낄 수도 있다. 하지만 실제의 작품 경험에서 이 두 가지는 명확하게 구분되지 않는다. 수용자가 인지하는가의 여부를 떠나서 사설시조는 인간이 여러 한계 조건 속에 살아가야 하는 주체이며, 욕망의 온도는 부정할 수 없는 실체로서 우리의 삶에 내재한다는 것을 웃음 속에 슬그머니 기입하고는 했다.

제 **3** 장

그리움과 기다림

1. 불안한 사랑

사설시조의 관심사에서 육체적, 물질적 욕망 못지않게 중요한 것은 남녀간의 사랑이다. 이 점에 주목하여 우리는 그것을 정감적(情感的) 욕망이라 불러도 좋을 것이다.

이 욕망이 성적 욕구의 육체성과 무관할 수는 없으나, 그 부산물이나 장식품에 그치지 않는 근원성을 지닌다는 것 또한 명백하다. 사랑을 느끼고 표현하며 사회적으로 수용하는 방식은 시대와 문화에 따라 편차가 다양하다. 그럼에도 불구하고 남녀의 사랑이라는 에너지는 인류학적 보편성을 인정해야 할 만큼 광범하게, 오랫동안 사람들의 생활 속에 작용해 왔다.

인류학자들은 이것을 흔히 '반려애(伴侶愛, companionship love)'와 '연애(戀愛, romantic love, passionate love)'로 구분한다. 반려애는 남녀가 생활을 함께하는 동안 형성되는 친밀감과 신뢰, 유대가 결합한 안정적 심리관계인 데 비해, 연애는 상대에 대한 이상화와 몰입 및 성애적(性愛的) 관심이 급속하게 전개되고, 그 지속 기간이 비교적 짧다는 데에 차이가 있다.[01] 20세기 중·후반의 서구 학계에서는 연애라는 것이 유럽-미국 문명에 독특한 현상이며, "만약 연애가 유럽 밖의 세계에 존재했다면, 그것은 주관적 경험의 심미적 감별력을 함양할 만한 여유를 지닌 비서구 국가의 엘리트층에서만 가능했던 것"이라는[02] 유럽중심주의가 상당 기간 득세했다. 그들의 관점에 따르면 비서구권의 경우 연애라는 현상과 의식은 서구의 영향에 의한 근대화와 개인주의의 산물이라는 것이다. 하지만 이런 편견은 1990년대 이래의 인류학적 연구에 의해 무너졌다. 얀코비아크와 피셔는 세계 각지에 분포된 166개 사회의 민속지 분석을 통해 그 88.5%에 해당하는 147개 문화에서 연애의 존재를 확인했고, 가트샬과 노르드룬트는 이보다 더 많은 자료를 섬세하게 분석하여 연애가 전세계의 다양한 문화집단들 사이에서 '통계적 문화 보편성'을 인정할 만한 수준의 출현 양상을 보인다고 밝혔다.[03]

영국의 역사학자이자 인류학자인 잭 구디 역시 아프리카 지역에 대한 자신의 탐사 연구와 여타 문명에 대한 다수 학자들의 연구를 폭넓게 활용하여 유럽중심적 연애 기원론의 부당함을 비판했다. 예컨대 12세기 무렵 프랑스의 음유시인들에 의해 세계 최초의 사랑(연애)노래가 나왔다는 유럽 학자들의 주장이 그동안 통설화되어 왔

01 'Love', David Levinson & Melvin Ember eds., *Encyclopedia of Cultural Anthropology*(New York: Henry Halt and Co., 1996), p.719.

02 Lawrence Stone, 'Passionate Attachment in the West in Historical Perspective', *Passionate Attachment*, eds. W. Gaylin and E. Person(New York: Free Press, 1988), p.16.

03 William R. Jankowiak and Edward F. Fischer, 'A Cross-Cultural Perspective on Romantic Love', *Ethnology*, Vol.31, No.2(April, 1992), pp.149-155; Jonathan Gottschall and Marcus Nordlund, 'Romantic Love: A Literary Universal?', *Philosophy and Literature*, No.30(2006), pp.432-452.

지만, 아랍의 연시(戀詩)들이 그 영향원이었다는 것이 거의 확실하다. 고대 이집트에서는 혼인이 가능한 남매 사이에 오고간 연시들이 유물로 발견되었으며, 중국의 『시경』에는 기원전 수백 년경에 채집된 사랑노래들이 실려 있고, 6세기 이래 성행한 궁체시(宮體詩)에도 섬세한 사랑노래들이 풍부하다.[04]

이와 유사한 논쟁적 맥락에서 조선시대의 시조와 사설시조 또한 20세기 중엽의 서구 학자들이 만들어내고 국제적으로 확산시킨 편견을 바로잡는 데 유익할 수 있다. 조선 후기의 시조와 사설시조에는 반려자적 사랑이든 연정적 사랑이든 남녀간의 애정에 관한 작품들이 풍부하다. 그중에서 남편과 아내 사이의 그리움이나 연인과의 이별을 노래한 것은 주지하다시피 「황조가」와 고려가요에서부터의 내력이 길다. 하지만 쌍방의 애정 관계가 안정적으로 확립되지 않은 상태에서 어느 한쪽이 일방적으로 연정을 느끼고, 그 안타까움을 노래하는 작품은 흔하지 않으며, 더욱이 그런 작품이 상당수의 군집을 이루어 출현한 사례는 외국문학에서도 매우 희귀하다. 고전시가에서부터 현대시에 이르기까지 애정시는 대개 이미 확립되어 있던 애정관계의 상대방이 죽음, 변심, 무관심 혹은 불가항력적 요인으로 인해 떠나 있거나 나를 돌보아 주지 않는 상황에서 출발한

04 Jack Goody, *The Theft of History* (Cambridge: Cambridge University Press, 2006), 269면; 잭 구디, 『잭 구디의 역사인류학 강의』, 김지혜 옮김(산책자, 2010), 164면. 구디의 견해에 관한 좀 더 상세한 소개는 김흥규, 「조선 후기 시조의 불안한 사랑과 근대의 연애」, 『근대의 특권화를 넘어서: 식민지 근대성론과 내재적 발전론에 대한 이중비판』(창비, 2013), 57-62면 참조.

다. 「정읍사(井邑詞)」, 「사미인곡」, 「규원가(閨怨歌)」, 「금잔디」, 「접시꽃 당신」 등이 모두 그러하다.

이와 달리 연정의 초기 단계에서 일방적으로 가슴 설레는 심경이나 괴로워하는 모습이 담긴 시들을 '불안한 사랑'의 노래라 명명할 수 있겠는데, 17세기 말 이후의 사설시조와 평시조에서 그런 작품들이 적지 않이 발견된다. 짝사랑의 관계가 분명하거나, '새 님' 또는 '남의 님'을 일방적으로 연모하면서 안타깝고 괴로운 마음을 토로하는 작품들이 이에 해당한다.[05] 다음의 작품에서부터 그 양상을 살펴보자.

> 나ᄂᆞᆫ 님 혜기를 嚴冬雪寒에 孟嘗君의 狐白裘 ᄀᆞᆺ고
> 님은 날 너기기를 三角山 中興寺에 니 ᄲᆡ진 늘근 즁놈에 살 성긘 어리이시로다
> 빡ᄉᆞ랑 외즐김ᄒᆞᄂᆞᆫ 뜻을 하ᄂᆞᆯ이 아르셔 돌려 ᄒᆞ게 ᄒᆞ쇼셔.
>
> _『청구영언 진본』, 고시조대전 0710.1
>
> 나는 임 생각하기를 엄동설한에 맹상군*의 호백구 같이 하고
> 임은 날 여기기를 삼각산 중흥사의 이 빠진 늙은 중놈의 살 성긴 얼레빗이로다

05 저자의 선행연구를 통해 평시조 51수와 사설시조 15수가 이에 해당하는 것으로 나타났다. 수량의 절대치는 평시조가 많으나, 모집단 작품 수에 대한 상대적 비율은 사설시조가 조금 더 높은 편이다. 김흥규, 「조선 후기 시조의 불안한 사랑과 근대의 연애」, 위의 책, 23-56면 참조.

짝사랑 외즐김하는 뜻을 하늘이 알아서 돌려 하게 하소서

* 중국 전국 시대의 사람. 제(齊) 나라의 정승이었는데, 진(秦)나라 소왕(昭王)이 그를 초빙했다가 가두고 죽이려 하자, 이미 왕에게 선물했던 호백구를 그의 식객이 도둑질해 내어 왕의 애첩에게 바치고 그녀의 도움으로 도망쳤다고 한다. 호백구는 여우의 털가죽으로 만든 값비싼 옷.

종장의 첫 구절이 분명히 말하듯이 이 작품은 짝사랑의 노래다. 짝사랑을 다룬 작품은 18세기 이후의 평시조에도 적지 않지만, 사설시조는 그것을 표현하는 방법에서 크게 다르다. 자신의 안타까운 심경과 괴로운 처지를 스스로 희화화(戲畵化)하는 수법이 그것이다. 나는 임을 추운 겨울철의 값비싼 모피옷처럼 귀중하게 여기는데, 님은 나를 '이 빠진 늙은 중의 살 성긴 얼레빗'처럼 하찮게 생각한다는 것이다. 삭발한 중에게, 더욱이 이 빠진 늙은 중에게 머리빗이 필요할 리 없다는 과장된 대조를 통해 작중화자의 안타까움은 침통하기보다 우스꽝스러운 것이 된다. 고통, 비애에 희극적 비유를 부여하는 화법은 다음의 작품들에서도 비슷하다.

萬頃 滄波之水에 둥둥 ᄯᅥᆺ는 부략금이 게오리들아 비슬 금셩 증경이
　동당강셩 너시 두르미드라
너 ᄯᅥᆺ는 물 기픠를 알고 둥 ᄯᅥᆺ는 모르고 둥 ᄯᅥᆺ는
우리도 남의 님 거러 두고 기픠를 몰라 ᄒᆞ노라.

_『청구영언 진본』, 고시조대전 1537.1

만경창파 푸른 물에 둥둥 뜬 불약금이[*] 게오리[**]들아 비술 금성 징경이[***] 동당강성 느시[****] 두루미들아

너 떴는 물 깊이를 알고 둥 떴느냐 모르고 둥 떴느냐

우리도 남의 임 걸어 두고 깊이를 몰라 하노라

* 물새의 하나.
** 거위와 오리.
*** 원앙새.
**** 느싯과의 겨울새.

ᄒᆞᆫ 눈 멀고 ᄒᆞᆫ 다리 절고 痔疾 三年 腹疾 三年 邊頭痛 內丹毒 알ᄂᆞᆫ 죠고만 삿기 개고리가

一百 쉰 대자 장남게 게올을 제 ᄀᆡ 쉬이 너겨 수로록 소로로 소로로 수로록 허위허위 소솝 ᄯᅱ여 올라 안자 나리실 제란 어이실고 내 몰래라 져 개고리

우리도 새 님 거러 두고 나죵 몰라 ᄒᆞ노라.

_『청구영언 진본』, 고시조대전 5282.1

한 눈 멀고 한 다리 절고 치질 삼 년 배앓이 삼년 편두통[*] 내단독[**] 다 앓는 조그만 새끼 개구리

일백 쉰 댓자 큰 나무에 기어오를 제 쉬이 여겨 수루룩 소로로 소로로 수루룩 허위허위 펄쩍 뛰어 올라앉아 내리실 제란 어이실고 나 몰라라 저 개구리

우리도 새 임 걸어 두고 나중 몰라 하노라

* 갑자기 일어나는 발작성의 두통. 처음에는 한쪽 머리가 발작적으로 아프다가 온 머리로 미치며 구토, 귀울림, 권태가 일어난다.

** 체내에 생기는 단독(?). 단독은 피부의 헌 데나 다친 곳으로 세균이 들어가서 열이 나고 얼굴이 붉어지며 붓는 등 종창, 동통을 일으키는 전염병.

불안한 사랑의 두 가지 상대역에 해당하는 '새 임'과 '남의 임'이 위의 두 작품에 각기 언급되어 있다. 새 임은 쌍방의 애정 관계가 아직 확립되지 않은 상태에서 이쪽이 일방적으로 연모(戀慕)하는 상대이며, 남의 임은 새 임과 비슷하되 이미 누군가의 배필 혹은 연인인 경우에 해당한다. 이 부류의 작품들에 공통된 심리는 조바심과 불안인데, 그 괴로움의 강도는 남의 임을 그리는 경우가 훨씬 더할 수밖에 없다. 연모의 상대가 남의 아내[남편]라면 그와의 연정은 사회 규범과 도덕의 처벌까지도 위험 부담으로 감수해야 하고, 그렇지 않은 경우라 해도 사랑의 행로는 험난할 터이기 때문이다.

앞의 작품은 이 중에서 남의 임을 연모하는 경우로서, 화자는 자신의 처지를 망망한 수면에 떠 있는 물새들에게 견주어 말한다. 하지만 넓고 깊은 물 위의 새들이야 그들이 노닐고 있는 물이 얼마나 깊든 불안할 까닭이 없다. 괴롭고 불안한 것은 남의 임과 실낱 같은 인연을 맺고 좀 더 다가가고 싶어서 조바심하는 작중인물의 마음일 뿐이다. 여기서 '깊이를 알 수 없는 물'의 의미는 이중적이다. 그것은 한편으로는 내 사람으로 만들 수 있을지 짐작하기 어려운 임의 마음의 깊이이며, 다른 한편으로는 임과의 결연에 성공한다 해도 그 다음에 무슨 상황이 어떻게 전개될지 모른다는 불가측성의 은유가 된다.

뒤의 작품은 이보다 더 강렬하게 과장된 희화적 비유를 구사한다. 높디높은 나무 꼭대기까지 어쩌다가 올라갔지만 그 진퇴양난의 상황으로부터 몸 성하게 벗어날 가능성은 전혀 없는 병 투성이 개구리의 처지, 이것이 작중화자가 바라보는 짝사랑의 자화상이다.

ᄇᆞ른갑이라 ᄒᆞᄂᆞᆯ로 날며 두더쥐라 ᄯᆞ흐로 들랴
금죵달이 鐵網에 걸려 플덕플덕 프드덕이니 ᄂᆞᆯ다 긜다 네 어드로
갈다
우리도 새 님 거러 두고 풀더겨 볼가 ᄒᆞ노라.

_『청구영언 진본』, 대전 1768.1

바람개비라 하늘로 날며 두더지라 땅으로 들랴
금종달새 철망에 걸려 풀떡풀떡 푸드덕이니 날겠느냐 기겠느냐 네
어디로 가겠느냐
우리도 새 임 걸어 두고 풀떡여 볼까 하노라

사랑의 열병으로 인해 당면하는 곤경이 여기서는 철망에 걸린 종

달새의 모습으로 나타난다. 새잡이 그물에 걸린 종달새는 필사적으로 몸을 빼어 달아나 보려 하지만, 하늘로도 땅으로도 빠져나갈 길은 없다. 그의 몸에 얽힌 철망이 너무도 완강하기 때문이다. 종장이 확인해 주듯이 이 철망은 외부적 구속이 아니라 작중인물이 스스로를 얽어 맨 정념의 사슬에 대한 비유다. 그러므로 임에 대한 갈망을 버리지 않는 한 해방은 없다. 그런 줄 알면서도 새 임과의 불확실한 인연에 몸달아 하면서 금종달새처럼 '풀떡여' 보겠다는 태도 표명은 비장하면서 희극적이다.

그러나 이 비장함에는 짝사랑의 성공에 대한 엷은 기대가 아직 남아 있다. 연정의 실현을 가로막는 장애가 크고 상대방이 매정하다 해도 어쩌면 천신만고 끝에 행복한 결말에 도달하게 될지 모르기 때문이다. 반면에 다음 작품에서는 그런 희박한 가능성조차 부정된다.

> 屛風에 압니 ᄌᆞᆺᄭᅳᆫ동 불어진 괴 글이고 그 괴 알ᄑᆡ 죠고만 麝香쥐를
> 그렷씬이
> 애고 죠 괴 삿샐은 양ᄒᆞ야 글임 쥐를 잡으랴 쫏니는고여
> 울이도 새 님 걸어 두고 좇니러 볼ᄭᅡ ᄒᆞ노라.
>
> _『해동가요 일석본』, 고시조대전2005.1
>
> 병풍에 앞니 자끈동 부러진 고양이 그리고 그 고양이 앞에 조고만

새앙쥐를 그렸으니
애고 조 고양이 재빠른 양하여 그림의 쥐를 잡으려 좇아다니는구나
우리도 새 임 걸어 두고 좇아다녀 볼까 하노라

연정에 들뜬 작중인물은 앞니가 부러졌으면서도 스스로의 사냥 능력을 믿고 생쥐 한 마리를 노리는 고양이로 표현된다. 그러나 어쩌랴. 고양이 자신과 그의 목표물인 생쥐는 모두 그림 속에 있는 것을. 고양이가 아무리 교묘하게 접근하고 날쌔게 덮치려 해도 그림의 고정된 구도 속에서 그의 발톱은 생쥐를 잡아챌 수 없고, 포획은 원천적으로 불가능하다. 이 불가능성을 넘어서려는 고양이의 열망이 간절할수록 희극적 좌절은 더 뚜렷하게 된다.

검토가 여기까지 이르고 보면 불안한 사랑에 관한 사설시조의 인식 태도가 남녀간의 정념을 소박하게 낭만화하거나 향락적으로 즐기는 관점과는 다르다는 것을 알게 된다. 사설시조는 애정의 갈망이 제어하기 어려운 힘으로 분출된다는 데에 주목하며, 그것이 어떤 장애에 부딪힐 경우 심각하게 일그러진 몸짓으로 발전할 수 있다는 데에 동의한다. 사설시조는 그런 처지에 빠진 인간들을 높은 위치에서 비난하기보다는 연민하는 입장을 취하는 경우가 많다. 이때의 연민이라는 태도는 작중 인물에 대한 일면의 동정과 함께 어느 정도의 거리두기를 내포한다. 그것은 위의 작품들에서 다양한

농도로 나타난 희극적 객관화의 한 기능이라 말할 수 있다. 간명하게 집약하자면, 사설시조는 정념의 포로가 된 인물들의 절실한 목소리와 표정을 보여주되, 희극적 구도를 통해 작중상황과 수용자 사이의 거리를 조정하는 것이다.

자신의 어리석음을 뼈아프게 자책하는 듯한 다음 작품에서 이 점을 더 살펴보자.

> 눈아 눈아 얄믜온 눈아 두 손 장가락으로 질너 머르칠 눈아
> 남의 님을 볼지라도 본동만동ᄒᆞ라 ᄒᆞ고 ᄂᆡ 언제븟터 情 다ᄉᆞᆯ라터니
> 아마도 이 눈의 지위에 말 만흘가 ᄒᆞ노라
>
> _『해동가요 박씨본』, 고시조대전 1113.1
>
> 눈아 눈아 얄미운 눈아 두 손 장가락으로 찔러 멀게 할 눈아
> 남의 임을 볼지라도 본동만동하라 하고 내 언제부터 정 다스리랬더니
> 아마도 이 눈의 탓으로 말 많을까 하노라

넘보아서는 안 될 대상에 대해 정념을 품었다가 난처한 국면에 부딪힌 인물의 자기반성적 독백이다. 하지만 그의 자책에는 진정한 자기비판과 회심(回心)의 실질이 결여되어 있다. 남의 임에 대한 연모의 정을 자기규율의 잘못이라 인정하기보다는 보아서는 안 될 대상을 곁눈질한 '눈'의 문제로 돌리고 있기 때문이다. 그리하여 "아마

도 이 눈의 탓으로 말 많을까 하노라"라고 탄식하는 그의 어조는 위험한 정념의 행각을 뒤늦게나마 포기하는 것이 아니라 불가항력의 길인 듯이 시인하는 태도를 보인다. 시상의 흐름이 이러하니 위의 작품이 부도덕한 애정 관계를 서투르게 얼버무린 것이라 비난한다면, 그것은 편협한 윤리주의적 독법이다.

위의 작품은 그릇된 애정 관계에 빠진 인물의 안타까운 탄식인 동시에, 제 나름의 자성(自省)에도 불구하고 정념의 수렁을 벗어나지 못하는 인간 존재의 어리석음에 대한 비판적 연민을 함축한다. 다른 어떤 욕망보다도 비합리적이며 내밀한 에너지로서의 애욕을 바라보는 착잡한 시각이 여기에 깃들어 있다. 위의 작품이 독자에게 불러일으키는 웃음은 바로 이 거리두기가 가능하도록 차단 효과를 발휘한다. 울음이라는 현상도 상당히 복잡한 의미를 내포하지만, 웃음은 더욱 더 그러하다는 것이 사설시조를 읽을 때 필요한 주의 사항이다.

여기서 남녀간의 일을 즐겨 다룬 신윤복(申潤福, 1758-?)의 풍속화 중 하나인 「월하정인(月下情人)」을 잠시 살펴보는 것이 유익할 듯하다.

이 그림에는 다음과 같은 글귀가 적혀 있다. "달빛 고즈넉이 깊은 밤 삼경에, 두 사람 마음의 일은 둘만이 알리라.(月沈沈夜三更, 兩人心事兩人知)" 시간은 밤 열두 시 무렵, 젊은 남녀 두 사람이 어떤 집의 담 모퉁이에 서 있다. 남자의 차림새로 보아 가세가 괜찮은 집안의 양반이 분명한데 하인을 대동하지 않고 직접 등불을 든 데다가, 여자

그림 5. 신윤복, 〈월하정인(月下情人)〉, 18세기 후기, 28.2×35.6cm, 간송미술관 소장.

를 바라보는 그윽한 눈초리와 자세를 보건대 이들은 떳떳하게 외출 나온 부부지간이 아니다. 여인은 쓰개치마를 여며서 얼굴을 가렸지만 수줍은 듯한 표정 속에서도 고운 눈매와 붉은 입술이 자못 고혹적이다. 그녀의 신분을 단정해서 말할 수는 없어도 기녀가 아닌 여염집 여성인 것만은 분명하다. 그런데 그들은 왜 이 늦은 시간에 여기에 서 있는 것일까. 그들이 함께 갈 만하고 또 가야 하는 목적지가 있다면 이런 담 모퉁이에 남의 눈을 꺼리는 자세로 서서 안타까운 눈길을 나눌 까닭이 없다. 화면의 구도, 두 사람의 자세와 표정, 그리고 화면의 글귀를 종합하건대 이들은 저녁 동안의 밀회 끝에 이제 헤어져야 할 시각에 도달했고, 어쩌면 여인의 집 가까운 길모퉁이에서 이별의 아쉬움을 되새기며 잠시 머뭇거리는 중인 듯하다. 그들은 사회적으로 공인되지 않은 은밀한 만남을 통해 연정을 나누고 안타까운 이별을 거듭해야 하는 연인들인 것이다.

신윤복이 이 그림에 부여한 분위기는 감미롭고 아름다우면서 애틋하다. 보는 이에 따라서는 이 은밀한 만남의 미래에 대한 일말의 불안감이 뇌리를 스칠 법도 하다. 그러나 두 남녀의 눈초리와 붉은 입술이 함축적으로 시사하듯이 이들은 짧은 밀회 뒤의 헤어짐이 안타까울 뿐, 장래에 관한 불안에 사로잡히기에는 현재의 정념이 너무도 간절하다. 그림의 구도와 필선, 색조 등은 이 정념의 애틋한 아름다움을 부각시키는 데 집중하고 있다. 이런 특성은 물론 신윤복이 지닌 예술적 개성의 소산이라 하겠지만, 더 큰 비교의 구도에서 보자면 남녀간의 정태(情態) 내지 춘의(春意)가 집약된 장면을 심미화함으로써 구매자들의 취향에 부응하려 했던 화가로서의 관찰 방식과도 연관이 있을 것이다.

사설시조의 경우는 이와 달리 특정 장면을 심미화하기보다 불안한 사랑의 심리와 동태(動態)를 포착하는 데 주력하는 경우가 많다. 위에서 본 여러 시편들이 대개 그러하거니와, 「월하정인」과 비슷한 소재가 평시조와 사설시조로 작품화된 다음 사례들을 비교해 보아도 그런 면모를 간취할 수 있다.

窓外三更細雨時예 兩人 心事ᄅᆞᆯ 兩人知라

新情이 未洽ᄒᆞᆫᄃᆡ ᄒᆞᄂᆞᆯ이 ᄇᆞᆯ가온이

다시곰 羅衫을 부혀ᄌᆞᆸ고 후期約을 定ᄒᆞ리라

_『해동가요 박씨본』, 대전 4557.1

창외삼경세우시*에 양인심사를 양인지라

신정이 미흡한데 하늘이 밝아오니

다시금 비단 소매 부여잡고 훗기약을 정하리라

* 깊은 밤 창 밖에 보슬비 내릴 때.

평시조인 이 작품은 18세기 중후반에 가창되고 있었음이 확실한데,[06] 신윤복은 1758년에 태어났으니 이 시조가 신윤복의 「월하정인」보다 선행한다는 점 또한 의문의 여지가 없다. 그렇다 해서 「월하정인」과 이 시조 사이에 직접적 계보 관계가 있다고 서둘러 단정할 일은 아닐 듯하다. 다만, 사랑하는 사이의 남녀가 잠시 동안의 달콤한 만남 뒤에 안타까이 이별해야 한다는 에피소드는 시가에서

06 이 작품은 무려 58종의 문헌에 실릴 만큼 인기가 있었다. 그중에서 가장 앞서는 초기 문헌인 『시가 박씨본』과 『해동가요 박씨본』에 수록된 상황을 고려할 때 이 작품은 18세기 중엽 내지 후반에 가객들 사이에 유통되고 있었음이 확실하다. 두 가집에 대한 서지적 검토는 신경숙 · 이상원 · 권순회 · 김용찬 · 박규홍 · 이형대, 『고시조 문헌 해제』(고려대 민족문화연구원, 2012), 13-17, 35-38면 참조.

먼저 자리 잡았고, 신윤복 같은 화가가 이를 원용하면서 풍속화에 들어왔다고 보는 것이 자연스럽다.

그러나 이런 포괄적 맥락 속에서도 신윤복은 작중 상황의 설정을 달리함으로써 회화적(繪畵的) 운치와 심미성을 높였다. 이미 앞에서 「월하정인」을 본 터이므로, 그보다 앞서는 시기의 평시조가 어떻게 상황적으로 달랐던가에 주목하자. 이 시조에서의 이별 장면은 길거리가 아니라 주인공 남녀가 함께 있는 방 안이다. 그들은 함께 밤을 지냈지만, '새로운 정'의 갈망을 충분히 해소하기에는 시간이 너무도 짧았다. 그럼에도 불구하고 날이 밝아오고 있으니, 이제 한 사람이 떠나야 한다. 한문문화권의 애정소설류에 자주 보이는 모티프에 의하면 이 방은 여성 주인공의 거처이며, 떠나야 할 사람은 가족들 몰래 잠입했던 남성 연인이다. 하지만 어렵사리 이룬 만남이 언제 다시 가능할 것인지 두 남녀는 애절하고 괴롭기만 하다. 그리하여 더 늦기 전에 떠나야 한다고 일어섰다가도 그들은 "다시금" 비단 소매를 부여잡고 다음 만날 약속을 묻고 또 다짐하는 것이다.

그런데 신윤복은 이들의 이별 장면을 자정 무렵의 길모퉁이로 바꿔 놓았다. 이로 인해 달라진 사항들 중에서 우선 중요한 것은 두 남녀 사이의 성적 결합 정도가 불확실해진 점이다. "신정이 미흡한데 하늘이 밝아" 온다고 한 시조에서 남녀는 이미 몸을 섞은 사이인데 비해, 「월하정인」의 주인공들은 숨결을 가까이 느껴본 적이 있는지조차 불확실하다. 늦은 밤의 이별이 있기 전에 그들은 어떤 은

밀한 폐쇄공간에서 서로를 탐닉하지 않았을까? 그랬을 수도, 그렇지 않을 수도 있다. 그림은 이에 대해 명시적으로 긍부를 말하지 않는다. 다만 여인의 단정한 옷매무새와 수줍은 표정을 통해 암시되는 바는 그들이 몸보다 마음이 설레고 그리운 상태에 있다는 것이다. 이와 달리 『해동가요』의 시조가 노래한 장면을 그림으로 옮긴다면, 장소는 여인의 방이 되고, 동녘이 밝아 올 시간인데 방에는 이부자리가 아직 깔려 있으며, 여인은 다소 흐트러진 머리에 속적삼을 걸친 모습으로 사나이의 옷깃을 붙들거나 그 가슴에 기대어 있을 것이다. 이렇게 그려서 안 될 것이 없기는 해도, 그것은 「월하정인」의 이별 장면에서 농익지 아니한 정념의 신선함과 애틋함이 어울려서 자아내는 심미적 효과에 필적하기 어렵다.

그러면 비슷한 소재 계보의 연장선상에 있는 사설시조의 경우는 어떤가. 19세기의 산물로 추정되는 다음 작품을 살펴보자.

> 窓外三更細雨時의 兩人 心事 깁픈 情과 夜半無人私語時의 百年同樂 구둔 언약 離別 될 쥴 몰나더니
> 銅雀春風은 周郎의 取消요 長信秋月은 漢宮人의 懷抱로다 只咫 千里 銀河은 ᄉᆡ이ᄒᆞ고 烏鵲이 飛散ᄒᆞ니 건너갈 길 茫然ᄒᆞ다 魚雁조ᄎᆞ 돈絶커널 消息인덜 뉘 傳ᄒᆞ리
> 못 보와 病 되고 못 이저 恨이로다 가득이 석은 肝腸 이 밤 ᄉᆡ우기

어러와라

_『시조 하씨본』, 대전 4556.1

창외 삼경 비 뿌릴 때 양인 심사 깊은 정과 야반무인사어시*에 백년
 동락 굳은 언약 이별 될 줄 몰랐더니
동작의 춘풍은 주랑이 웃은 바요 장신 추월은 한나라 궁녀의 회포
 로다 지척이 천리인데 은하는 사이에 있고 까막까치 날아나니 건
 너갈 길 망연하다 물고기와 기러기조차 끊어지거늘 소식인들 뉘
 전하리
못 보아 병 되고 못 잊어 한이로다 가득이 썩은 간장 이 밤새우기 어
 려워라

* 밤중에 남몰래 소곤소곤 속삭일 때.

앞의 평시조와 「월하정인」이 모두 이별 장면에 초점을 맞춘 데 비해, 이 작품은 그런 만남과 이별이 지나고 소식이 영영 끊어진 상황에서 절망감을 토로하는 여인의 독백을 제시한다. 다시 말해서 이 작품은 이별의 순간 극대화되는 '정념의 애절함'에 관심두기보다, 황홀한 정념에 취해서 맺었던 약속이 쉽사리 물거품처럼 사라진다는 '낯익은 탄식의 골짜기'로 수용자들을 초대한다. 그런 뜻에서 이 사설시조는 앞의 두 작품과 동일한 소재를 변용한 경우가 아니라, 소재 면에서 부분적 접점을 가질 따름인 별도의 유형으로 간

주하는 것이 옳을 법하다.

그럼에도 불구하고 이 작품을 위의 두 사례와 견주어 본 까닭은 사설시조가 불안한 사랑을 종종 다루되, 그 접근 방식은 남녀간의 정념을 풍속화적 춘의(春意)의 수법으로 심미화하는 것과 다르다는 앞서의 논의를 다소 보충하고자 한 데 있다. 이에 더하여 췌언을 하나 덧붙이자면, 신윤복의 그림을 포함하여 남녀간의 일들을 소재로 한 조선 후기 풍속화에는 우연적인 마주침이든, 의도된 회합이든 남녀의 만남이 많은 데 비해, 이별의 장면은 찾아보기가 쉽지 않다. 반면에 시조에서는 만남보다는 이별에 관련된 노래가 더 많으며, 사설시조에서는 더욱 그러하다. 물론 이것은 그림과 시의 우열과는 무관한, 표현의 장르적 속성에 기인하는 현상일 것이다. 단적으로 말해서 만남이라는 현상은 시각 예술의 차원에서 장면화하기 용이한 데 비해, 이별과 그 이후의 기다림·고통·탄식이라는 경험은 문학을 통한 시간예술적 접근과 구성을 필요로 하는 것이 아닌가 한다. 다음 항에서 이별을 주제로 한 사설시조들을 보면서 이 문제를 좀 더 살펴볼 수 있다.

2. 이별의 화법

이별의 예감이나 이별하는 순간의 괴로움은 동서고금의 애정시에 두루 출현하는 보편적 주제일 것이다. 그런 부류의 작품들이 사설시조에도 있다는 사실은 매우 자연스럽다. 따라서 우리가 주목할 것은 이별을 받아들이고 처리하는 방식에서 사설시조가 어떤 태도나 화법을 즐겨 구사하는가의 문제다. 이를 논하기 전에 우선 사설시조가 사랑의 충족감과 지속을 찬미하는 방식을 잠시 살펴보자.

ᄉᆞ랑 ᄉᆞ랑 고고이 ᄆᆡ친 ᄉᆞ랑 왼 바다흘 두루 덥ᄂᆞᆫ 그믈 ᄀᆞᆺ치 ᄆᆡ친 ᄉᆞ랑
往十里 踏十里라 ᄎᆞᆷ외 너출 수박 너출 얽어지고 틀어져셔 골골이 버더가ᄂᆞᆫ ᄉᆞ랑
아마도 이 님의 ᄉᆞ랑은 ᄭᆞᆺ 간 ᄃᆡ 몰ᄂᆞ ᄒᆞ노라

_『청구영언 육당본』, 고시조대전 2252.1

사랑 사랑 고고이 맺힌 사랑 온 바다를 두루 덮는 그물 같이 맺힌 사랑
왕십리 답십리라 참외 넝쿨 수박 넝쿨 얽어지고 틀어져서 골골이 뻗어가는 사랑
아마도 이 임의 사랑은 끝 간 데 몰라 하노라

두 사람 사이의 행복한 합일이 이루어진 시간에 발화되는 사랑노래는 거의 예외 없이 시공간적으로 무한한 사랑을 예찬하는데, 위

의 작품도 예외는 아니다. 흥미로운 점은 이를 위해 쓰인 비유의 성격이다. 이 작품은 고기잡이와 농업에 관련된 사물들을 불러들여 사랑의 넓이와 길이를 표현한다. 온 바다를 덮는 그물과, 왕성한 생명력으로 뻗어가는 참외·수박 넝쿨, 이것들이 사랑의 무한성을 예찬하기 위해 동원되는 체험적 사물들이다. 이처럼 비근한 경험과 일상적 사물들이 사설시조의 이별 노래에서도 자주 호출된다.

가슴에 궁글 둥시러케 ᄲᅮᆯ고 왼ᄉᆞᆺ기를 눈 길게 너슷너슷 ᄭᅩ와
그 궁게 그 ᄉᆞᆺ 너코 두 놈이 두 긋 마조 자바 이리로 훌근 져리로 훌적 훌근 훌적 ᄒᆞᆯ 저긔ᄂᆞᆫ 나남즉 ᄂᆞᆷ대되 그ᄂᆞᆫ 아모ᄶᅩ로나 견듸려니와
아마도 님 외오 살라 ᄒᆞ면 그ᄂᆞᆫ 그리 못ᄒᆞ리라

_『청구영언 진본』, 고시조대전 0034.1

가슴에 구멍을 둥그렇게 뚫고 왼새끼*를 눈 길게 너슷너슷 꼬아
그 구멍에 그 새끼줄 넣고 두 놈이 두 끝 마주잡아 이리로 슬근 저리로 훌쩍 슬근훌쩍 할 적에는 나나 남이나 모두 그건 아무쪼록 견디려니와
아마도 임 떠나 살라 하면 그는 그리 못하리라

* 외로 꼰 새끼줄. 보통의 새끼는 새끼오리가 오른쪽 방향으로 돌면서 나아가는 방식으로 꼬이는 오른새끼이다.

이별의 두려움 앞에서 작중화자가 말하는 바는 어떤 고통도 홀로 됨의 아픔만큼 클 수는 없다는 것이다. 이를 구체화하기 위해 당시의 생활문화에서 친숙한 사물 중 하나인 새끼줄이 등장한다. 짚을 꼬아서 만드는 새끼는 밧줄 형태의 물건 중에서 표면이 가장 거칠고 마찰하는 굴곡이 많다. 더욱이 통상적 방식과 달리 왼쪽으로, 게다가 눈 사이의 간격이 크게 꼬면 그것과 비벼대는 물체의 자극은 극도로 커질 수밖에 없다. 가슴에 둥그렇게 구멍을 뚫고 이 왼새끼를 거기에 넣어 톱질하듯이 왕복시킨다는 것은 물론 불가능한 상상이다. 그러나 조선시대 사람들의 일상적 경험에서 새끼줄이 손이나 몸에 쓸리어 아픈 일은 매우 친숙한 육체적 감각이었다는 점을 상기하자. 이 경우 가슴을 후벼 파는 고통과 그 구멍을 새끼줄이 훑어 지나가는 일은 현실적으로 불가능하다 해도 감각상으로는 생생한 전율을 환기할 수 있다. 이별 없는 사랑을 위해 '불가능한 시간'의 비유를 구사하는 것은 동서양의 시에서 흔히 볼 수 있는 바이지만, 위의 작품은 여기에 매우 친숙한 감각적 고통을 극단화하여 첨가함으로써 언제까지나 임과 함께하겠노라는 결의를 표명하는 것이다.

이 결의는 분명히 과장된 것이며, 그 때문에 얼마간의 해학적 감각이 스며들어 있다. 아래의 작품에서는 감각의 직접성이 더욱 약해지는 대신 해학성이 좀 더 뚜렷하다.

저 건너 거머무투룸ᄒᆞᆫ 바회 釘 다혀 ᄭᆡ두ᄃᆞ려 ᄂᆡ여
털 돗치고 ᄲᆞᆯ 박아셔 홍셩드뭇 거러가게 ᄆᆡᆼ글니라 감은 암쇼
둣다가 우리 님 날 離別ᄒᆞ고 가실 ᄌᆡ 것고로 ᄐᆡ와 보ᄂᆡ리라

_『병와가곡집』, 고시조대전 4229.1

저 건너 거머무투룸한 바위 정 대어 깨두드려내어
털 돋히고 뿔 박아서 성큼성큼 걸어가게 만들리라 검은 암소
두었다가 우리 임 날 이별하고 가실 제 거꾸로 태워 보내리라

이 작품은 곧바로 고려가요 「정석가(鄭石歌)」의 다음 대목을 떠올리게 한다.

므쇠로 한쇼를 디여다가	무쇠로 소 한 마리 지어다가
므쇠로 한쇼를 디여다가	무쇠로 소 한 마리 지어다가
텰슈산(鐵樹山)애 노호이다	쇠 나무 산에 놓으렵니다
그 쇠 텰초(鐵草)를 머거아	그 소가 쇠풀을 먹고서야
그 쇠 텰초(鐵草)를 머거아	그 소가 쇠풀을 먹고서야
유덕(有德)ᄒᆞ신 님 여희ᄋᆞ와지이다	유덕하신 님과 이별하겠습니다

'영원'이라든가 '무한'이라는 추상적 어휘를 쓰는 대신 불가능한

일이 일어나는 미래의 시간을 기한으로 삼아 사랑의 지속을 노래하는 것은 너무도 일반화된 수사법으로 동서양의 문학사에 전해져 왔다. 정념에 불타는 당사자들 외에는 별로 실감이 나지 않을 법한 이 표현에 위의 사설시조는 좀 더 구체화된 세부와 함께 해학적인 기상(奇想)을 추가했다. 정을 대고 망치질해서 검은 바윗덩어리를 깨뜨려내는 기초 작업, 돌로 만든 소에 성별을 부여하고 털과 뿔을 덧붙임으로써 좀 더 실물감을 높이는 행위가 우선 그러하다. 여기에 종장이 개입함으로써 해학성은 극단화된다. 임이 떠나실 때 그 소를 타고 가게 하리라는 보통 수준의 수사 대신 "거꾸로 태워 보내리라"는 직설법이 투박하고 강렬한 애정 감각을 표출한다. 민간가요의 원천으로부터 유래했다 해도 「정석가」는 궁중악의 분위기 속에서 우아한 송도(頌禱)의 화법으로 다듬어졌고, 「가시리」는 애잔한 호소의 말씨를 유지했다. 반면에 사설시조는 민요 등에서 이어받은 구체 언어를 좀 더 희극적으로 변형하고 반어적(反語的)인 기상까지 첨가해서 새로운 감각을 창출했다.

이별의 가능성을 다루는 작품에서부터 표출되던 강렬함이 이별하는 현장에 와서 더욱 격해지리라는 것은 충분히 짐작할 수 있는 일이다. 하지만 그 정도는 사설시조에서 어지간한 예상의 수준을 훨씬 넘어선다.

다려 가거라 쓸어 가거라 나를 두고선 못 가느니라 女必은 從夫ᄒᆞᆺ스니 거저 두고는 못 가느니라

나를 바리고 가랴 ᄒᆞ거든 青龍刀 잘 드는 칼노 요ᄎᆞᆷ이라도 ᄒᆞ고서 아ᄅᆡ 토막이라도 가저가소 못 가느니라 못 가느니라 나를 바리고 못 가는니라 나를 바리고 가랴 ᄒᆞ거든 紅爐火 모진 불에 살을 터이면 살우고 가소 못 가느니라 못 가느니라 그저 두고는 못 가느니라 그저 두고서 가랴 ᄒᆞ거든 廬山 瀑布 흘으는 물에 풍덩 더지기라도 ᄒᆞ고서 가쏘 나를 바리고 가는 님은 五里를 못 가서 발病이 나고 十里를 못 가서 안즌방이 되리라

ᄎᆞᆷ으로 任 ᄉᆡᆼ각 그리워셔 나 못 살겟네.

_『악부 고대본』, 고시조대전 1335.1

데려가거라 끌어가거라 나를 두고선 못 가느니라 여필종부라 했으니 그저 두고는 못 가느니라

나를 버리고 가려 하거든 청룡도 잘 드는 칼로 허리라도 베고서 아래 토막이라도 가져가소 못 가느니라 못 가느니라 나를 버리고 못 가느니라 나를 버리고 가려 하거든 홍로화* 모진 불에 사를 터이면 사르고 가소 못 가느니라 못 가느니라 그저 두고는 못 가느니라 그저 두고서 가려 하거든 여산 폭포 흐르는 물에 풍덩 던지기라도 하고서 가소 나를 버리고 가는 임은 오리를 못 가서 발병이 나고 십리를 못 가서 앉은뱅이 되리라

참으로 임 생각 그리워서 나 못 살겠네

* 붉게 타오르는 화로.

작중의 여성은 떠나려는 임에게 '청룡도 잘 드는 칼'로 자신의 몸을 베어서 '아래 토막'이라도 가져가라 한다. 이 경우의 아래 토막을 성적인 암시성과 결부시키는 것은 적절하지 않다. 이 대목은 하층민의 화법을 매우 난폭하게 과장하여 도입한 것으로서, 임을 따라갈 수 없다면 몸의 일부만이라도 가기를 원하고, 그 일부분은 머리와 눈·코·입이 달린 상체가 아니라 맹목적으로 임을 따라 움직이는 하체뿐일지라도 좋다는 뜻이다. 교양인의 안목으로는 엽기적이라고 여겨질 수도 있는 이 구절에서 희극적 과장은 두 가지 상반되는 기능을 발휘한다. 그 하나는 임을 따라가겠다는 갈망을 강조하는 것이고, 다른 하나는 그것이 불가능한 데 대한 절망감을 해학적으로 완충하는 것이다.

그 다음의 대목에서 '홍로화 모진 불'과 '여산 폭포 흐르는 물'은 처음의 절망적 몸부림이 얼마간 완화된 모습을 보여 준다. 자신을 불에 사르든지 거센 물결에 던지든지 하고서 떠나라는 말은 물론 강렬한 좌절감의 표현이다. 그러나 몸을 베어 아래 토막이라도 가져가라는 몸부림에 비한다면 홍로화와 여산 폭포는 약간 여유가 있는 수사학적 교양의 감각을 동반하며, 처절함의 농도가 그만큼 엷어지도록 해준다. 이처럼 하강하는 격정성이 중장의 마지막 대목에 이르면 '나를 버리고 가는 임'이 얼마 못가서 발병이 나리라는 탄식의 언사로 귀착한다. 이 구절은 20세기 전반기에 널리 불리어진 신민요 아리랑의 일부와도 유사한데, 여기서 이별은 이미 되돌리기 어려운 사건으로 간주된다. '참으로 임 생각 그리워서 나 못 살겠네'라는 종장은 그렇게 이별이 이루어진 이후의 심경을 요약한 것이다.

여기서 한 가지 더 음미해 볼 사항은 초장에 들어 있는 '여필종부(女必從夫)'의 의미이다. 주지하다시피 이 말은 남성 중심의 유교적 질서 속에서 부부/남녀 관계의 불평등성을 당연화하는 명제였다. 여기에 쓰인 '從(따르다)'이라는 글자는 '순종, 추종' 등에 가까운 것으로서, 가정 안팎의 의사 결정에서 여성의 주체적 지위를 격하시킨 '종속성, 수동성'을 의미했다. 그런데 위의 여인은 이와 전혀 달리 '여자가 반드시 지아비를 따라다녀야 한다' 내지 '부부가 함께해야 한다'라는 뜻으로 이 명제를 이해했다. 여필종부라는 명제에 담긴 도리가 그러하니, 임이 자기를 버리고 가서는 안 된다는 것이다. 물론 이것은 엉뚱한 아전인수의 인용에 불과하다. 하지만 이 통속적 독법은 작품의 희극적 구도 속에서 재래적 관념에 대해 일종의 패러디 효과를 발휘한다. 그녀가 끌어낸 의미가 터무니없는 것이라 해도, 그것은 임과의 합일을 포기하지 않으려는 필사적 몸부림으로서 정당성을 주장하는 것이다.

나모도 바히돌도 업슨 뫼헤 매게 ᄧᅩ친 가토릐 안과

大川 바다 한가온대 一千石 시른 ᄇᆡ에 노도 일코 닷도 일코 뇽총도 근코 돗대도 것고 치도 ᄲᅡ지고 ᄇᆞ람 부러 물결 치고 안개 뒤섯계 ᄌᆞ자진 날에 갈 길은 千里 萬里 나믄듸 四面이 거머 어득져뭇 天地寂寞 가치노을 ᄶᅧᆺᄂᆞᆫ 듸 水賊 만난 都沙工의 안과

엇그제 님 여흰 내 안히야 엇다가 ᄀᆞ을 ᄒᆞ리오

_『청구영언 진본』, 고시조대전 0738.1

나무도 바윗돌도 없는 뫼에 매에게 쫓긴 까투리 마음과

대천 바다 한가운데 일천석 실은 배에 노도 잃고 닻도 잃고 용총*도 끊어지고 돛대도 꺾어지고 키도 빠지고, 바람 불어 물결치고 안개 뒤섞여 잦아진 날에 갈 길은 천리만리 남았는데, 사면이 검어 어둑저뭇 천지적막 까치놀** 떴는데 수적*** 만난 도사공****의 마음과

엇그제 임 여읜 내 마음이야 어디다 견주어 보리오

* 용총줄. 돛을 내리거나 올리기 위해 돛대에 매어 놓은 줄.
** 석양을 받은 수평선 부근에서 물결에 번득거리는 노을.
*** 해적. 배를 타고 물위에 다니면서 재물을 빼앗아 가는 도둑.
**** 뱃사공의 우두머리. 선장.

아무리 울고불고 하소연해도 임은 떠나고, 상처받은 가슴만이 남는다. 이 작품은 이별을 겪은 직후의 그런 심경을 독백으로 표출한

것이다. 위에서 '상처받은 가슴'이라 했지만 실상 이런 표현은 적당히 상투적이어서 실감이 부족하다. 평시조에서라면 '저 물도 내 마음과 같아서 울며 밤길 가는구나'[07]라고 물소리 등의 자연물에 의탁하여 슬픔을 형상화하되 과도한 감정노출을 절제하는 것이 보통이다. 사설시조 역시 그런 수준의 수사를 약간 변형하는 선에서 비애와 고뇌를 우아하게 표현하는 경우가 더러 있기는 하다. 그러나 좀 더 많은 작품에서 사설시조는 장황한 열거, 반복의 수법을 동원하여 괴로움을 강조하고, 흔히는 특정 사건이나 사물의 비유를 통해 절박한 구체성을 부각시키고자 한다. 위의 작품에 보이는 '까투리'와 '도사공'의 처지가 그 좋은 본보기다.

초장에 나오는 까투리의 곤경은 비교적 단순하게 그려져 있다. 나무도 바윗돌도 없는 민둥산이라면 숨을 곳이 전혀 없는데, 사나운 매로부터 공격당하는 까투리의 심경이 얼마나 참혹할 것인가. 이런 도입부로 수용자를 끌어들인 뒤 중장에서 도사공의 괴로운 처지가 제시된다. 값비싸고 무거운 화물을 실은 배가 망망한 바다 한가운데서 위기에 봉착했다. 돛을 비롯하여 항해에 필요한 장치들은 모두 파손 또는 유실되고, 파도는 험난한 데다가 해마저 저물어 공포스러운 어둠이 다가오는 순간이다. 그런 가운데서 흉포한 해적들과 맞닥뜨렸다면, 배를 책임진 도사공의 마음은 또 얼마나 참담할

07 "千萬里 머나먼 길ᄒᆡ 고은 님 여ᄒᆡ옵고 / 내 마암 둘 ᄃᆡ 업셔 내ᄶᅡᄒᆡ 안ᄌᆞ시니 / 져 물도 내 안 갓ᄒᆞ여 우러 밤길 녜놋다"(『청구영언 홍씨본』, 고시조대전 4604.1). 왕방연의 작품이라고 전해지는 평시조.

것인가. 작중인물은 엊그제 임을 여읜 자신의 심경을 이 두 가지 상황과 같은 차원에 올려놓음으로써 심리적 공황 상태와 고통을 호소한다.

이와 같은 과장의 수법이 이별의 괴로움을 강조하기 위한 수단에만 그치는 것은 아니다. 사설시조에서의 과장 표현은 종종 그것이 작위적으로 강화된 분장 혹은 덧칠임을 스스로 노출하는 성향이 있다. 다시 말해서 독자가 작중의 사태를 진실하다고 믿어서 그 분위기와 감정에 몰입하도록 하기보다는, 비정상적으로 강조된 상황과 표현을 격막(膈膜)처럼 인지함으로써 오히려 작중 사태에 대해 심리적 거리를 가지도록 하는 것이다. 비극적이거나 멜로드라마적인 과장이 작중의 감정 속으로 수용자를 끌어들이려 하는 데 비해, 희극적 과장은 웃음을 촉발하면서 이들을 분리하는 수가 많다는 점을 여기에 참고할 만하다. 사설시조가 비정상적으로 확대된 과장을 통해 작중의 사태와 수용자 사이의 희극적, 심리적 거리를 조성하는 현상은 앞으로의 작품 독해에서도 더 주의해 볼 필요가 있다.

3. 기다림의 방식

이별 뒤에는 외로움을 견디며 임이 돌아오기를 기다리는 시간이 남는다. 그 시간이 견딜 수 없도록 길다는 것 역시 다수의 애정시에서 반복적으로 확인되어 온 주제다. 황진이의 「동짓달 기나긴 밤」은 이 괴롭고 긴 시간을 간직해 두었다가 임이 오신 날 밤에 이어붙여 펼치리라는 착상의 기발함과 간곡함으로 널리 알려져 있다.[08] 평시조 형식의 이 작품에 절제된 관능성(官能性)이 스며들어 있기는 하지만 기다림의 자세는 간절하면서도 다소곳하고, 그 어조는 우아하게 다듬어져 있다. 사설시조에서도 그런 우아함과 세련된 심미성을 활용해 보려는 시도가 간혹 나타나기는 한다. 그러나 주류를 이루는 화법은 이별 노래에서 본 것처럼 반복·나열과 희극적 과장을 활용한 낮은 계층의 언어로 이루어진다.

어이 못 오던가 무ᄉᆞᆷ 일노 못 오던가
너 오ᄂᆞᆫ 길에 무쇠 城을 ᄊᆞ고 城 안에 담 ᄊᆞ고 담 안에 집을 짓고 집
안에 두지 노코 두지 안에 匱를 ᄶᆞ고 그 안에 너를 必字形으로 結
縛ᄒᆞ여 너코 雙排目 의걸쇠 金거북 자물쇠로 슈긔슈긔 잠가 잇
더냐 네 어이 그리 아니 오더니
ᄒᆞᆫ ᄒᆡ도 열두 ᄃᆞᆯ이오 ᄒᆞᆫ ᄃᆞᆯ 셜흔 ᄂᆞᆯ의 날 와 볼 ᄒᆞᆯ니 업스랴

_ 『병와가곡집』, 고시조대전 3234.1

어이 못 오던가 무슨 일로 못 오던가

08 "冬至ㅅᄃᆞᆯ 기나긴 밤을 한 허리를 버혀 내여 / 春風 니불 아레 서리서리 너헛다가 / 어론님 오신 날 밤이여든 구뷔구뷔 펴리라"(『청구영언 진본』, 고시조대전 1422.1).

너 오는 길에 무쇠로 성을 쌓고 성 안에 담 쌓고 담 안에 집을 짓고 집 안에 뒤주 놓고 뒤주 안에 궤를 짜고 그 안에 너를 '必'자 끌로 결박하여 넣고 쌍배목* 외걸쇠**에 금거북 자물쇠로 깊이깊이 잠갔더냐 네 어이 그리 아니 오더냐

한 해도 열두 달이오 한 달 서른 날에 날 와 볼 하루 없으랴

* 쌍으로 된 배목. 배목은 문고리를 걸거나 자물쇠를 채우기 위하여 둥글게 구부려 만들고 문과 기둥에 박아 넣는 고리.

** 한 가닥으로 된 걸쇠. 배목과 배목을 걸어서 문을 잠그는 데 씀.

깊이 사모하는 임을 '너'라고 부르는 일은 사설시조에서도 흔한 현상이 아니다. 하지만 어쩌다가 그런 호칭을 구사하더라도 낯설게 느껴지지 않을 만큼 사설시조의 언어 감각은 폭이 넓으며, 특히 시정의 속된 말씨와 어휘들을 적극적으로 구사한다. 이 작품은 그런 말씨로써 무심한 임에게 불평 섞인 비난을 퍼붓는다. 아무리 어려운 사정이 있다 한들 일 년 열두 달, 삼백 육십여 일에 나를 보러 올 하루가 없겠느냐는 것이다. 이 범속한 불평의 초·중장이 시의 수준으로 올라오게 하는 동력은 중장으로부터 나온다. '성(城)-담-집-뒤주-궤' 등으로 숨가쁘게 이어지는 공간적, 신체적 구속성의 상승 과정은 경쾌하고 재미있을 뿐 아니라, 그동안 쌓아 두었던 야속한 심사를 거침없이 쏟아붓는 호흡을 느끼게 한다. 우아하고 세련된 것과는 상반되는 방향에서, 기다리다 지친 애정의 원망이 거친 육성

으로 그 나름의 시적 형상력을 획득하는 것이다.

정인(情人)을 기다리는 간절함은 사소한 기척에도 임이 오시나보다 하는 희망적 추측을 낳을 수 있다. 그런 경우의 설레는 마음과 다급한 행동, 그리고 자신의 추측이 착각이었음을 깨닫는 순간의 허탈감 등이 엮어져서, '그리움이 낳은 착각'이라 명명할 만한 모티프를 형성한다. 현재까지 알려진 바로는 신흠(申欽, 1566-1628)의 평시조 한 수가 이 계열의 작품 중에서 가장 앞서는데,[09] 이를 계승하여 변형시킨 사설시조들이 매우 흥미롭다.

窓 밧긔 워석버석 님이신가 니러 보니
蕙蘭蹊徑에 落葉은 므스 일고
어즈버 有限훈 肝腸이 다 그츨가 ᄒᆞ노라

_ 신흠, 『청구영언 진본』, 고시조대전 4538.1

창밖이 워석버석 임이신가 일어 보니
혜란* 핀 오솔길에 낙엽은 무슨 일고
어즈버 유한한 간장이 다 끊길까 하노라

* 난초과에 딸린 다년초. 꽃은 늦은봄에 핀다.

09 안대회, 『한국 한시의 분석과 시각』(연세대 출판부, 2000), 44-47면 참조.

碧紗窓이 어른어른커ᄂᆞᆯ 님만 너겨 나가 보니

님은 아니 오고 明月이 滿庭ᄒᆞᆫ듸 碧梧桐 져즌 닙헤 鳳凰이 ᄂᆞ려와

　짓 다듬ᄂᆞᆫ 그림ᄌᆡ로다

모쳐라 밤일ᄉᆡ만정 남 우일 번 ᄒᆞ괘라.

_『청구영언 진본』, 고시조대전 1796.1

벽사창*이 어른어른하거늘 임만 여겨 나가 보니

임은 아니 오고 명월이 만정한데 벽오동 젖은 잎에 봉황이 내려와

　깃 다듬는 그림자로다

모처럼 밤일시망정 남 웃길 번 하괘라

* 푸른 비단으로 바른 창.

님이 오마 ᄒᆞ거ᄂᆞᆯ 져녁 밥을 일 지어 먹고

中門 나서 大門 나가 地方 우희 치ᄃᆞ라 안자 以手로 加額ᄒᆞ고 오ᄂᆞᆫ

　가 가ᄂᆞᆫ가 건넌 山 ᄇᆞ라보니 거머흿들 셔 잇거ᄂᆞᆯ 져야 님이로다

　보션 버서 품에 품고 신 버서 손에 쥐고 곰븨님븨 님븨곰븨 쳔방

　지방 지방쳔방 즌 듸 ᄆᆞ른 듸 ᄀᆞᆯ희지 말고 워렁충창 건너가셔 情

　엣 말 ᄒᆞ려 ᄒᆞ고 곁눈을 흘긧 보니 上年 七月 사흔날 ᄀᆞᆯ가 벅긴

　주추리 삼대 ᄉᆞᆯ드리도 날 소겨거다

모쳐라 밤일ᄉᆡ만정 힝혀 낫이런들 ᄂᆞᆷ 우일 번 ᄒᆞ괘라.

_『청구영언 진본』, 고시조대전 4093.1

임이 오마 하거늘 저녁 밥을 일찍 지어 먹고

중문 나서 대문 나가 문지방 위에 치달아 앉아 이마에 손을 짚고 오는가 가는가 건너 산 바라보니 거뭇희끗 서 있거늘 저것이 임이로다 버선 벗어 품에 품고 신 벗어 손에 쥐고 곰비임비* 임비곰비 천방지방 지방천방 진 데 마른 데 가리지 말고 워렁충창** 건너가서 정엣말 하려 하고 곁눈으로 흘깃 보니 작년 칠월 사흗날 갉아 벗긴 주추리 삼대*** 살뜰히도 날 속였겠다

모처럼 밤이기망정이지 행여 낮이런들 남 웃길 번 했구나

* 앞뒤를 가리지 못하고 허둥대는 모양.
** 물에 빠지거나 진창을 밟아서 요란하게 첨벙이는 소리.
*** 삼베 만드는 재료로 쓰기 위해 껍질을 벗겨내고 속줄기만 남은 삼[麻]대.

신흠의 작품은 사대부의 평시조답게 절제된 언어 속에 함축성이 풍부하다. 임을 기다리며 쓸쓸한 밤을 뒤척이는 작중화자가 그 주인공이다. 그는 창밖의 소리에 혹시 임이신가 하여 반가운 마음으로 일어나 문을 연다. 그러나 보이는 것은 오솔길에 부스럭거리는 낙엽뿐이다. 그리하여 순간의 기대와 기쁨은 사라지고 주인공은 사무치는 외로움을 다시금 확인한다.

이 작품에 담긴 애정과 기다림의 탄식은 정치적 소외의 경험이 남녀관계에 투사된 것이라고 보아 마땅하다. 그런데, 17세기 이후 애정시조가 점차 성장하면서 이 모티프는 정치적 암시성을 벗어버

리고 크고 작은 변형이 가해지면서 여러 편의 변종 작품들을 산출했다. 위의 사설시조 2편은 그런 과정에서 비교적 일찍 출현한 것들이다.

'그리움이 낳은 착각' 모티프가 사설시조에 도입되면서 나타난 변화 중 가장 주목할 것은 착각에 따른 자기 행동이 남의 눈에 띄었다면 웃음거리가 될 뻔 했다고 안도하는 종장이다.[10] 신흠의 작품이 비통한 심경으로 종결되었던 것과는 대조적인 현상이다. 그런 가운데서 위의 사설시조 두 편은 초·중장이 전혀 다른 방향으로 나아가는 양상을 보인다.

「벽사창이 어른어른커늘」은 우아한 기다림의 분위기를 연출하는데 적극적이다. 이를 위해 창문부터가 푸른 비단을 바른 창으로 바뀌었다.[11] 벽사창 밖의 뜰에는 벽오동 나무가 있고, 거기에 봉황이 앉아 달빛 아래 깃을 다듬는 그림자가 착각을 일으킨 원인이다. 임으로 오인된 사물이 뒤의 사설시조에서처럼 초라한 물건이 아님은 물론, 신흠의 작품에 쓰인 '낙엽'보다 고상하고 신비로운 존재로 설정된 것이다. 그 때문에 진상을 확인한 뒤의 슬픔도 별로 절박하지 않다. 임인 줄 알고 서둘러 나갔던 자신의 모습이 남부끄럽다는 종

10 평시조와 사설시조의 경계선쯤에 위치한 다음 작품에도 유사한 종장이 있기는 하다. 그러나 이 작품을 평시조로 간주한다 해도, 그 종장은 『청구영언 진본』 시대에 이미 성립한 사설시조형 종장으로부터 영향 받은 것으로 추정된다. "간밤의 직에 여든 ᄇᆞ람 술쓸이도 날을 속여고나 / 風紙ㅅ소릐에 님이신가 반기온 나도 誤ㅣ건이와 / 幸혀나 ■[들]라곳 ᄒᆞ듬연 慙愧慙天ᄒᆞᆯ랏다"(『해동가요 일석본』, 고시조대전 0094.1)

11 '벽사창' 혹은 '사창(紗窓)'은 젊은 여인이 거처하는 곳의 제유(提喩)로 많이 쓰인다.

장은 이러한 여유와 무난하게 어울리며, 작품의 전체적 분위기는 향락적이라 할 만큼 심미화된 가운데 여유로운 풍류 감각이 넘친다.

이와 달리 「님이 오마 ᄒᆞ거ᄂᆞᆯ」은 임을 기다리는 이의 착각, 조바심과 허둥거리는 행동을 극단화한다. 앞의 두 작품에 표현된 착각이 그다지 심하지 않은 오인(誤認) 때문인 데 비해, 이 작품에서의 그것은 너무도 큰 갈망 때문에 스스로 만들어낸 착시(錯視)와 이를 향해 달려가는 야단스러움으로 적극화된다. 대문까지 한달음에 뛰어나가는 행동, 진창이고 개울이고 가릴 것 없이 첨벙거리고 허둥대며 '건너 산'까지 달려가는 조급함, 그리고 '정엣말'을 건네려는 순간의 흥분 등이 그 내용이다. 이들을 촘촘히 엮어가던 중장의 흐름이 '주추리 삼대'를 확인하는 순간 진상이 드러나고, 솟구쳐 오르던 재회의 환상은 참혹하게 추락한다. 수사학에서 돈강(頓降, bathos)이라 불리는 이 수법은 숭고하거나 격정적인 것을 갑자기 추락시킴으로써 흔히 희극적 효과를 일으키는데, 여기서도 역시 그러하다.

하지만 이 작품의 희극성은 거기에 그치지 않고, 종장에 와서 재미있는 국면에 도달한다. 자신의 착각을 확인한 작중화자는 뜻밖의 결과에 비통해 하기보다는 이 사건을 누군가에게 들켰을 경우의 창피스러움을 걱정한다. 만약 낮시간이었다면 남들의 웃음거리가 되었을 터인데, 어두운 시간이기에 천만다행이라고 가슴을 쓸어내리는 것이다. 이 자기위안에 의해 작품 전체는 두 겹으로 희화화된다. 즉 격정과 그 추락이라는 중장의 희극성에, 정념의 절박함보다는 체면을 걱정하는 세속적 태도가 희극적 분열의 모습으로 중첩된다. 종장의 내용 자체는 「벽사창이 어른어른커늘」과 「님이 오마 ᄒᆞ거늘」 사이에 별 차이가 없지만 초·중장이 얼마나 강렬한 행동을 담았는가에 따라 종장과의 대조적 거리가 달리 부각되는 것이다.

이 두 작품은 모두 『청구영언 진본』에 실려 있으니, 18세기 초 무렵의 시조 연행에 공존했음이 분명하다. 그중에서도 굳이 선후관계를 추정해 본다면 「님이 오마 ᄒᆞ거늘」이 먼저 성립하고, 그 종장을 차용하되 초·중장을 장식적으로 세련한 「벽사창이 어른어른커늘」이 뒤에 나왔을 가능성이 많다. 실상이 어떠하든 여기서 주목할 것은 사설시조의 언어감각과 미의식이 단일한 궤도를 따라서만 전개되지는 않았다는 점이다. 다시 말해서, 사설시조는 시정의 언어와 사건들을 통해 세속적 삶의 몸짓들을 그려내는 경향이 강했지만, 다른 한편에서는 매우 장식적인 수사를 끌어들이면서 세련된 유흥성을 추구하는 면모도 부분적으로 지녔던 것이다. 다만 그런 가운데서도 19세기 전반 무렵까지는 전자의 경향이 주류를 차지했다는 것을 의심할 바 없다. 임에 대한 그리움이 사무친 끝에 터져 나오는 아래의 작품들에서 그런 양상들을 보게 된다.

窓 내고져 窓을 내고져 이 내 가슴에 窓을 내고져
고모장ᄌᆞ 細살장ᄌᆞ 들장ᄌᆞ 열장ᄌᆞ 암돌쩌귀 수돌쩌귀 ᄇᆡ목걸살

큰아큰 長刀리로 뚝닥 박아 이 내 가슴에 窓을 내고져
님 그려 하 답답ᄒᆞᆫ 제여든 여다져 볼까 ᄒᆞ노라

_『해동가요 박씨본』, 고시조대전 4522.1

창 내고저 창 내고저 이 내 가슴에 창을 내고저
고모장지 세살장지 들장지 열장지 암돌쩌귀 수톨쩌귀 배목걸쇠 크나큰 장도리로 뚝딱 박아 이 내 가슴에 창을 내고저
임 그려 하 답답한 제여든 여닫아 볼까 하노라

이 작품은 앞 장에서 본 「가슴에 궁글 둥시러케 뚫고」와 비슷하게 극한의 육체적 고통을 매개 수단으로 하여 간절한 그리움을 토로한다. 그 방법으로 가슴에 구멍을 뚫어 창문을 내겠다는 기상(奇想)이 안출된다. 이와 비슷한 착상으로 정철은 "내 마음 베어내어 저 달을 만들고저"[12]라고 노래한 적이 있다. 하지만 마음이라는 무형의 실체를 베어서 달을 만든다는 물질적 상상력이 놀랍기는 해도, 이 경우의 절단 행위는 신체의 훼손·고통을 수반하지 않는다. 반면에 위의 「창 내고저」는 육신의 훼손을 전제하는 점에서 자못 끔찍할 수 있다. 이 잔혹함의 심리적 부담은 중장에서 여러 종류의 장지문과 부속품, 연장이 수다스럽게 열거되는 동안 해학적인 웃음으로

12 "내 ᄆᆞ음 버혀 내여 뎌 돌을 밍글고져 / 구만리 댱텬의 번ᄃᆞ시 걸려 이셔 / 고은 님 게신 고ᄃᆡ 가 비최여나 보리라"(『송강가사 이선본』, 고시조대전 0929.1).

경감된다. 여섯 종류에 달하는 창문과 '돌쩌귀, 장도리'가 나열되는 과정에서 육체를 후벼내는 행위의 현실성은 증발하고, 어떤 종류라도 무방하니 이 답답함을 해소할 창문이 가슴에 하나 달리면 좋겠다는 수사적 강조가 뚜렷이 부각되는 것이다. 그리하여 종장은 그리움의 간절함을 강조하되, 수용자가 그것을 따뜻한 웃음으로써 받아들일 수 있는 여지를 남겨 준다.

평시조 및 여타 장르의 사랑노래와 비교하여 사설시조에서 주목할 만한 또 하나의 국면은 수동적 기다림을 넘어서는 몸짓들이 종종 출현하는 점이다. 다음 작품이 그중에서도 각별히 흥미롭다.

> 天寒코 雪深ᄒᆞᆫ 날에 님 ᄎᆞ즈라 天上으로 갈 제
> 신 버서 손에 쥐고 보션 버서 품에 품고 곰뷔님뷔 님뷔곰뷔 천방지
> 　방 지방천방 ᄒᆞᆫ 번도 쉬지 말고 허위허위 올라가니
> 보션 버슨 발은 아니 스리되 념의온 가슴이 산득산득ᄒᆞ여라
>
> _『청구영언 진본』, 고시조대전 4694.1
>
> 춥고도 눈 깊은 날에 임 찾으러 천상으로 갈 제
> 신 벗어 손에 쥐고 버선 벗어 품에 품고 곰비임비 임비곰비 천방지
> 　방 지방천방 한 번도 쉬지 말고 허위허위 올라가니
> 버선 벗은 발은 아니 시리되 여미온 가슴이 산득산득하여라

때는 겨울, 작중화자는 매서운 추위 속에 임을 찾아 '천상으로' 길을 나선다. 여기서의 천상이란 특정한 지리적 위치가 아니라 임이 계시는 아득한 곳, 높고도 멀어서 감히 접근할 수 없는 '도달 불가능의 장소'를 은유한다. 그럼에도 불구하고 화자는 소극적인 기다림에 머무르지 않고 님을 찾아 길을 떠난다. 눈마저 깊이 쌓인 산비탈을 오르기 위해 그녀는 신과 버선을 벗고, 필사적으로 걸음을 재촉한다.

이 숨가쁜 행로가 다한 지점에서 그녀는 임을 만났을까. 작품은 이에 대해 명시적 단서를 주지 않는다. 그러나 짐작해 보건대 임은 그녀가 도착한 자리에 없고, 허공을 휘몰아 부는 바람에 어지러운 눈발만이 날리고 있었을 것이다. 한 번도 쉬지 않고 서둘렀지만 임을 붙들기에는 걸음이 너무 늦었고, '천상'으로 가는 길은 아직 요원하다. 종장이 보여주는 바는 이 순간에 망연자실하게 서 있는 작중화자의 심경이다. 버선조차 벗은 채 눈길을 달려온 발은 시리지 않지만, 단단히 여민 옷깃 속의 가슴은 텅 비었고 그 빈 자리를 관통하는 실망의 바람에 '산득산득'한 것이다.

여기서 다시금 생각해 보면 이 작품에 보이는 능동성은 갑자기 돌출한 예외적 현상이 아니다. 그것은 앞에서 살펴본 「어이 못 오던가」, 「님이 오마 ᄒᆞ거ᄂᆞᆯ」, 「챵 ᄂᆡ고져」 등의 작품에 표현된 언어적, 정서적 적극성과 연결되는 자질이라 할 수 있다. 조선시대의 문화는 남성에게 행위의 능동성과 자기표현의 적극성을 부여하고 여성에게는 이에 대조되는 수동성과 소극성을 할당했다. 사설시조의 여성들은 이 중에서 자기표현의 소극성을 넘어서는 예가 많으며, 그 연장선상에서 행위의 수동성마저 깨뜨리는 사례가 더러 등장하는 것이다.

그리하여 사설시조의 사랑노래에서 기다림의 모티프는 평시조와 비슷한 내용을 양적으로만 확장하거나 평민층의 언어로 윤색하는 데 그치지 않는다. 사설시조 중에서 적지 않은 수의 작품들은 욕망하는 주체로서의 여성에게 좀 더 적극성을 부여하는 방향으로 움직이기도 한다. 물론 그것은 대부분의 경우 희극적 상상을 매개로 하여 구현되지만, 성 역할을 포함한 사회적 범주의 완고함은 흔히 희극적, 상상적 차원에서부터 침식되기 시작한다는 점을 유념해 둘 필요가 있다.

이와 아울러 임에 대한 간절한 기다림의 배역이 여성으로만 설정되던 관행을 뒤집고, 의도적 자리바꿈이 가해진 사례들이 있어서 주목된다. 바로 위에 인용한 작품의 변종인 「고시조대전 4694.2 군집」과, 더 앞에서 살펴본 「임이 오마 하거늘」의 변이형인 「고시조대전 4093.2 군집」이 그것이다. 이 중에서 전자를 먼저 눈여겨 보자.

天寒ᄒᆞ고 雪深한 날에 님을 죠ᄎᆞ ᄐᆡ산으로 너머갈 제
갓 버서 등에 지고 보션 버서 품에 품고 쳔방지방 지방쳔방 한번도
  쉬지 말고 허위허위 너머가니

보션 버슨 발은 아니 스리딕 염의온 가슴이 산득산득 ᄒᆞ더라

_『객악보』, 고시조대전 4694.2

춥고도 눈 깊은 날에 임을 좇아 태산으로 넘어갈 제

갓 벗어 등에 지고 버선 벗어 품에 품고 천방지방 지방천방 한번도
  쉬지 말고 허위허위 넘어가니

버선 벗은 발은 아니 시리되 여미온 가슴이 산득산득 하더라

표기법 이상의 의미 실질 차원에서 두 작품의 차이를 지적하자면 선행 작품의 중장 서두가 "신 버서 손에 쥐고"였다가 변이형인 이 작품에 와서는 "갓 버서 등에 지고"로 바뀐 것에 불과하다. 신이 갓으로 바뀌는 이 변화가 과연 대단한 일인가? 그렇다. 그것은 매우 중대한 변화다. 이로 인해 주인공의 성별이 여성으로부터 남성으로 바뀌었기 때문이다.

이 작품의 주인공이 평소에 '갓'을 썼고, 급하게 달려가기 위해 그것을 벗어야 한다면 그는 남성이다. 앞의 작품에서는 등장인물의 성별에 대한 명시적 단서가 없어서 님을 애타게 그리는 애정가요의 관습적 구도에 따라 화자가 여성으로 추정되었고, '신'과 '버선'이라는 사물이 반드시 여성에게만 속하는 것은 아니더라도 여성성의 가정에 별 무리 없이 부응할 수 있었다. 그런 텍스트에서 '신'을 '갓'으로 바꿈으로써, 시조의 연행과 유통에 관여한 이들은 의식적으로

이 작품을 남성 화자의 절박한 사랑노래로 만드는 데 동참했던 것이다.

최근까지 수집된 자료를 망라한 『고시조 대전』에서 이 두 작품 군집의 전승 상황을 보면 이 또한 놀랄 만하다. '신 버서'(4694.1) 군집은 현존 가집 중 가장 앞서는 『청구영언 진본』에 실려 있는 등 원형으로서의 지위가 분명하지만 문헌에 수록된 사례는 18세기의 가집 3종에 불과하다. 반면에 '갓 버서'(4694.2) 군집은 대부분 19세기에 귀속되는 20종의 문헌에 실려 있다.[13] 즉, 작품 성립 단계부터 18세기까지 이 유형의 사설시조 주인공은 여성이었다가, 19세기로 넘어오면서 남성으로 바뀌었고 이것이 오히려 텍스트 전승의 주류를 차지했던 것이다.

앞에서 살펴본 「임이 오마 하거늘」(4093.1) 군집의 경우도 이와 별로 다르지 않다. 우선 '갓'이 새로 등장하는 변이형 중에서 가장 앞서는 사례를 보기로 한다.

> 님이 오마커늘 져녁밥 ᄀᆞ쟝 일 지어 먹고
> 中門 나셔 ᄃᆡ문 나셔 큰문밧 내ᄃᆞ라 以手加額ᄒᆞ고 건너山 ᄇᆞ라보니 거머 흿득 셔 잇거ᄂᆞᆯ 져거시 님이라 ᄒᆞ고 갓 버셔 등의 지고 보션 버셔 소매에 너코 신 버서 손의 쥐고 즌ᄃᆡ ᄆᆞ른ᄃᆡ 업시 골

13 김흥규 외 편, 『고시조 대전』, ???면 참조.

희지 말고 와당탕 퉁퉁 건너가서 ᄀᆞᄂᆞ나ᄀᆞᄂᆞᆫ 헐이 굽혀 나사 안고 殷勸接話 ᄒᆞ랴터니 흿득 겻눈 얼픗 보니 上年 七月 열 사흔 날 ᄌᆞᆯ가 벗긴 회초리 삼대 判然이도 날 소겨다

마초아 밤일쇠망정 힝여 낫이러면 ᄂᆞᆷ 우일 번도 ᄒᆞ여라

_『고금가곡』, 고시조대전 4093.2

임이 오마커늘 저녁밥 가장 일찍 지어 먹고

중문 나서 대문 나서 큰문 밖 내달아 이마에 손을 짚고 건넛산 바라보니 거머희뜩 서 있거늘 저것이 임이라 하고 갓 벗어 등에 지고 버선 벗어 소매에 넣고 신 벗어 손에 쥐고 진 데 마른 데 없이 가리지 말고 와당탕 퉁퉁 건너가서 가늘디가는 허리 굽혀 바짝 안고 은근한 속말 하렸더니 희뜩 곁눈으로 얼핏 보니 작년 칠월 열 사흗날 갉아 벗긴 회초리 삼대 판연히도 날 속였다

때마침 밤일세망정 행여 낮이러면 남 웃길뻔도 하여라

보다시피 『청구영언 진본』에 실린 초기형에서는 "보션 버서 품에 품고 신 버서 손에 쥐고"였던 대목이 "갓 버셔 등의 지고 보션 버셔 소매에 너코 신 버서 손의 쥐고"로 수정되었다. 버선과 신은 그대로 두되 갓을 첨가함으로써 작중화자를 남성으로 명시하는 성별 전환이 이루어진 것이다. 이 점을 강조하기 위해 위의 변이형은 주인공이 만나고자 갈망하는 임의 신체적 특징을 중장 뒷부분에 보듯이

'가늘디가는 허리'로 명백히 여성화하기까지 했다. 이 작품이 실린 『고금가곡』은 18세기 중엽에 편찬된 가집이니, 「님이 오마커늘」 유형의 시조에서 원래 여성이던 화자가 남성화되는 파생형의 등장은 「천한코 설심훈 날에」 유형에서 동궤의 변화가 19세기 초에 일어난 것보다 반세기 정도 앞선다. 수량 면에서는 「임이 오마커늘」의 여성화자형 작품이 8개 문헌에 실린 반면, '갓 벗어 등에 지고' 형의 작품은 31종의 문헌에 수록되어서, 18세기 후반 이후의 시조 유통과 전승에서 남성화자형이 확고한 우세를 차지했다는 추세가 두 유형의 사례에서 동일하게 확인된다.

이런 현상에서 우리가 읽어낼 수 있는 의미는 무엇일까. 담당층이라든가 사회상황의 변화 같은 외부적 요인에서 설명 논리를 찾으려는 발상은 여기에 별로 도움이 되지 않는다. 그보다는 작중인물을 상상적 개연성의 행위자로 보는 접근이 유익한 시야를 열어 줄 수 있을 듯하다. 상상적 개연성은 현실적 개연성과 구별되어야 한다. 전자가 후자로부터 독립하여 무한대의 자유를 누릴 수는 없다. 그러나 문학과 예술의 세계에서 상상적 개연성은 후자에 발 딛고 움직이되 종종 후자의 수용능력을 초과하여 새로운 인물형, 행동, 사건, 욕구를 그려낸다.

그런 차원에서 음미할 때 위의 두 사설시조 군집에서 작중화자가 남성형으로 전환된 현상은 성 역할(gender role)에 부응하는 태도·감정에 관한 고정관념이 도전받은 사건으로 이해될 수 있다. 남성성과 여성성의 엄격한 구별을 강조하는 문화에서는 문학작품 속의 등장인물 또한 성 역할의 틀로부터 자유롭지 못하다. 그런 가운데서, 떠나간 임을 간절히 그리워한다든가, 임에 대한 기다림이 사무쳐서 심신을 상한다는 등의 행동은 당연히 여성의 것으로 간주되고, 또 많은 작품들에서 그렇게 형상화되었다. 사설시조 「천한코 설심흔 날에」와 「님이 오마커늘」 군집의 변이형 작품들은 바로 이 고정관념을 뒤집은 것이다.

여성에게 일방적으로 할당되던 감정·태도의 역할에서 이런 전복이 거듭될 경우 그것을 특정 성별에 대한 귀속관계에 묶어 두기는 어렵게 된다. 상상적 개연성의 차원에서일지언정 여성에게만 주어지던 역할과 행위가 남성에게도 가능하고 또 호소력을 가질 수 있다면, 그것은 현실적 개연성의 차원에 대해서도 가능성의 지반을 획득하게 된다. 위의 변이형 사설시조들이 생성, 유통되는 데 관여한 이들이 그런 문제성을 의식했을 것인가. 분명한 대답은 어렵지만, 우리가 지금 논하는 바와 같은 개념적 인식을 가지지는 않았을 듯하다. 그러나 개념화된 인식만이 인식은 아니다. 그것보다 선행하며, 더 깊기까지 한 체험적, 형상적 인식이 있을 수 있다. 우리는 위의 두 종류 사설시조 작품 원형에 누군가가 '갓 벗어 등에 지고' 같은 구절을 삽입하여 작중화자를 남성화한 최초의 시도를 상정해 볼 수 있다. 「님이 오마커늘」 유형에서는 18세기 중엽에, 「천한코 설심흔 날에」 유형에서는 19세기 초 부근에 그런 일이 발생했다. 이에 대해 다른 이들이 별로 호응하지 않거나 부정적 태도를 취했다면 이 변이형은 곧바로 소멸되었을 것이다. 얼마간의 호의적 반응이 있었더라도 탐탁지 않게 여기는 추세 또한 만만치 않았다면 이것이 텍스트 전승의 주류가 되지도 못했을 것이다. 그런데 실상은 어떤가. 두 작품 모두에서 '갓 벗어'를 삽입한 변이형 작품이 구형을 압도하여 전환기적 국면 이후의 작품 유통과 전승을 지배했다. 한 세기 내지 한 세기 반의 기간 동안 시조의 창작, 개작, 가창, 전승 및 가집 편찬에 관여한 이들 사이에서 '갓 벗어 등에 지고' 임을 찾아 허둥거리는 남성 주인공의 우스꽝스럽고도 안타까운 모습은 새로이 받아들이고 유지할 만한 가치가 인정되었던 것이다.

그러한 긍정적 수용에 이 새로운 에피소드의 증폭된 해학성과 재미가 요긴한 유인 작용을 했으리라는 것은 짐작하기에 어렵지 않다. 이 작품들의 원형에서 여성으로 추정되는 주인공이 임을 만난다는 들뜬 기대에 허둥거리는 모습이 이미 해학적이었음은 물론이다. 변이형은 이 주인공을 남성으로 바꾸고, 님을 찾아 황급하게 달려가는 그의 등 뒤에 갓이 대롱거리게 함으로써 해학의 농도를 강화했다. 그런데 유의할 사항은 이로 인해 야기되는 재미가 재미의 차원에만 그치지 않는다는 점이다. 대다수가 남성이었을 향유자들에게 이 작품의 남성 주인공이 노출하는 우스꽝스런 소동은 '타자(他者)들만의 못난 행동'이 아니라 '갓 쓴 남성 집단을 포함하여, 인간이라면 누구나 간절한 욕망의 주체로서 빠져들 수 있는 상상적 개연성의 사건'에 해당한다. 그러므로 이 작품이 유발하는 웃음은 재미의 웃음이자, 인간 내면의 범속한 면모에 대한 발견의 웃음이며, 해학적 자기 조명의 웃음일 수도 있다.

제 4 장

—

정념과 애욕의 희극

1. 욕망의 희극적 전이

사설시조는 세상이 물리적으로 또 윤리적으로 모든 욕망을 수납할 수 없도록 한계 지어져 있으며, 인간은 욕망과 한계의 불가피한 긴장 속에 처한 존재라는 인식을 다양한 방식으로 보여 준다. 사설시조의 희극성은 이런 성찰을 표현하는 기법인 동시에, '상충하는 힘의 톱니바퀴 사이에 끼인 인간'의 자태를 그 모순성 속에서 바라보는 인식론적 태도이기도 하다. 이런 특징은 대다수의 사설시조에 적용될 수 있지만, 그중에서도 작중인물의 욕망이 참을 수 없도록 억압되거나 지연되는 상황에서 강렬하게 나타난다.

하지만 어느 정도의 지연이나 좌절이 참을 수 없는 것인가는 상황에 따라 다분히 유동적이다. 문화와 사회 규범은 욕망의 생성·운용에 관여할 뿐 아니라 그것을 통제하고 불활성(不活性)으로 가라앉히는 데에도 작용한다. 내면화된 규범과 상징체계를 통해 인간을 특정 문화의 성원(成員)으로 만드는 훈육, 감시, 처벌 그리고 보상은 미셸 푸코 같은 이가 예리하게 통찰한 근대 서구사회에서만이 아니라, 상이한 시대와 문명 속에서도 그 나름의 장치와 담론들을 통해 이루어져 왔다. 욕망과 가치의 위계질서는 이런 장치들 중에서 매우 중요한 위치를 차지한다. 그것은 욕망을 무조건 금지하기보다 더 상위의 욕망으로 대체하거나 매개함으로써 위험한 압력을 분산시킨다. 효율적인 문화란 이런 분산, 이전(移轉)의 회로가 유연하게 작동하는 자체 조정 기능을 필요로 한다.

그런데 신분제 사회에서는 욕망을 더 상위의 가치로 이전하거나 안정적으로 유예하는 회로가 모든 사회 계층에 보편적으로 작동하지 않는다. '군자의 도리' 혹은 '귀족의 의무(Noblesse Oblige)'라는 말이 시사하듯이, 상층 신분에게는 더 높은 가치의 사다리가 인정되고, 하층민은 이보다 단순화된 욕망의 위계를 할당받기 때문이다. 인간을 욕망의 주체로 그리는 작업에서 사설시조가 하층민을 자주 택하는 이유는 일차적으로 여기에 기인하는 것으로 나는 이해한다. 하층민을 행위자로 택할 경우 여타의 가치에 의해 매개되지 않은 욕망의 맨얼굴을 포착하는 일이 더 용이하고, 강렬한 희극적 구도와 과장을 구사하는 데에도 별로 제약을 받지 않는다는 것이 주목할 만한 이점이다.

이와 관련하여 여기에 기록해 둘 만한 하나의 의문은 하층민을 등장시킨 욕망의 희극이 액면 그대로 '낮은 신분의 용렬한 인간들이 벌이는 추태'에 그치는가, 아니면 '신분의 차이를 넘어 인간이 당면할 수 있는 난관'을 겨냥하는가의 문제다. 나로서는 후자의 시각이 사설시조의 진면목에 더 근접하리라고 생각하지만, 당분간은 이를 질문의 수준에 놓아두고 작품들을 더 읽어 보고자 한다.

그 출발점으로서 '좌절한 욕망의 희극적 전이(轉移)'라고 이름 붙일 만한 양상들에 주목하기로 한다. 이 개념을 좁게 규정하면 '이루지 못한 욕망의 대상을 다른 것으로 대치하되, 그 방식이 저열하고 우스꽝스럽게 이루어지는 현상'에 해당한다. 이를 좀 더 확장하면 '욕망의 실패를 엉뚱한 곳에 화풀이하는, 좌절감의 전이'까지도 포함할 수 있다. 여기서는 두 가지 의미를 모두 포괄하되, 후자의 사례부터 검토한다.

개를 여라믄이나 기르되 요 개 ᄀᆞᆺ치 얄믜오랴
뮈온 님 오며ᄂᆞᆫ ᄭᅩ리를 홰홰 치며 ᄯᅱ락 나리ᄯᅱ락 반겨서 내ᄃᆞᆺ고 고
　온 님 오며ᄂᆞᆫ 뒷발을 버동버동 므르락 나으락 캉캉 ᄌᆞ져셔 도라
　가게 ᄒᆞᆫ다
쉰 밥이 그릇그릇 난들 너 머길 줄이 이시랴.

_『청구영언 진본』, 고시조대전 0189.1

개를 여남은이나 기르되 요 개같이 얄미우랴
미운 임 오면은 꼬리를 홰홰 치며 치뛰락 내리뛰락 반겨서 내닫고
　고운 임 오면은 뒷발을 버둥버둥 무르락 나으락 하며 캉캉 짖어
　서 돌아가게 한다
쉰밥이 그릇그릇 난들 너 먹일 줄이 있으랴

이 작품에서의 희극적 전이는 두말할 것도 없이 '개'를 초점으로 한다. 사리를 따지자면 주인공 자신이 미운 임을 단호하게 거절하고 고운 임을 적극적으로 선택하면 될 일이지, 개를 원망할 것은 아니다. 그럼에도 화자는 자신의 욕망이 순탄하게 실현되지 않는 사태를 개의 탓으로 미루고, 밥이 남아서 쉬는 한이 있어도 '너 먹일 줄이 있으랴'라고 용렬하게 화풀이를 한다. 화자의 안타까운 심경과 우스꽝스런 언행이 하나의 장면에 중첩되어서 웃음을 촉발하는데, 그 속에는 해학과 풍자의 양면이 모두 담긴 듯하다.

여기서 더 생각해 볼 점은 위의 '미운 임'과 '고운 임'이 각각 어떤 사람들일까 하는 의문이다. 개의 행동 방식으로 보건대 미운 임은 이 집에 자주 드나들어서 친숙한 사람이요, 고운 임은 최근에 발걸음을 하게 된 낯선 사람이다. 논자에 따라서는 미운 임이 본남편이고, 고운 임은 근래에 불러들이기 시작한 샛서방이라고 추론한 예도 있다. 그러나 나로서는 작중화자의 위치가 여염집보다는 여러 남성들의 출입이 가능한 장소, 즉 기방(妓房)이거나 시정의 상가·주막처럼 개방된 공간이라고 이해하는 것이 적절하다고 생각한다.[01] 여인은 그 속에서 만난 남성과 깊은 사이가 되기도 하고, 새로운 상대에 마음이 끌리면서 예전의 연인이 미운 임으로 밀려나기도 한

01 여염집이라는 공간과 본서방, 샛서방 관계를 기본 구도라고 볼 경우에는 '고운 임'을 반기는 개의 행동이 너무도 당연한 것이어서, 여인이 이를 나무라고 화풀이하는 반응이 순조롭게 설명되지 않는다.

다. 이처럼 가변적인 인간관계에서 정념(情念)과 이해타산이 때때로 급변하지만, 개는 그렇지 않다. 오랫동안 출입하면서 낯이 익고 가끔 먹을 것을 주거나 정답게 머리를 쓰다듬어 준 사람이 개로서는 '꼬리를 홰홰 치며 치뛰락 내리뛰락' 반가워할 대상이요, 새로운 인물은 컹컹 짖고 경계해야 할 존재인 것이다. 그리고 보면 이 작품의 희극적 전이는 여인과 개의 엇갈리는 행동을 통해 세속적 욕망의 유동성을 관찰하고, 찡그린 표정 뒤의 이해타산까지도 포착하는 장치라 하겠다.

'얄미운 개' 모티프는 사설시조에서 하나의 작은 계열을 형성할 만큼 인기가 있었다. 다음의 두 작품도 그 일부분이다.

바독이 검동이 靑揷沙里 中에 죠 노랑 암ᄏᆡ갓치 얄믜오랴
뮈온 님 오면 반겨 ᄂᆡ닷고 고은 님 오면 캉캉 지져 못 오게 ᄒᆞᆫ다
門밧긔 ᄀᆡ장ᄉᆞ 가거든 찬찬 동혀 주이라

_『해동가요 주씨본』, 고시조대전 0189.3

바둑이 검둥이 청삽사리 중에 조 노랑 암캐같이 얄미우랴
미운 임 오면 반겨 내닫고 고운 임 오면 캉캉 짖어 못 오게 한다
문밖에 개장사 가거든 찬찬 동여 주리라

飛禽走獸 삼긴 後에 닭과 ᄀᆡ는 ᄭᆡ두드려 업시ᄒᆞᆯ 즘ᄉᆡᆼ

碧紗窓 깁흔 밤에 품에 드러 ᄌᆞᄂᆞᆫ 임을 져른 목 늘희여 홰홰쳐 우러
　니러나게 ᄒᆞ고 寂寂重門 왓ᄂᆞᆫ 님을 무르락 나오락 쌍쌍 지져 도
　로 가게 ᄒᆞ니
門前에 닭 ᄀᆡ 장ᄉᆞ 외짓거든 ᄎᆞᆫᄎᆞᆫ 동혀 쥬리라

_『시가 박씨본』, 고시조대전 2165.1

날짐승 길짐승 생긴 후에 닭과 개는 깨두드려 없앨 짐승
벽사창 깊은 밤에 품에 들어 자는 임을 짧은 목 늘이어 홰홰쳐 울어
　일어나게 하고 적적한 중문에 찾아온 임을 무르락 나으락 꽝꽝
　짖어 도로 가게 하니
문앞에 닭 개 장사 외치거든 찬찬 동여 주리라

「바독이 검동이」는 개에 대한 미움이 좀 더 강조되는 방향으로 윤색이 이루어졌다. 여러 마리의 개가 있는 가운데 유독 한 녀석만이 밉살스럽다는 것인데, '조 노랑 암캐'라는 구체적 지칭 속에 미움의 어조가 역력하다. 이 감정적 변화는 '쉰밥이 그릇그릇 난들 너 먹일 줄이 있으랴'라는 원형 대신에 '문밖에 개장사 가거든 찬찬 동여[매서] 주리라'로 바뀐 종장에서 결정적으로 확인된다.

둘째 작품은 이처럼 강화된 종장을 공유하되, 닭을 원망의 대상에 추가한다. 그 이유는 임과 함께하는 밤의 아쉬운 행복을 새벽닭이 울어서 깨뜨리기 때문이다. 달라진 내용은 그것만이 아니니, '벽

사창'과 '적적중문(寂寂重門)'의 역할이 중요하다. 벽사창은 푸른 깁을 바른 창문으로서 흔히 미인의 처소를 뜻하는 바, 오가는 이 없이 닫혀 있는 중문과 더불어 이 작품에 중상층 신분에 속한 여인의 비밀스럽고 낭만화된 사랑의 무대를 제공한다. 중문(中門, 重門)은 대체로 양반층 이상의 여유 있는 가옥 구조에서 남성의 공간인 바깥채와 여성의 공간인 안채를 나누는 문이다. 이 문에 접근하는 이를 개가 사납게 짖는다면 그는 가족들에게 낯선 외간남자일 수밖에 없다. 따라서 이 작품에 담긴 사태는 주인공의 기혼 여부를 불문하고 사회 규범에 어긋나는 욕망의 산물이다. 주인공 여성은 이를 잘 알면서도 애욕을 떨쳐버리지 못하고 갈망과 두려움의 사이에 끼여 있다. 자못 심각한 이 번민의 국면으로 '닭 개 장사 외치거든 찬찬 동여 주리라'라는 결말부가 개입함으로써 상황은 희극적으로 선회한다. 자신의 고민을 직시하기보다는 닭, 개를 원망하는 감정의 전이와 비속한 언사를 통해 이 여인은 비극이나 멜로드라마의 주인공이 아니라 소극(笑劇)의 주역에 가까워지는 것이다.

그렇기는 해도 이 작품이 작중 여인의 눈먼 정념을 윤리적으로 비난하는 데 초점을 둔 것이라 보기는 어렵다. 사설시조는 욕망을 윤리보다 위에 놓지 않는 동시에, 모든 욕망이 도덕률에 의해 억압되어야 하는 것처럼 여기지도 않는다. 인욕(人慾)과 천리(天理), 인심과 도심(道心)을 대립적으로 이해하고 각각의 대립항에서 전자보다 후자를 중시하는 성리학적 인성론에 대해 대다수의 사설시조는 체험적, 형상적 수준의 이의를 간직한다. 그러나 생활 속에 일반화된 윤리들에 대해서 사설시조는 별다른 저항이나 반감을 보이지 않는다. 내가 이해하건대, 사설시조에서는 욕망과 윤리가 모두 사람살이의 실체로서 중요한 지위를 차지한다. 문제는 두 가지 힘이 조화로이 어울리지 못하는 경우가 흔히 있으며, 그런 국면들을 배제하고 삶의 다양한 표정과 풍경들을 그리기란 거의 불가능하다는 점이다. 사설시조의 희극성을 그 표면에만 집착해서 단순한 재밋거리, 또는 열등한 타자들에 대한 희학(戲謔)과 조롱의 차원으로 몰아갈 경우, 이러한 인간학적 성찰의 여지는 원천적으로 희박해진다.

위에서 살펴본 '좌절감의 전이'가 비교적 가벼운 웃음을 동반하는 데 비해, '좌절한 욕망 자체의 전이'는 매우 절박하고도 강렬한 희극성을 띤다. 남녀간의 애욕과 그리움처럼 대체 수단이 별로 없는 욕망이 오랫동안 폐쇄되거나 완전히 좌절할 때는 특히 그러하다. 이를 살피기 위해 욕망의 전이라는 모티프와는 거리가 있기는 하지만, 나이 40에 처음으로 여자를 접하게 된 사나이의 이야기를 보자.

> 半 여든에 첫 계집을 ᄒᆞ니 어렷두렷 우벅주벅 주글번 살번 ᄒᆞ다가
> 와당탕 드리ᄃᆞ라 이리져리 ᄒᆞ니 老都令의 ᄆᆞ음 홍글항글
> 眞實로 이 滋味 아돗던들 긜 적보터 ᄒᆞᆯ랏다.
>
> _『청구영언 진본』, 고시조대전 1824.1

반 여든에 첫 계집을 하니 어렷두렷* 우벅주벅** 죽을 번 살 번 하다가
와당탕 들이닥쳐 이리저리 하니 노도령의 마음 홍글항글***
진실로 이 재미 알았던들 길 적부터 할것을

* 일이 익숙하지 않아서 어리둥절한 모양.
** 서투른 일을 무리하고 급하게 하는 모양.
*** 흥뚱항뚱. 정신을 가누지 못하고 들떠 있는 모양.

서술자가 사태를 기술하는 초·중장은 난생 처음으로 성행위를 하는 노총각의 다급하고도 서투른 행동에서부터 일련의 과정을 장난스럽게 엮어 간다. 대담한 화법으로도 거북할 수밖에 없는 내용을 처리하기 위해 여러 종류의 첩어와 완곡어법이 동원되는데, 이를 통해 드러나는 그의 모습은 매우 순진하고도 희화적이다. 여기에 '길 적부터 했을 것을'이라고 탄식이 덧붙여지는 종장은 폭소를 자아낼 만큼 천진하고 비속하다. 그렇게 조성되는 웃음 속에서 작품 전체의 시선은 매우 관용적인 느낌을 준다. '반 여든'이라는 표현이 이 지점에서 중요하다. 조선시대의 사회경제적 구조에서 하층에 속하는 빈농, 머슴, 임노동자 등은 늦도록 장가들지 못하는 경우가 많았고, 그런 처지에서 어떤 종류의 여성이든 접할 만한 기회가 희박했다. 40세를 '반 여든'이라 바꿔 말한 것은 단순한 말놀음이 아니라 생활 형편으로 인해 그들이 오랫동안 감내해야 했던 성적 고립을 강조하고 동정하는 표현이다. 그런 점에서 이 작품의 종장이 불

러일으키는 폭소는 그 한편에 얼마간 비애의 감각을 동반한 것처럼 보이기도 한다. 적어도 그렇게 느낄 만한 가능성이 함축되어 있는 한 이 작품은 우월한 자의 시각에서 비천한 인간의 추태를 비웃어 보이고자 한 것으로 간주될 수 없다.

각시ᄂᆡ 玉 ᄀᆞᆺ튼 가슴을 어이구러 다혀 볼고
물綿紬 紫芝 쟉져구리 속에 깁적삼 안셥히 되여 죤득죤득 대히고
  지고
잇다감 ᄶᆞᆷ 나 붓닐 제 ᄯᅥ힐 뉘를 모르리라

_『청구영언 진본』, 고시조대전 0062.1

각시네 옥 같은 가슴을 어이구러 대어 볼고
물명주 자지 작저고리 속에 깁적삼 안섶이 되어 존득존득 닿이고
  지고
이따금 땀 나 붙어 갈 제 떨어질 틈을 모르리라

새악시 書房 못 마자 애쓰다가 주근 靈魂
건 삼밧 ᄯᅮᆨ삼 되야 龍門山 開骨寺에 니 ᄲᅡ진 늘근 즁놈 들뵈나 되얏
  다가
잇다감 ᄶᆞᆷ 나 ᄀᆞ려온 제 슬ᄶᅧ겨 볼가 ᄒᆞ노라

_『청구영언 진본』, 고시조대전 2481.1

새색시 서방 못 맞아 애쓰다가 죽은 영혼
건 삼밭* 뚝삼** 되어 용문산 개골사의 이 빠진 늙은 중놈 들보***나
되었다가
이따금 땀 나 가려운 제 슬쩍여 볼까 하노라

* 기름진 삼밭. 혹은 마른 삼밭(乾麻田).
** 수삼=경마(䔢麻)=어저귀. 아욱과의 한해살이풀. 줄기는 높이가 1.5미터 정도. 줄기로 로프와 마대를 만들고 씨는 한약재로 쓴다. 인도가 원산지로 한국, 일본, 중국 등지에 분포한다.
*** 남자의 사타구니에 병이 생겼을 때 차는 헝겊.

앞의 노총각 이야기에 비해 이 두 작품은 상황 설정이 훨씬 더 극단화되어, 가히 엽기적이라 할 만하다. 평생토록 이성을 접해보지 못하고 죽었거나 그럴 수밖에 없으리라 짐작되는 남녀가 각각의 주인공이다. 그들의 좌절된 욕망은 생이 끝나더라도 소멸할 수 없을 만큼 강렬해서, 다른 사물로의 변신을 통해 이성의 육체에 접근하고자 한다. 같은 모티프의 남녀판 변종이 현존 가집 중 가장 오래된 문헌인 『청구영언 진본』에 함께 실린 점 또한 두 작품의 친근성을 시사한다.

앞의 작품은 남성이 주인공으로서, 그는 오랫동안 여성을 가까이 해 보지 못했을 뿐더러 장차 그럴 만한 가능성도 없는 듯하다. 그래서 이 사내는 곱게 차려 입은 젊은 여인의 속저고리 안섶으로라도 화신(化身)하기를 몽상한다. 그렇게 해서 '각씨네 옥 같은 가슴'에 닿아 보고, 땀이 날 때면 꼭 붙어서 떨어지지 않으리라는 것이다.

뒤의 작품은 서방을 맞이하지 못해 괴로워하다가 죽은 노처녀의 영혼이 주인공인데, 좌절한 욕망의 상상적 대체 방법이 더 극단적이다. 비옥한 삼밭의 뚝삼이 되었다가 삼베로 짜이는 재료가 되어서 어떤 남정네의 몸에 착용하는 '들보', 즉 속바지가 되겠다는 것이다. 그 이유는 앞의 작품과 같지만, 상상력의 비속함은 더욱 심하다. 그런데 여기서는 왜 희망의 상대역이 속세의 젊은 남성이 아니라 '용문산 개골사의 이 빠진 늙은 중'이 되는 것일까. 논자에 따라 추론의 진폭이 있겠지만 나로서는 억압된 욕망의 희극적 대응관계라는 양상에 주목해 보고 싶다. 세속적 시각에서 볼 때 승려라는 신분 역시 억눌린 욕망의 전형이며, 더욱이 늙은 중이라면 오랫동안 누적되어 온 억압의 밀도가 더 높으리라는 점에서 연상적 친연성이 떠오를 수 있다. 그렇다 해도 이 대목이 '속바지'라는 사물의 암시성과 더불어 다분히 해괴하다는 점은 부인할 수 없다. 우리가 눈여겨볼 것은 이 경우의 과잉된 비속성이 여인의 갈망을 희극적으로 강조한 데서 나온 부산물인가, 아니면 그 자체가 엽기적 흥미성의 장치인가에 대한 변별이다. 내가 보기에는 전자의 시각에 선 해독이 좀 더 자연스럽다. 이 작품을 위의 남성 주인공 작품과 제2장에서 다룬 노처녀 노래(「달바즈는 찡찡 울고」) 등과 상호 참조하면서 살핀다면 더욱 그러하다.

욕망의 전이라는 모티프를 넘나들면서 사설시조가 우회적 방식으로 말해 주는 인간 이해는 애욕이라는 것이 억압될 수는 있어도 사라지지는 않으며, 폐쇄된 욕망은 어떤 방식으로든지 출구를 찾으려 한다는 것이다. 이러한 통찰은 다음 항에서 다루게 될 '위반하는 욕망'과 밀접한 관련이 있다.

2. 위반의 국면들

인간이 욕망의 주체이면서 사회 규범의 제약을 받는 존재인 한, 둘 사이의 충돌이 위반의 사태로 발전할 수 있는 영역은 매우 넓은 것이 당연하다. 사설시조는 그중에서 육체적, 정감적 욕망이 관여하는 위반의 문제에 관심을 집중한다. 물질적 차원이나 기타 사회생활에 관한 욕구가 사설시조에서 배제되는 것은 아니지만, 그런 소망의 분출이 윤리규범의 위반이라는 국면까지 나아가는 경우는 드물다. 그러므로 사설시조의 인간 탐구는 성애(性愛)의 차원에 국한되지 않으나, 규범의 울타리를 위협하는 욕망의 사태는 남녀간의 애욕 문제에 집중된다고 말할 수 있다.

이를 위해 주로 선택되는 상황의 틀은 부부라는 사회제도이고, 중심적 행위자는 아내의 위치에 있는 여인인 경우가 많다. 여성주의적 시각의 일부 연구자들은 이에 대해 여성을 불건전한 욕망의 주체로 타자화한 것이라는 해석을 제시하기도 했다. 나는 그렇게 볼 만한 사설시조가 간혹 있을 법하다고 생각하지만, 이런 설명 모형을 일반화하는 데에는 동의하기 어렵다. 그런 방식의 접근에는 사설시조의 수사적 전략과 희극성 및 조선시대 규범문화의 관계에 대한 고려가 불충분하다고 보기 때문이다.

조선조의 사회제도에서 남녀의 성적 욕망과 역할에 관한 규율이 매우 차별적이었다는 것은 주지의 사실이다. 남성은 종법적 질서를 침해하지 않는 선에서 소실(小室) 등을 둘 수 있었고, 가정을 벗어난 공간에서의 성적 행동도 상대적인 자유의 여지가 있었다. 반면에 여성은 한 남성과의 윤리적 관계에 구속되었다. 양반층에서는 개가(改嫁)에 대한 실질적 금지로 인해 남편의 사후에도 이 구속이 유지되었다. 양반층에게만 적용되던 유교적 상층윤리가 17세기 이래로는 그 아래 계층에까지 하향적으로 확산되는 현상이 본격화하면서 중인층 수준까지 열녀불경이부(烈女不更二夫)라는 규범이 작용했다. 성적인 것에 대한 담화의 차원에서도 여성들은 자기 주장과 표현을 삼가며 정숙하게 처신하도록 훈육받았다.

이런 문화에서 남성의 욕구와 성적 규율이 충돌하는 영역 및 위반성의 정도는 상대적으로 적다. 용납되지 않는 이탈은 상대 여성의 위반이 큰 경우 그 공범자로서의 역할에 따라 규정된다. 반면에 여성은 제한된 범위를 넘어서는 성적 행동과 욕구가 모두 위반성을 면하지 못했다. 욕망과 규범의 충돌을 다루는, 그리고 사설시조처럼 희극성을 중시하는 갈래에서 여성을 성적 위반(가능)성의 주체로 자주 등장시키는 것은 이런 요인과의 연관이 매우 크다. 특히 희극적 과장을 위해서는 일탈성의 정도가 심한 상황과 인물형 및 행동이 필요하며, 여성에 대한 성적 규범의 완고함은 이런 어긋남의 낙차를 부각시키는 데 유용한 현실적 바탕이었다.

이런 문제들을 살피기 위해 우선 성적 욕구의 과잉이나 윤리적 위반과는 무관한 수준에서 괴로움을 호소하는 아내들의 독백에서 검토를 시작하자.

> 月黃昏 계워 가ᄂᆞᆫ 밤에 定處업시 나간 님이
> 白馬金鞭으로 어대 어대 단이다가 뉘 손에 잡히여셔 도라올 줄 모로ᄂᆞᆫ고
> 獨宿空房ᄒᆞ고 長相思 淚如雨에 轉展不寐ᄒᆞ더라
>
> _『악부 서울대본』, 고시조대전 3663.1
>
> 월황혼 겨워 가는 밤에 정처없이 나간 임이
> 백마금편으로 어디 어디 다니다가 뉘 손에 잡히어서 돌아올 줄 모르는고
> 독수공방하고 긴긴 그리움과 눈물비에 잠 못 이뤄 하더라

> 靑天 구룸 밧긔 노ᄑᆡ 쎳ᄂᆞᆫ 白松骨이
> 四方 千里를 咫尺만 너기ᄂᆞᆫᄃᆡ
> 엇더타 ᄉᆡ궁츼 두져 엇먹ᄂᆞᆫ 올히ᄂᆞᆫ 제 집 門地方 넘나들기를 百千

里만 너기더라.

_『청구영언 진본』, 고시조대전 4802.1

청천 구름 밖에 높이 떴는 백송골이*
사방 천리를 지척같이 여기는데
어찌타 시궁창 뒤져 엇먹는 오리는 제 집 문지방 넘나들기를 백천
리만 여기더라

* 흰 송골매. 매를 이용한 사냥에 많이 썼음.

위의 두 작품 중 앞의 것은 가사 「규원가(閨怨歌)」의 축소형이라 해도 좋을, 탄식과 기다림의 노래다. 호탕한 유흥에 몰두하여 돌아올 줄 모르는 남편과, 그를 기다리며 눈물로 밤을 보내는 아내의 대비가 선명하다. 그런 가운데 얼마간의 원망이 있을지라도 명시적으로 표현되지는 않으며, 이 여인은 애절한 기다림으로 임을 기다릴 뿐 그 밖의 감정적 행동을 취할 가능성은 희박하다.

이에 비해 「청천 구룸 밧긔」는 여타 시가 장르에서 보기 어려운 냉소적 화법과 비유를 구사한다. 특히 자기 남편을 '시궁창 뒤져 엇먹는 오리'로 은유하는 대목은 하층민 여성의 신랄한 화법과 감정의 에너지가 팽팽하다. 이와 대조되는 '백송골이'는 사회적 위신이 높고 행동반경이 넓으며 용모 수려하고 늠름한 남성에 해당한다. 그런 사내들도 때가 되면 가정으로 돌아오는데, 변변찮은 능력으로

여기저기 비루하게 기웃거리며 간신히 생계를 꾸려가는 못난 인간이 제 집을 백리 천리만큼이나 멀게 여긴다고 여인은 비난을 내뱉는다. 무능한 데다가 시정의 밤 공간을 떠돌면서 가족의 근심거리가 될 뿐인 건달에게 그녀는 더 이상 애처롭게 눈물만 흘리는 아내가 아니다.

그렇지만 이 여인 역시 위반의 행동으로 나아갈 가능성은 별로 없다. 긴긴 밤을 흐느끼는 앞의 여성과 달리 남편을 질책하고 몰아세우는 당찬 아낙네로서 그녀는 윤리적으로 매우 건강하다. 이런 작품들이 보여 주는 상황과 달리, 사설시조에서 윤리적 일탈의 가능성은 대체로 성적 욕구의 좌절과 결부된다.

술이라 ᄒᆞ면 ᄆᆞᆯ 믈 혀듯 ᄒᆞ고 飮食이라 ᄒᆞ면 헌 ᄆᆞᆯ등에 셔리황 다앗듯
兩水腫다리 잡조지 팔에 할ᄀᆡ눈 안ᄑᆞᆺ ᄭᅩᆸ장이 고쟈 남진을 만셕듕이라 안쳐 두고 보랴
窓 밧긔 통메장ᄉᆞ 네나 ᄌᆞ고 니거라

_『병와가곡집』, 고시조대전 2866.1

술이라 하면 말이 물 켜듯 하고 음식이라 하면 헌 말등에 서리황* 닿은 듯
양수종다리** 잡좆이*** 팔에 흘기눈**** 안팎 곱사등이 고자 남편을

망석중***** 이라 앉혀 두고 보랴

창밖의 통메장사****** 네나 자고 가거라

* 유황의 이칭인 석유황(石硫黃)의 잘못된 표기. 유황은 살충제 및 피부병 약재로도 쓰였다.

** 병으로 인해 양쪽이 모두 퉁퉁 부은 다리.

*** 쟁기의 술 중간에 박아서 쟁기를 들거나 뒤로 물릴 때, 잡아 쳐들게 된 나무 손잡이.

**** 흑보기. 눈동자가 한쪽으로 몰려서 늘 흘겨보는 눈.

***** 나무로 만든 인형의 하나. 팔다리에 줄을 매고, 그 줄을 움직여 동작을 하게 한다.

****** 민가를 돌아다니며 물통 따위를 수선하고 땜질하는 장사.

이 작품 전체는 못난 남편을 둔 여인의 독백이다. 그녀의 남편이란 어떤 사람인가. 술을 좋아해서 말이 물을 들이켜듯 마시면서도, 음식이라면 질색을 하고 멀리하는 인물이다.[02] 그러니 도저히 건강할 수 없겠는데, 게다가 두 다리는 수중다리요, 팔은 잡줏만 하고, 눈동자는 옆으로 비뚤어졌으며, 꼽추의 몸이다. 게다가 결정적인 결함은 성적으로 무능한 고자라는 것이다. 이런 남편을 두고 숱한 날들을 궂은일에 시달리면서, 밤이면 한숨 쉬며 뒤척이던 여인이 어느 날 창밖의 물통 땜장이에게 '네나 자고 가거라'라고 말하는 것이다.[03] 이 말은 홧김에 나온 푸념이지만, '홧김에 서방질한다'는 속

02 조선 시대의 주요 운송 수단이었던 말에게는 잦은 노역으로 인해 등이 허는 피부병이 많았다. 이 경우 석유황을 치료제로 바르는데, 그 자극성이 강해서 말이 놀라고 뛰는 등의 반응이 나타난다. 이 대목은 남편이 음식 먹기 싫어하는 태도를 말의 그런 행동에 비유한 것이다.

03 『가람본 청구영언』에 실린 이 작품의 변이형은 종장이 "窓 밧긔 물 ᄌᆞ름 물 ᄌᆞ름 흘니ᄂᆞᆫ 구멍 막이 메옵소 웨는 長事ㅣ야 네나 이리 오너라."로 되어 있어서, 표현의 골계적 구체성이 더욱 강하다.

담처럼 어쩌다가 진담이 되어버릴 수도 있다.

그렇다고 해서 이 작품이 성적 일탈 행동을 불가피한 것으로 수긍하거나, 윤리적으로 관용하는 것은 아니다. 욕망의 사태를 희극적으로 포착하는 사설시조들은 윤리를 훈계하려 하지 않는 동시에, 비윤리를 옹호하지도 않는다. 그들은 애욕과 정념이 얽힌 세상살이의 면면을 다분히 짓궂게 과장하여 작품이라는 화면에 올려놓는다. 여기서 발생하는 웃음 때문에 사설시조는 그런 사태를 유흥적으로 즐기는 데 몰두하는 것처럼 종종 오해되어 왔다. 하지만 희극적으로 포착된 표정·몸짓·사건에 대한 반응으로서의 웃음이 무책임한 재미의 향유에 그친다고 속단할 일은 아니다. 비극이 수용자로 하여금 작중의 사태에 대한 몰입을 통해 연민·공포를 느끼고 삶의 어두운 심연을 대면하게 하는 것처럼, 희극은 우스꽝스럽게 얽힌 세속적 사건과 탐욕·무지·착각을 들여다보는 경험으로써 사람살이를 더 예리하게 투시하도록 하는 데 기여할 수 있다. 물론 그런 체험의 가능성은 작품에 따라 다르고, 수용자의 참여 방식에 따라서도 진폭이 크다. 여기서 우리가 유념해 둘 일은 사설시조의 장르 문법이 이러한 이해의 가능성을 마련하고 있으며, 연구자들은 그 화법과 희극적 사태의 의미를 이해하기 위해 좀 더 성찰적인 독자가 되어야 한다는 것이다.

밋남진 그 놈 紫驄 벙거지 쁜 놈 소ᄃᆡ 書房 그 놈은 삿벙거지 쁜 놈
　그 놈
밋남진 그 놈 紫驄 벙거지 쁜 놈은 다 뷘 논에 졍어이로되
밤中만 삿벙거지 쓴 놈 보면 ᄉᆡᆯ별 본 듯 ᄒᆞ여라

_『청구영언 육당본』, 대전 1763.1

본남편 그 놈 자총 벙거지 쓴 놈 샛서방 그 놈은 삿벙거지 쓴 놈 그 놈
본남편 그 놈 자총 벙거지 쓴 놈은 다 빈 논에 허수아비로되
밤중만 삿벙거지 쓴 놈 보면 샛별 본듯 하여라

여기서 우리가 만나는 여인은 윤리적으로 용인되는 욕망의 경계선을 넘어섰고, 게다가 얼마간 상습화된 단계에 와 있다. 붉은 말총 벙거지를 썼다는 본남편은 아마도 하급 군졸이나 남의 집 허드렛일을 하는 처지일 것이다. 삿갓은 일상생활에서 여러 용도로 쓰였기에 그것을 쓴 샛서방이 어떤 인물인지 추정하는 데 도움이 안 되지만, 비슷한 계층의 서민이었으리라는 점은 짐작할 만하다. 그런데도 이 작품이 벙거지의 종류를 각별히 강조하는 이유는 종장에서 드러난다. 어둠이 내려서 어슴프레한 하늘을 배경으로 사물들의 윤곽만이 식별되는 시간, 누군가가 이 여인의 집을 향해서 오는 기척이 들린다. 보통의 경우라면 남편이 오는구나 생각하겠지만, 이 여인의 입장에서는 두 남자 중 누구인지가 불확실하면서 궁금하다.

이 때 그들의 벙거지 모양이 가장 먼저 식별의 징표가 된다. 그리고 삿벙거지를 확인하는 순간 여인은 어둠 속에서 샛별을 발견한 것처럼 반가워한다. 그 이유는 '다 빈 논의 허수아비'라는 은유가 시사하듯이 본남편이 성적으로 무능하기 때문이다.

밋남편 廣州ㅣ ᄡᆞ리뷔 쟝ᄉᆞ 쇼대난편 朔寧이라 닛뷔 쟝ᄉᆞ
눈경의 거론 님은 ᄯᅮᄯᅡᆨ ᄯᅮ두려 방망치 쟝ᄉᆞ 돌호로 가마 홍도ᄭᆡ 쟝ᄉᆞ 빙빙 도라 물레 쟝ᄉᆞ 우물젼에 치다라 ᄀᆞᆫ댕ᄀᆞᆫ댕 ᄒᆞ다가 워렁충창 풍 ᄲᆡ져 물 듬복 ᄯᅥᄂᆡᄂᆞᆫ 드레곡지 쟝ᄉᆞ
어듸 가 이 얼골 가지고 죠릐 쟝ᄉᆞ를 못 어드리.

_『청구영언 진본』, 대전 1762.1

본남편 광주 싸리비 장사 샛서방 삭녕* 잇비** 장사
눈짓에 걸은 임은 뚜닥 두드려 방망이 장사 도르르 감아 홍두깨 장사 빙빙 돌아 물레 장사 우물전에 치달아 간당간당하다가 워렁충창 풍 빠져 물 담뿍 떠내는 두레꼭지 장사
어디 가 이 얼굴 가지고 조리 장사를 못 얻으리

* 경기도 연천과 강원도 철원 일부 지역의 옛 지명.
** 잇짚으로 만든 빗자루.

사설시조에서 성적 일탈의 원인이 항상 남편의 성적 무능에만 돌려지는 것은 아니다. 이 작품이 그런 반증을 보여 준다. 여기에 등

장하는 여인은 얼굴이 반반하면서 행실은 난잡스럽다. 남편이 장사꾼이고 보니 객지를 돌아다니느라 집을 비우는 날이 많고, 그동안에 오가는 사내들이 그녀의 샛서방 또는 눈 맞은 임이 된다. 그 수다한 남성 관계가 중장에서 경쾌한 리듬의 장난스러운 수사로 표현되었다.

그런데 열거되는 사내들이 한결같이 장사치이고, 그들이 파는 물건들도 반드시 함께 언급된다는 점이 눈길을 끈다. 대체 이 현상이 뜻하는 바는 무엇일까. 일차적으로 지적할 만한 것은 사설시조가 즐겨 취하는 장황한 열거의 수사가 같은 종류 혹은 계열관계의 사물들을 필요로 한다는 점이다. 그런 사물이라야 장황한 가운데서도 의미의 리듬과 연쇄가 살아날 수 있다. 그러나 이것만으로는 충분하지 않다. 이 여인이 성적으로 분방하기만 한 것이라면 일탈의 상대자들은 다른 방식의 계열관계로도 엮어질 수 있다. 더욱이 아직 실현되지 않은 관계를 언급하는 종장에서조차 '조리 장사'가 거론된다. 이 지점에서 위의 물건들이 모두 일상생활에 긴요한 도구들이라는 점을 주목할 만하다. 여기에 약간의 상상력을 발휘해 보면, 그녀는 오가는 사내들과 정분을 나누면서 그 생활용구들을 한둘씩 정표로 받아서 요긴하게 썼던 것이 아닐까. 마찬가지 추론을 더 연장해 보자면 그동안 써 오던 조리가 낡거나 망가져서 새 물건을 장만해야 할 필요성이 생긴 것은 아닐까. 그렇다면 이 작품에서의 규범 이탈은 성적 결핍의 문제만이 아니라 소소한 물욕까지 관여한 사건들이 된다. 종장의 의기양양한 독백은 여기에 또 하나의 요인을 추가한다. '어디 가 이 얼굴 가지고 조리 장사를 못 얻겠느냐'고 뽐내는 이 구절을 통해, 그녀의 상습적 일탈은 외모에 대한 알량한 자부심까지 작용한 행위로 드러나는 것이다. 이처럼 다중적 욕구가 얽힌 구도 속에서 여인의 모습은 극도로 과장된 희극성을 지닌다.

애욕과 정념의 일그러진 모습을 희극적으로 과장한 정도를 논한다면 다음 작품도 이에 못지않다.

어이려뇨 어이려뇨 싀어마님아 어이려뇨
쇼대남진의 밥을 담다가 놋쥬걱 잘늘 부르쳐시니 이를 어이ᄒᆞ려뇨
　싀어마님아 져 아기 하 걱정 마스라
우리도 져머신 제 만히 것거 보왓노라.

_『청구영언 진본』, 고시조대전 3233.1

어이려뇨 어이려뇨 시어머님아 어이려뇨
샛서방의 밥을 담다가 놋주걱을 절컥 부러뜨렸으니 이를 어이하려
　뇨 시어머님아 저 아기 하 걱정 말아라
우리도 젊었을 때 많이 부러뜨려 보았노라

이 작품의 등장인물은 고부(姑婦) 관계에 있는 두 여인으로서, 며느리가 당면한 난처한 사태를 어찌하면 좋을지 시어머니에게 묻자,

시어머니가 이에 대답하여 며느리를 안심시킨다.

그런데 난처한 사태라는 것이 샛서방의 밥을 담다가 귀중한 살림도구인 놋주걱을 부러뜨렸다는 데에 작품의 희극적 계략이 있다. 며느리가 살림도구를 망가뜨려서 당황해 하며 시어머니에게 고백하는 것은 당연한 일상사일 수 있다. 그러나 부러뜨린 계기가 샛서방과 관련이 있다면 이를 시집 식구들에게, 더구나 시어머니에게 알리는 것은 말이 되지 않는다. 따라서 이 작품은 불가능한 대화를 억지로 연출한 희극적 가상이다.

놋주걱은 왜 하필 샛서방의 밥을 담을 때 부러졌을까. 누구인지 알 수 없는 작자는 비상한 안목으로 그 시점에 복선을 숨겨 두었다. 쌀밥이든 보리밥이든 밥이 대부분의 열량 원천이었던 시대에 조선의 주부들은 밥을 그릇에 꾹꾹 눌러 담았다. 특히 남편이나 큰아들처럼 소중한 사람의 밥은 더 잘 눌러 담고는 했다. 하지만 어떤 이유로 남편이 못마땅해지고, 이 결핍의 자리를 샛서방이 채워준다면 그의 밥그릇이야말로 가장 잘 눌러 담고 싶은 대상이 된다. 그리하여, 밥 담아 줄 기회는 샛서방 쪽이 훨씬 드물었겠지만, 밥을 많이 주려고 주걱에 무리한 힘을 가하다가 부러뜨리는 일은 바로 그 시점에 발생했던 것이다. 놋주걱을 부러뜨린 것은 다름 아니라 '규범을 넘어서는 욕망의 힘'이었다.

시어머니가 이 고백을 듣고 태연하게 자신도 그런 일이 많았다고 하는 대목은 어이가 없도록 놀라운 사실의 노출이어서 폭소를 일으킬 만하다. 하지만 이 역시 며느리의 고백처럼 도저히 있을 수 없는 자기폭로에 해당한다. 수용자들은 시어머니도 젊은 시절에 주걱을 '많이' 부러뜨렸다는 사실과 그것을 스스럼없이 털어놓는 화법에 웃지만, 불가능성이 중첩된 작중상황은 웃음 속에서 현실적 개연성의 여지를 스스로 지워버린다. 여기서 과장은 사실성[事實性]을 주장하는 일반적 수사전략과 달리, 과장하고 있음을 명시적으로 드러내는 것이다. 그렇게 함으로써 이 작품은 모사론(模寫論)과는 다른 시각에서 읽혀지기를 요구한다.

앞에서 본 「밋남편 광주 ᄡᅳ리뷔 쟝ᄉᆞ」와 마찬가지로 이 작품은 극도로 희화화된 '눈 먼 욕망의 전형'이다. 둘 사이에 차이가 있다면 전자는 여러 종류의 탐욕과 자기도취가 얽힌 비속함의 극단형인 데 비해, 이 작품은 욕정에 매몰된 위반의 극단형이라 할 것이다.

이와 같은 극단형이 기본적으로 풍자의 대상이라는 점은 의심할 여지가 없다. 사설시조는 제어하기 어려운 욕망으로 쩔쩔매는 인물들에게 상당한 정도로 관용적이지만, 욕망 자체를 절대가치로 긍정하거나 그것의 극단적 발현을 옹호하지는 않는다. 위의 두 작품은 등장하는 여인들의 저열하고도 과잉된 욕망에 대해 희극적 조소를 내포하고 있다. 하지만 이와 같은 조소와 윤리적 비판이 이 작품들의 궁극적 지향일까. 그렇게 말하기는 어려울 듯하다. 앞에서 검토한 여러 작품들을 함께 생각해 볼 때 사설시조는 윤리적 위반을 풍자할지언정 그 바탕에 있는 욕망까지 부정하거나 냉소하는 것은 아니기 때문이다. 그렇다면 욕망과 규범이 어긋나는 지점에서 사설시조가 드러내고자 하는 바는 무엇인가. 다음 항에서 특히 문제적인 작품들을 중점적으로 검토하고, 여타 장르의 사례들과 비교하면서 논의를 계속하기로 한다.

3. 욕망의 보편적 온도

이 자리에서 검토할 사설시조는 두 편이다. 하나는 어떤 노파가 욕정 때문에 참혹하게 꼴불견이 되는 내용이고, 다른 하나는 유부녀를 꾀어 야반도주하려다가 실패한 사나이의 청승맞은 하소연이다. 후자는 명백하게 윤리 규범을 깨뜨린 치정 사건이요, 전자는 비윤리까지는 아니라 해도 통상적 기대 수준에서 크게 벗어난 일탈 행동의 실패담이다. 이들을 논하는 의도는 사설시조가 이런 사태를 비루한 인물들의 추한 행동이라고 비판하는 관점에서만 보는가, 아니면 일면의 풍자성을 띠면서도 그 밖의 어떤 의미나 성찰을 동반하는가를 깊이 생각해 보자는 데 있다. 아울러, 논의를 입체화하기 위해 비슷한 소재나 논점을 지닌 여타 장르의 작품들을 참조하게 될 것이다.

우선 욕정에 사로잡힌 늙은 여인을 그린 사설시조 한 편을 보자.

白髮에 환양노는 년이 져믄 書房 ᄒᆞ랴 ᄒᆞ고
셴 머리에 墨漆ᄒᆞ고 泰山 峻嶺으로 허위허위 너머 가다가 과그른
　소나기에 흰 동졍 거머지고 검던 머리 다 희거다
그르사 늘근의 所望이라 일락배락 ᄒᆞ노매.

_『청구영언 진본』, 고시조대전 1890.1

백발에 화냥노는 년이 젊은 서방 하려 하고
센 머리에 먹칠하고 태산준령으로 허위허위 넘어가다가 갑작스런
　소나기에 흰 동정 검어지고 검던 머리 다 희거다
그나마 늙은이 소망이라 될락말락 하노매

머리가 허옇게 센 노파가 어쩌다 젊은 남자와 인연이 닿아 만남의 기회를 잡은 듯하다. 그녀는 들뜬 마음으로 좋은 옷을 꺼내 입는 등 온갖 준비를 했을 것이다. 게다가 이왕이면 젊게 보이고자 흰 머리를 먹칠하여 검게 물들이고 험한 길을 떠났다. 도중에 넘어야 하는 높디높은 고갯길도 힘들기는 할망정 그녀의 설레는 마음을 막을 수는 없었다. 그러나 이게 웬일인가. 피할 데라고는 없는 산길에서 갑작스런 소나기를 만나 그녀는 온몸이 흠뻑 젖고야 말았다. 머리는 검은 얼룩이 추하게 섞인 백발로 드러났으며, 정성스레 꾸민 자태는 참혹하게 망가진 몰골이 되었다. 작품은 이에 대해 더 이상의 묘사나 논평을 가하지 않고, 노파의 한숨 섞인 탄식으로 끝을 맺는

다. '그나마도 늙은이 소망이라서 될락말락 하다가 마는구나.'[04]

고정옥은 일찍이 이 작품에 대해 "전대(前代) 말기의 난잡한 장시조(長時調)의 하나"라고 부정적 논평을 가했고,[05] 근년까지의 논자들도 비슷한 폄하의 시각을 보인 예가 많다. 그러나 작중인물의 윤리적 결함을 곧 작품의 비윤리성으로 등식화할 일은 아니다. 「백발에 환양노는」의 시선은 초장의 "년"이라는 표현이 시사하듯이 작중의 사태에 대해 비판적 거리를 두고 있다. 노파의 행위와 욕망은 적어도 조선 후기의 일반적 윤리감각에서 관용할 만한 정도를 넘어선 것이다. 따라서 이 작품이 촉발하는 웃음은 대상 인물에 대한 부정적 인식을 내포한 풍자성을 띠는 것이 당연하다. 흰 머리에 먹칠하고 허둥지둥 고개를 넘다가 소나기에 젖어 참혹한 꼴이 된다는 사건구조 자체가 그러한 인식 구도에 들어맞는다.

그러면 이 작품의 의미는 욕정에 사로잡힌 노파의 추태를 풍자하는 것으로 그치는가. 여기서의 풍자는 나이에 걸맞은 행실을 어긴 인물을 조롱하고 알맞은 절제의 삶을 추구하도록 교훈을 주는 데 뜻이 있는가. 종장에 보이는 탄식조의 말은 노인의 욕망에 대해 어떤 이해의 숙제를 수용자들에게 남겨 놓는 것일까. 이 질문들에 대해 답하는 일은 보기보다 단순하지 않다. 우리는 응답을 서두르기

04 이 구절은 초·중장과 마찬가지로 서술자의 말이라고 볼 수도 있다. 그럴 경우에는 서술자의 말 자체가 노파의 정황에 대해 풍자와 연민이 복합된 관점을 드러내게 된다.

05 고정옥, 『교주 고장시조 선주』, 김용찬 교주(보고사, 2005), 175면.

이전에 작품과 연관된 자료의 차원에서, 또 욕망의 희극이 함축하는 인간학적 의미에 대해서 좀 더 널리 생각해 볼 필요가 있다.

그런 성찰의 일환으로서 '센[흰] 머리에 먹칠하고'의 민요적 원천에 우선 주의해 볼 만하다. 광범한 조사는 하지 못했지만, 일부 민요 자료에서 흥미롭게도 다음의 두 가지 사례가 발견되었다.

[민요 1][06]

* (후렴)은 모두 "쾌지나칭칭나네"

이팔청춘 소년들아 (후렴)	이팔청춘 소년들아
백발보고 반절마라 (후렴)	백발 보고 비웃지 마라
잃는양은 설잔에도 (후렴)	죽는 것은 섧지 않아도
시는양이 더욱설다 (후렴)	희는 모습 더욱 섧다
꺼문머리 백발되고 (후렴)	검은 머리 백발 되고
희든갓은 황금되네 (후렴)	희던 갓은 황금 되네
사라생전 놀아보세 (후렴)	살아 생전 놀아보세
흰머리야 먹칠하오 (후렴)	흰 머리에 먹칠하고
이빠진대 박씨박고 (후렴)	이 빠진 데 박씨 박고
찔레꺾어 손에들고 (후렴)	찔레 꺾어 손에 들고

06 「쾌지나칭칭나내(2)」(울산 지방) 일부, 방종현·김사엽·최상수 편, 『조선민요집성』(정음사, 1948), 185면. 이 책보다 1년 뒤에 나온, 고정옥의 『조선민요연구』(수선사, 1949, 180-182면)에는 인용 부분과 표기법만 약간 다른 대목을 포함한 자료가 경북 군위 지방의 민요로 실려 있다.

송기꺾어 앞에찌고 (후렴)	송기 꺾어 앞에 끼고
아해당에 놀러간다 (후렴)	아해당에 놀러 간다

[민요 2][07]

장개가네 장개가네	장가가네 장가가네
쉰다섯에 장개가네	쉰다섯에 장가가네
머리신데 먹칠하고	머리 흰 데 먹칠하고
눈빠진대 불콩박고	눈 빠진 데 불콩 박고
이빠진대 박씨박고	이 빠진 데 박씨 박고
코빠진대 골미박고	코 빠진 데 골무 박고

이 두 작품에서 보다시피 '흰 머리에 먹칠'하는 행위는 흔히 하는 몸치장 수준의 일이 아니다. 그것은 이미 지나간 세월을 돌이켜보려는 서글픈 몸부림에 해당하며, '이 빠진 데 박씨 박'는 일과 마찬가지로 금방 실상이 드러나고야 말 임시변통의 꾸밈에 지나지 않는다. 하지만 그런 궁색한 수단에 의지해서나마 자신의 노쇠한 모습을 조금 감추어 보려는 작중인물의 간절함에 이 구절의 초점이

07 「장개가네」(예천 지방) 일부, 같은 책, 27면.

있다. 이 점은 둘째 민요에서 좀 더 절실하게 드러난다. 조선 후기 같으면 생존 기대수명이 얼마 남지 않았을 55세의 노년에 작중인물이 장가를 드는데, 그의 몸에 성한 데라고는 별로 없다. 눈, 이, 코를 모두 엇비슷한 모양의 일상적 사물로 대신 박아서 꾸미고 흰 머리에 먹칠을 하여 궁색하면서도 필사적인 신랑 차림이 이루어지니, 그에게 어떤 신방의 황홀함과 감미로운 신접살림의 내일이 있을 것인가.

사설시조 「백발에 환양노는」에서 "센 머리에 먹칠하고 태산준령으로 허위허위 넘어가"는 노파의 모습과 심리는 바로 이런 민요적 자산을 바탕으로 하여 성립한 것이다. 위의 민요들에서 흰 머리에 먹칠하는 행위는 세월의 무자비한 침식성 앞에서 얼마간의 삶이나마 되돌려 보려는 안타까운, 그러나 어리석은 시도로서 연민의 정을 불러일으킨다. 「백발에 환양노는」의 노파는 여기서 제외되어야 할 이유가 있는가. 남자라면 몰라도 여자에게는 그런 안타까운 갈망이 있을 수 없다거나, 혹은 있더라도 너무 늙었기에 연민의 대상에서 배척되어야 마땅하다고 볼 것인가. 그런 논리는 불가능할 뿐더러, 민요와 사설시조의 인간 이해에 비추어서도 성립하기 어렵다.

이런 논점들을 간직한 채, 또 다른 참조 사례로서 늙은 여성의 외로움과 이성(異性) 감정 문제를 담은 서사민요 「금강산 조리장사」를 살펴보자.

강원도 금강산 조리야 장사 조리 팔로 들어왔네
조리 사소 조리 사소
해가 저물어 갈 수 없어 잘 데 없어 해갈매니
우리 어무이 자는 방에 하룻밤을 재내주고 가소
날로 날로 불을 여니 천날만날 춥다 하더니
그날밤을 자고나니
어무니요 오늘밤은 춥잖어요
에야야 오늘밤은 뜨시게 잘 잣다
그란 후에 조리장사 떠난 후에
천날만날 명을 자며
강원도 금강산 조리장사 그믐 초승에 올라드니 이 왜 안오노 왜 안 오노
주야장창 심려를 하니
아들이 듣고나서 미안하여
어머님요 어머님요 연전에 소문을 듣고 나니
조리장사 죽었다네
아이구 야야 그케 그케 그믐 초승에 온다드니 그레노니 아니 온다
메늘아야 메늘아야 저 상자야 내라여라
명자치를 끊어내여 속주우적삼 말라가주
메늘아야 메늘아야 꾸메어서 자삽찍걸에서 살아주면

> 강원도 금강산 조리장사 속주우적삼 날 본듯이 가주가소
> 아들도 효자고 며늘도 효부라
> 이만하면 끝이씨더.[08]

이 민요의 주인공은 장성한 아들 내외와 함께 사는 늙은 홀어머니다. 낯선 장사치 사내가 하룻밤 묵어가기를 청했을 때 그 방에서 자도록 아들 내외가 허락한 것으로 보건대 이 노인은 무척 늙었으며, 성적으로 완전히 퇴화한 중성적 존재로 간주되었음이 분명하다. 그런데 아무리 불을 때도 날마다 춥다 하던 그녀가 이 우연한 밤을 지내고 나서 '오늘밤은 따뜻하게 잘 잤다'고 하는 데에 이 작품이 제기하는 사태의 핵심이 있다. 그 따뜻함은 실내온도의 문제가 아니며, 낯선 사람과 담소를 나눈 정도의 친밀함 때문만도 아니다. 뒷부분의 내용까지 종합하여 생각할 때 그것은 두 사람 사이의 어떤 성적 관계에서 나온 충족감의 효과다. 여기서 말하는 성적 관계를 좁은 의미의 성행위로만 생각할 필요는 없다. 성적 관계란 남녀의 친밀한 만남에서 일어나는 소통과 상호작용의 복합적 양상이다. 그런 각도에서 볼 때 이 작품에는 노령에도 불구하고 완전히 소멸되지 않은, 이성간의 소통·배려·유대 등의 욕구와 그것이 오랫동

08 「강원도 금강산 조리장사」, 조동일 채록, 1972년 8월 9일 경상북도 상주군 화북면 용유리, 가창자 김기순(여, 58). 조동일, 『서사민요 연구』(계명대 출판부, 1975), 393-394면.

안 폐쇄된 데 따른 괴로움의 문제가 깔려 있다.

우연한 하룻밤의 만남으로 이 괴로움을 덜 수 있었기에 노인은 날이면 날마다 그 사나이를 기다린다. 그리고 조리장사가 죽었다는 소식을 듣자 그들의 예사롭지 않은 관계로부터 우러나온 정분과 도리로서, 공들여 짜던 무명을 끊어내어 적삼을 만들고 초혼(招魂)의 예를 치르게 한다.[09] 그 속적삼을 "날 본듯이 가주가소"라고 말하는 간곡함을 통해 이들 사이의 하룻밤 인연이 적어도 당사자의 외롭고 추운 삶 속에서 얼마나 소중한 것이었던지 암시된다.

여기서 떠오르는 어려운 문제가 아들·며느리의 입장이다. 이들은 어머니가 조리장사를 간절하게 기다리면서부터 대강의 사태를 짐작했을 것이다. 그런데 조리장사가 죽었다고 알려주자 어머니가 이제는 망자를 위한 옷을 만들어 초혼의 예를 치러 달라고 부탁한다. 옷감이 아까운 것은 접어두고, 오래전에 돌아가신 아버지를 생각해도 민망한 일이며, 자칫하면 동네 사람들에게 창피스러운 의혹을 불러일으킬지도 모른다. 아들 내외가 당면하는 이 곤경은 매우 심각한 것이다. 어머니의 소망을 거절하기 어렵다는 모자 관계의 도리가 한편에 있고, 여성의 정숙함에 대한 사회 규범 및 이웃의 눈

09 초혼은 전통적 상례 절차의 하나로서, 고복(皐復)이라고도 하는데, 죽은 사람의 흐트러진 혼을 다시 불러들인다는 뜻이다. 사람이 죽으면 생시에 가까이 있던 사람이 죽은 이가 평소에 입던 홑두루마기나 적삼을 가지고 마당에 나가 마루를 향하여 "복복복 모관(某貫) 모씨(某氏) 속적삼 가져가시오" 하고 세 번 부른 다음 지붕 꼭대기에 올려놓거나 사자의 머리맡에 두었다가 시체가 나간 다음 불에 태운다.

초리와 비난 같은 압박이 다른 한편에 있다. 어느 쪽을 택하든 다른 한쪽에서 손실을 입을 가능성이 농후하다.

이에 관한 선택의 과정이 채록본에는 제대로 구연되지 않았지만, '아들도 효자고 며늘도 효부라'는 구절을 보건대, 전승되는 텍스트는 어머니의 소원대로 해드렸다는 내용임이 분명하다.

조선시대의 가치관으로 볼 때 어머니와 조리장사 사이의 일은 가족과 향촌사회의 규범적 질서 속에서 허용될 수 없는 것이다. 또 어쩌다가 그런 사건이 있었다 해도 그것은 당사자만의 기억 속에 은폐되다가 사라져야지, 거듭 상기되거나 모종의 의례(儀禮)로써 확인되어서는 안 될 일이다. 그럼에도 불구하고 어머니에게 그 하룻저녁의 경험이 숨겨야 할 창피스런 사건이 아니라 소중하고 행복한 만남으로서 의미를 지닌다면 어찌할 것인가? 이에 대해 아들 내외는 일반적 윤리 규범보다 어머니에 대한 존중을, 그녀의 외로움과 간곡한 소망에 대한 동정의 선택을 보여 준다. 이것은 허구화된 작품 내부의 결단인 동시에, 그것을 구전해 온 공동체의 사람들이 '그럴 수도 있다'고 수용한 윤리적 양해의 상상적 표현이다.

그러나 이로써 모든 문제가 해결된 것은 아니다. 이 작품에서 아들 내외가 취한 선택은 인가가 드문 시골 내지 산촌에서의 일이며, 그것이 언제 어디서나 재현될 만한 일반성을 지니는가는 불확실하다. 그런 뜻에서 이 작품은 늙은 여성의 욕망과 사회 규범 사이의 긴장에 대해 쉽사리 양자택일할 수 없는 질문을 남겨 준다고 하겠다.[10]

여기서 사설시조 「백발에 환양노는」을 불러내 보자. 그 주인공이 희극적으로 추락하게 되는 이유는 '젊은 서방'과 인연을 맺고자 흰 머리에 먹칠을 하는 등 야단스럽게 서둘렀던 '욕망의 과잉' 때문이다. 반면에 「금강산 조리장사」의 노파는 스스로도 잊어버렸던 내면의 여성성과 갈망이 우연한 계기에 촉발된다는 점에서 '욕망의 자연성'에 가깝다. 그러나 우리가 유의해야 할 것은 물욕, 명예욕 등과 달리 이성간의 소통에 관한 욕구 즉 정념(情念)의 세계에서 욕망의 자연성과 과잉은 서로 무관한 별종의 현상이 아니라 하나로 통하는 물굽이를 어떤 기준에 따라 인위적으로 구별한 결과라는 것이다. 그런 관점에 선다면 독자들은 「금강산 조리장사」의 노파에게 그 서사민요의 전승 집단이 간직했던 연민과 같은 정도는 아니더라도, 「백발에 환양노는」의 늙은 여인에게도 그녀가 어찌하지 못했던 내면의 갈망에 대해 일말의 동정을 느낄 수 있다. 나는 애욕의 자연성과 과잉 문제에 관한 이런 시각이 사설시조의 역사적 흐름 속에 잠재했으며, 「백발에 환양노는」이 그것을 날카롭게 보여주는 사례의 하나라고 생각한다. 이 작품은 늙은 여인의 과잉된 애욕에 대해 뚜렷한 풍자성을 띠면서도 '그나마 늙은이 소망이라 될락말락 하노매'라는 탄식조의 종장에 보듯이 얼마간의 연민을 거기

10 이와 같은 윤리적 아포리아를 숙제로 간직한 점과, 우연한 만남에서 발생한 정념의 사건을 다룬 점에서 「금강산 조리장사」는 한국에서도 인기를 끌었던 1990년대 미국의 베스트셀러 소설 『매디슨 카운티의 다리』와 흡사한 점이 있다. Robert James Waller, *The Bridges of Madison County*(New York: Warner Books, 1992); 한국어판은 공경희 옮김, 『매디슨 카운티의 다리』(시공사, 1993) 참조.

에 덧붙인다. 눈먼 욕망의 질주에 대해서는 풍자적 조소를 보내면서도, 제어하기 어려운 갈애(渴愛)로 인해 허둥대는 인간들을 자신과 근본적으로 다르지 않은 존재로서 바라보는 태도가 여기에 깔려 있는 것이다.

이와 그다지 멀지 않은 관점이 박지원(朴趾源, 1737-1805)의 「열녀함양박씨전(烈女咸陽朴氏傳)」에도 보인다. 이 작품의 복잡한 글쓰기 방식으로 인해 주제에 대한 해석이 일정하지 않지만,[11] 평생을 수절한 과부의 입을 빌려 다음과 같이 말한 것은 욕정의 본원성에 대한 성찰로서 음미할 만하다.

> 무릇 사람의 혈기는 음양에 뿌리를 두고, 정욕은 혈기에 모이며, 그리운 생각은 고독한 데서 생겨나고, 슬픔은 그리운 생각에 기인하는 것이다. 과부란 고독한 처지에 놓여 슬픔이 지극한 사람이다. 혈기가 때로 왕성해지면 어찌 혹 과부라고 해서 감정이 없을 수 있겠느냐?
>
> 가물거리는 등잔불에 제 그림자 위로하며 홀로 지내는 밤은 지새기도 어렵더라. 만약에 또 처마 끝에서 빗물이 똑똑 떨어지거나, 창에 비친 달빛이 하얗게 흘러들며, 낙엽 하나가 뜰에 지고 외기러기 하늘을 울고 가며, 멀리서 닭 울음소리도 들리지 않고 어린 종년은

11 이에 관한 최근의 논의로는 박수밀, 「열녀함양박씨전의 구조와 글쓰기 방식」, 한국한문학연구 54(한국한문학회, 2014), 391-397면 참조.

세상모르고 코를 골면 이런저런 근심으로 잠 못 이루니 이 고충을 누구에게 호소하랴.[12]

이러한 발화에 근거하여 박지원이 「열녀함양박씨전」에서 양반층까지를 포함한 여성들의 수절·순절(殉節) 윤리를 전면적으로 비판했다고 단언하기에는 이 작품의 다성성(多聲性)과 부분적 의미들 사이의 미묘한 긴장이 만만치 않다. 그러나 위의 인용 대목이 이 작품의 주제를 독점적으로 대표하지 않는다 해도, 박지원의 인간 존재를 음양-혈기-정욕의 자연성과 인륜적 질서라는 양면의 사이에서 파악하고자 했다는 점은 의심할 바 없다.

첫 번째 예시 작품의 해석 방식에 관한 논의가 상당히 길어졌으니, 미진한 논의를 보완하고 확충하는 차원에서 또 한 편의 문제적 사설시조를 보기로 한다. 다음 작품은 애욕과 치정을 다룬 사설시조 가운데서도 소재의 비윤리성이 아주 심한 경우에 해당한다.

ᄉᆞ람마다 못할 것은 남의 님ᄭᅴ다 情드려 놋코 말 못ᄒᆞ니 ᄋᆡ연ᄒᆞ고 통ᄉᆞ정 못ᄒᆞ니 나 쥭깃구나

ᄭᅩᆺ이라고 ᄯᅳᆺ어를 내며 닙히라고 훌터를 ᄂᆡ며 가지라고 ᄭᅥᆨ거를 ᄂᆡ며 ᄒᆡ동청 보라ᄆᆡ라고 제 밥을 가지고 굿여를 낼가 다만 秋波 여

12 박지원, 「열녀함양박씨전」, 신호열·김명호 옮김, 『연암집』 상(돌베개, 2007), 140-150면.

러 번에 남의 님을 후려를 내여 집신 간발ᄒᆞ고 안인 밤즁에 월장 도쥬ᄒᆞ야 담 넘어 갈 제 싀ᄋᆡ비 귀먹쟁이 잡녀석은 남의 속ᄂᆡ는 조금도 모로고 안인 밤즁에 밤ᄉᆞ람 왓다고 소ᄅᆡ를 칠 제 요 ᄂᆡ 간장이 다 녹는구나

ᄎᆞᆷ으로 네 모양 그리워셔 나 못 살게네.

_『악부 고대본』, 고시조대전 0539.1

사람마다 못할 것은 남의 임께다 정들여 놓고 말 못하니 애연하고 통사정 못하니 나 죽겠구나

꽃이라고 뜯어를 내며 잎이라고 훑어를 내며 가지라고 꺾어를 내며 해동청* 보라매**라고 제 밥을 가지고 꾀어를 낼까 다만 추파 여러 번에 남의 임을 후려를 내어 짚신 감발하고 아닌 밤중에 월장도주(越牆逃走)하여 담 넘어 갈 제 시아비 귀머거리 잡녀석은 남의 속내는 조금도 모르고 아닌 밤중에 밤사람 왔다고 소리를 칠 제 요 내 간장이 다 녹는구나

참으로 네 모양 그리워서 나 못 살겠네

* 海東靑. 우리나라에서 나는 매의 일종. 송골매, 송고리, 해청.

** 매의 일종. 일 년이 못된 새끼를 잡아 길들이어 사냥에 쓰는 매.

이 작품은 남의 집 며느리에게 정념을 품었던 사나이가 마침내 그녀를 유혹하는 데 성공하고, 어느날 밤 그녀를 데리고 야반도주하려다가 실패한 뒤 청승맞게 슬퍼하는 내용이다. 몰래 인연을 맺

는 정도가 아니라 남의 며느리를 유혹한 끝에 담 넘어 훔쳐내기를 기도했으니 불륜과 패덕도 이만저만이 아니다.[13]

작품 전체를 채운 독백을 통해 그의 안타까운 심정이 집중적으로 조명된다. 그중에서 희극적 사건의 정점은 '짚신 감발하고 아닌 밤중에 월장도주하여 담 넘어 갈 제' 여인의 시아버지가 도둑놈 왔다고 소리치는 대목이다. 조금만 더 여유가 있었다면 남녀가 함께 담을 넘어서 탈출에 성공하려는 때에, 어쩌면 사내가 담 위에 먼저 올라가서 여인을 끌어올리느라 안간힘을 쓰는 그 순간에, "도둑이야!"라는 늙은 시아버지의 부르짖음이 온 집안을 뒤집어 놓는다. 이 장면에서 애간장이 타는 사내의 표정이 연상될 만큼 그의 푸념은 구성지고도 절실하다. 이후의 사태는 문면에서 생략되었지만, 짐작하기 어렵지 않다. 여인은 식구들에게 들킬세라 황급하게 후원을 지나 제 방으로 돌아가고, 사내는 멀리 줄행랑을 쳤을 것이다. 여인의 집에서 수상한 낌새를 느끼고 담장 부근의 감시를 엄중히 하니, 이후로는 사내가 여인의 거처 부근에 접근하는 일 자체가 불가능해졌을 법하다. 그리하여 영영 실패하고 만 사내는 '참으로 네 모양 그리워서 나 못 살겠네'라고 한탄한다.

13 이 작품의 중장에 나오는 '추파(秋波)'의 관습적 의미는 '미인의 눈길이나 눈짓'으로서, 이 단어에 착안하여 작중화자는 며느리인 여성이라고 볼 수도 있다. 그럴 경우 작중 사태의 윤리적 위반성 및 희화성은 더욱 커진다. 여기서는 '짚신 감발, 월장도주' 등의 행위가 다분히 남성적이라는 점을 중시하고, '추파'가 원래의 여성적 의미와 무관하게 남용되었다고 보아 남성화자로 해석하는 길을 취한다. 어떤 경우를 선택하든 이하의 논의에서 근본적인 차이가 발생하지는 않는다.

이처럼 홍미롭게 그려졌다고 해서 그의 행위가 지닌 비윤리성이 해소되지는 않으며, 두 남녀는 모두 풍자적 희화화의 대상이다. 그러면 이 작품은 윤리 규범을 크게 벗어난 인물을 비판·조소하는 데 그치는 것인가. 그렇게 보고 말기에는 1인칭 화법의 청승맞은 하소연이 너무나 구성지고 애절하다.

여기서 우리는 담 넘어 남몰래 맺는 사랑 이야기가 19세기까지의 소설에 적지 않다는 점을 상기해 볼 필요가 있다. 김시습(金時習, 1435-1493)의 『금오신화』 중 한 편인 「이생규장전」과 이옥(李鈺, 1760-1815)의 「심생전」이 대표적인 사례다. 두 작품은 모두 양반 신분의 미혼 남성이 우연히 눈에 띈 처녀를 연모하여 밤마다 그 집 담을 넘어다니며 사랑을 나누다가, 남주인공의 아버지가 이를 눈치채고 아들을 멀리 보냄으로써 위기가 발생하는 줄거리를 지닌다.[14] 그 주인공들이 모두 미혼이라는 설정은 두 작품의 애정담이 위태로운 가운데서도 감미롭게 낭만화될 수 있는 기본 조건이다. 남몰래 담을 넘는 미혼남과 처녀 사이의 애정이 법도에 어긋나는 것이기는 해도, 그 윤리적 위반성은 가족제도와 사회질서의 근간을 손상시킬 만큼 크지 않기 때문이다.

「사람마다 못할 것은」은 이와 달리 기혼녀가 애정의 상대역이다. 현대소설에서는 남녀 쌍방 중 어느 하나 이상이 기혼인 사이에서

14 「이생규장전」은 이들 남녀가 나중에 중매 절차를 거쳐 결혼에 이르고, 「심생전」에서는 처녀가 심생을 기다리다가 병들어 죽는다.

발생한 정념의 사태조차 '아름답고 숭고한 사랑 이야기'라고 일컬어지는 경우가 있지만, 사설시조의 윤리 척도는 조선시대 소설의 일반적 수준보다 더 파격적이지는 않다. 그럼에도 불구하고 「사람마다 못할 것은」에서 기혼녀라는 배역이 설정된 까닭은 무엇인가. 사회적 용인이 전혀 불가능한 위반성과 애욕의 얽힘을 포착하는 것이 관심사였기 때문이다. 이를 바라보는 작품의 시선은 철저하게 희극적이다.

희극적 요소들은 여타의 사설시조에서도 흔히 그렇듯이 중장의 장황한 수사에 집중되어 있다. 주인공을 매혹시킨 여인은 '꽃, 잎, 나뭇가지' 같은 식물이 아니니 뜯거나 꺾지 못하고, 야생의 매가 아니니 먹이로써 꾀어낼 수 없다. 이를 뒤집어 보면 무슨 방법을 써서든 상대를 내것으로 만들고 싶다는 애욕의 공격성이 역력하다. 어찌어찌하여 후려낸 '남의 임'을 데리고 도주하려다가 좌절하는 장면 또한 밤중의 대소동과 낭패감이 절묘하게 어울려서 웃음을 자아낸다. 이런 희극적 사건 뒤에 자신의 괴로움을 하소연하는 종장은 누추하고도 처량하기 그지없다.

여기서 우리는 「백발에 환양노는」에 대해 던졌던 것과 유사한 질문을 다시 불러낼 필요가 있다. 「사람마다 못할 것은」은 패륜적 욕망에 빠진 남녀의 추태를 풍자·비판하는 것을 주요 목적으로 하는 작품인가. 수용자들이 이 작품을 접하고 나서 얻는 바는 작중의 남녀처럼 욕정에 눈먼 짓을 해서는 안 되겠다는 윤리적 자각이나 교훈인가. 그런 식으로 본다면 매우 단조로운 교훈주의적 접근에 빠지는 일이 될 것이다. 위의 두 작품에는 분명히 풍자적 안목이 작용하고 있으며, 그것은 전체 의미의 긴요한 일부분이다. 하지만 그것으로만 소진(消盡)되지 않는 관심과 성찰의 입체적 맥락 또한 주목되어야 한다.

우리는 이 두 작품이 과잉된 욕망이나 불륜을 비판하는 도덕의 관점보다, 애욕과 윤리가 충돌하는 지점에서 일그러져 있는 표정들을 근접촬영의 기법으로 화면에 담는 영화적 시선에 더 가까이 있지 않은가 음미해 볼 필요가 있다. 앞에서도 거듭 지적했듯이 사설시조는 인간을 욕망의 주체로 포착하는 데 관심이 많다. 욕망은 거침없이 스스로를 관철하고 싶어 하지만, 그 지향성은 물질적 차원에서든 육체적·정감적 차원에서든 외부 세계 및 타자와의 관계를 떠나서 실현될 수 없기에 필연적으로 한계에 부딪힌다. 그런 가운데서 사설시조는 인간으로부터 욕망이 말소될 수 없는 것처럼, 세상에서 물질적·윤리적 제약이 무화될 수 없다는 것을 순순히 인정한다. 특히 윤리에 대해서 말하자면, 사설시조는 윤리적 당위성 속에 인간을 환원시킬 수 있다고 보지 않는 동시에, 욕망을 절대화하기 위해 윤리를 부정하지도 않는다.[15] 욕망과 윤리는 모두 실체적인

15 예컨대, 「싀어마님 며느라기 낫바」에서 며느리가 시아버지, 시어머니 등을 조소하며 거칠게 불평을 터뜨리는 것은 시집살이의 구체적 양상에 대한 희극적 비판이지, 가족제도와 윤리 자체를 부정하는 것은 아니다.

힘으로서, 삶이란 이들 사이의 거래와 불가피한 긴장으로 이루어진다는 것이 사설시조에 깔려 있는 '체험적 차원의 인간학'이라고 나는 이해한다.

초기의 연구자들은 사설시조가 반(反)윤리적 성향을 가졌거나 적어도 유교 윤리에 대해 부정적이라고 주장했고, 이 관점은 근년의 일부 논자들에게까지 이어져 왔다. 작품 속에 욕정(慾情)의 노출이 빈번하고 더러는 윤리적 위반의 사태까지 보이는 점들이 그런 입론의 근거가 되었다. 그러나 이것은 '유교 윤리 비판=근대성'이라는 가정에 집착한 데서 생겨난 고정관념의 혐의가 농후하다. 우리가 이제까지 검토한 그리고 앞으로 더 보게 될 풍부한 작품들에서 사설시조는 인륜적 가치나 질서 자체를 비난의 대상으로 삼지 않는다. 사설시조가 지닌 관심의 주류는 욕망의 주체로서 이 세상 안에 살아가야 하는 범속한 인간들이며, 그들의 다양한 표정과 몸짓들이다.

그런 점에서 나는 사설시조를 '범속한 삶의 희극적 만인보(萬人譜)'라 불러도 좋으리라 생각한다. 잘 알려져 있다시피 「만인보」는 다양한 인물들의 삶과 일화를 점묘(點描)하여 한국 근현대사를 탐사하고자 한, 고은(高銀)의 대규모 연작시 이름이다. 세속적 삶의 여러 구비에서 포착되는 인물들의 행태와 표정을 비교적 짧고 독립적인 시편들로 노래한다는 점에서 사설시조는 「만인보」와 비슷하다. 다만 사설시조는 고은이 기획한 것처럼 특정 시대의 사회와 역사를 폭넓게 그려내려는 야심을 가지지 않고, 시정과 촌락의 범속한 인물들에 관심을 집중하며 대개의 경우 희극적 재현에 주력한다는 점에서 중요한 차이가 있다.

범속한 세계의 희극적 만인보로서 사설시조는 하찮은 필부필부(匹夫匹婦) 혹은 비천한 인물을 주역으로 삼는 일이 많다. 다시 말해서, 사설시조는 신분 혹은 지적·도덕적 자질에서 보통이거나 그 이하인 인물들에게 즐겨 카메라 앵글을 맞춘다. 이에 대한 거시적 설명을 모색하면서 작중인물들의 사회적 위상을 사설시조 담당층과 동일시하는 접근이 있었던가 하면, 반대로 작중인물들의 비천함은 사설시조 향유집단이 자기들과 상이한 신분의 타자들을 우스갯거리로 삼은 것과 관련이 깊다는 논법도 등장한 바 있다. 나로서는 이런 방식의 외부적 인과론보다 사설시조가 즐겨 취하는 희극적 시선과의 관계 속에서 인물형들을 이해하고 싶다.

아리스토텔레스는 『시학』에서 "희극은 보통사람보다 못한 인물을 모방하려 하고, 비극은 보통 사람보다 나은 인물을 모방하려 한다"고 대비한 뒤, 희극의 인물형을 다음과 같이 설명했다.

> 희극은 앞에 밝혔듯이, 보통보다 못한 인간을 흉내내는 것이다. 그러나 이때 보통보다 못한 인간이라 함은 모든 종류의 결함과 관련된 것이 아니라, 어떤 특정한 종류, 즉 추한 것의 일종인 우스꽝스러움과 관련한 것이다. 우스꽝스런 것은 남에게 고통이나 해를 끼

치지 않는 일종의 실수 또는 기형이다. 쉽게 말하자면 우스꽝스런 가면을 쓰는 것인데, 그것은 추악하고 일그러졌지만 남에게 고통을 주지는 않는다.[16]

그러면 사설시조의 희극적 인물들이 보통 이하라는 점은 주로 어떤 차원에서 나타나는가. 다양한 경우를 모두 포괄하는 조건을 찾기는 쉽지 않으나, 비교적 널리 해당할 만한 사항으로 '자기규율 능력의 부족'을 지적할 수 있다. 앞에서도 언급했듯이, 사설시조의 인물들은 다스리기 어려운 욕망의 힘과 그 실현을 가로막는 현실적, 윤리적 장벽 사이에 처한 존재로 흔히 나타난다. 이런 경우의 행위자가 충분한 자기규율의 능력을 가지고 있다면 희극적 실수나 추락은 회피될 것이다. 그렇지 못한 경우 사태는 문제적인 국면을 향해 달려가게 된다. 그러므로 범속한 삶의 희극적 만인보를 그려내기 위해 사설시조는 욕망의 규율에 서투르거나 스스로를 걷잡을 수 없는 상태의 인물들을 즐겨 택했던 것이다. 그들의 다수가 평민이나 그 이하의 낮은 신분층에 속한다는 것은 이런 각도에서 볼 때 희

16 『시학』 제3장 및 제5장. 번역은 손명현 역본을 참조하되, 일부를 수정했다. 수정의 핵심은 "보통보다 못한 악인"이라 한 손명현을 따르지 않고 "보통보다 못한 인간"이라 고친 것이다. 부처는 이 구절을 "characters of a lower type"으로, 바이워터는 "men worse than the average"로 영역했는데, 이들을 참조하건대 윤리적 차원에 국한된 느낌을 주는 "악인"이라는 표현은 적절하지 않을 듯하다. 손명현 역주, 『시학』(박영사, 1960), 39면, 50; S. H. Butcher, *Aristotle's Theory of Poetry and Fine Arts with a Critical Text and Translation of the Poetics* (London: Macmillan & Co., 1932), p.21; Ingram Bywater tr., 'Poetics', Richard McKeon ed., *Introduction to Aristotle* (New York: Random House, 1947), p.630.

극성의 요구에 따른 현상으로 이해할 수 있다. 다시 말해서, 사설시조는 하층민이라는 대상 집단을 먼저 선택하고 그들의 속성으로 비천한 욕망의 행태를 그리게 되었다고 일면화하기보다, 신분과 성별의 차이를 넘어 인간들이 빠져들 수 있는 '욕망의 희극'에 주목하면서 이를 관찰하고 연출하기 편리한 중·하층의 인물형들을 즐겨 포착했다는 해석적 역전이 필요하리라 생각한다.

위에서 논한 두 작품(「백발에 환양노는」, 「사람마다 못할 것은」)을 포함하여 용렬한 자들의 욕망 과잉을 다루는 사설시조들이 차가운 풍자로만 끝나지 않는다는 점이 여기서 각별히 중요하다. 이를 위해 작중인물의 일그러진 표정·몸짓을 클로즈업의 수법으로 잡아내는 관찰 방식을 더 음미해 볼 필요가 있다. 두 인물의 행태에 대해 비판적 거리를 유지하면서도 위의 작품들은 갈망의 절실함을 부각시키는 데 매우 적극적이다. 아울러 작품의 종결부는 그들의 실패 뒤에 오는 탄식을 놓치지 않는다. 부정적 인물의 언동일지언정 그 안타까운 어조와 표정을 포착하려는 관심은 윤리의 차원에서 긍정적이거나 중립적인 인물들을 다루는 화법과 별 차이가 없다. 특히 앞 장에서 다룬 '불안한 사랑' 모티프 사설시조의 종결부와 비교해 보면 작중인물의 용렬함이나 과오까지도 인간의 불가피한 속성인 욕망의 에너지와 결부시켜 바라보는 태도에서 친연성이 뚜렷하다. 윤리적 정황이 어떻든 간에 작중인물의 곤경을 욕망의 일반성에 결부시켜 조명한다는 것은 특정 사회계층이나 집단에 국한된 조소(嘲笑)의 수준을 넘어서는 일이다. 그렇다고 할 때 사설시조들이 포착한 욕망의 누추함은 좀 더 넓은 범위의 삶에 잠복한 수렁으로서의 존재론적 숙명일 수도 있지 않을까. 다시 말해서, 작중인물들의 과잉된 욕망과 일그러진 모습을 바라보며 웃는 독자들의 의식 어느 한 구석에서 그 얼굴들이 아주 낯설지만은 않은 느낌으로 다가올 여지는 없는 것일까.

이 점은 폐쇄된 욕망의 고뇌를 다룬 「열녀함양박씨전」의 중요한 문제의식이기도 하다. 박지원은 이 문제를 진지하게 다루었고, 사설시조들은 희극적 구도 속에서 제시했다. 박지원이 이야기한 과부는 엽전을 '죽음을 참아낸 부적'으로 삼아 욕정을 이겨내는 데 성공했고, 사설시조의 여러 인물들은 그렇지 못했다. 그러나 욕망과 윤리규범 사이에 끼인 인간의 곤경을 문제 삼은 점에서 이 작품들 사이에 있는 문제의식의 차이는 겉보기보다 크지 않다. 그들은 어쩌면 다른 방식으로 비슷한 종류의 질문을 던졌던 것이 아닐까.

제 **5** 장

—

사건성의 조명

1. 사건성의 개념

이 장에서는 사설시조에 자주 나타나는 특징적 양상의 하나로 '희극적 사건성'에 주목하고, 이와 견주어 볼 만한 면모가 조선 후기의 풍속화에도 보이는 데 대해 비교 고찰을 제시해 보고자 한다. 사건성이라는 개념은 사설시조와 풍속화에 관한 어느 쪽의 연구에서도 아직까지 거론된 적이 없으나, 여기서의 논의를 통해 두 장르 사이의 흥미로운 근접성과 변별성이 해명될 수 있으리라 기대한다. 아울러, 인간을 욕망의 주체로서 파악하는 데에 사건성이 매우 중요한 구실을 한다는 점 또한 입체적으로 살펴보게 될 것이다.

이하의 논의에서 구심점이 될 '사건'과 '사건성'의 개념을 일상어에 기반하여 다음과 같이 정의하고자 한다.

사　건: 일상적 질서와 충돌하거나 어긋나는 행동, 사태.
사건성: 위와 같은 일을 수반하거나 그렇게 진전될 수 있는 속성, 경향.[01]

01 이 정의는 사설시조와 풍속화의 특질에 대한 논의를 위해 일상어의 의미를 좀 더 명료하게 다듬은 것이다. 대규모 언어자료에 입각하여 가장 최근에 편찬된 『고려대 한국어사전』(고려대 민족문화연

소설을 포함한 서사문학 장르나 희곡류에서는 사건이 장르 성립의 기본 요소에 속하므로 사건성의 유무나 정도가 특별한 논의거리가 되기 어렵다. 그러나 서정시의 경우는 사정이 다르다. 서정시는 이렇다 할 사건이 없이 정경(情景)이나 이미지, 심리 상태, 그리고 특정 시점의 상황 등을 정지 사진이나 그림처럼 포착하는 수가 많다. 따라서 서정시에 모종의 사건이, 더욱이 우리가 정의한 것처럼 '예사롭지 않은 행동, 사태'로서의 사건이 등장한다는 것은 다소간 특이한 일이며, 어떤 종류의 서정시 군집에서 그런 현상이 빈번하게 발생한다면 이는 각별히 주목할 만한 사항이 된다. 한국 고전시가에서는 사설시조가 바로 이런 경우에 해당한다. 우리가 정의한 수준의 사건성은 사설시조에서도 일부 작품들에 나타나는 선택적 현상이지만, 그 출현 정도를 평시조나 여타 서정시와 견주어 보면 사설시조의 사건성 비율이 현저하게 높다.

그림의 경우에는 사건성의 출현이 더욱 흔치않은 현상이 된다. 하나의 화면에 대상물을 담는 회화(繪畫)의 속성상 정태적 장면의 표현이 자연스러운 반면, 동적 구도 속에 사건의 시간적 계기성(繼起性)을 함축시켜 그려내는 것은, 꼭 불가능한 일은 아니더라도, 특

구원, 2009)의 '사건' 표제어를 보면 다음과 같이 다섯 개의 의항이 있는데, 우리의 개념 규정은 이 중에서 일반적 용법에 해당하는 ①, ②항을 취한 것이다. "사건: ① 사회적으로 문제가 되거나 관심을 끌 만한 일, ② 일상적으로 일어나는 일과는 다른 특별한 일, ③ [문학] 문학 작품에서, 인물의 행동을 야기하고 이야기를 전개시키기 위해 발생하는 일, ④ [수학] 확률론에서, 어떤 조건을 주었을 때 일어나거나 있을 수 있는 낱낱의 경우, ⑤ [법률] 소송을 일으켜 법으로 다루거나 처리하는 일."

별한 예술적 동기와 고심을 필요로 하는 일이다. 그런 점에서 조선 후기 풍속화에서 18세기의 어느 무렵 이후 일부 작품들이 사건성을 화면에 끌어들이기 시작한 것은 매우 흥미로운 일이 아닐 수 없다.

이러한 개념적 설명만으로는 서정시와 그림에 간혹 등장하는 사건성이라는 자질이 아직 모호하게 여겨질 듯하다. 이를 보완하고 우리의 논점을 좀 더 명확히 하기 위해 시가와 회화에서 각기 약간의 예시 자료를 검토하기로 한다. 우선 위에서 규정한 의미의 사건성이 전혀 개입하지 않은 작품들을 보자.

다음의 [그림 6]은 이정(李霆, 1541-1622)의 「한강조주도(寒江釣舟圖)」이고, [그림 7]은 강희안(姜希顔, 1417-1464)의 작품이라 추정되는 「고사관수도(高士觀水圖)」다. 앞 그림에는 조각배를 타고 낚싯대를 드리운 사람이 있으니, 아무런 행위가 없지는 않다. '뜻이 높은 선비가 물을 보다'라는 제명이 부여된 뒷 그림에도 물을 관조하는 행위가 있음은 물론이다. 모든 행동을, 심지어는 침묵 정좌하는 것까지도, 다 사건이라 한다면 이 그림의 일들도 사건에 해당한다. 그러나 자연적, 사회적, 일상적 질서 속에서 안정적으로 지속되거나 순환·반복되는 일들, 또 그런 순조로운 운행의 일부분이 되는 일들은 한국어의 일반적 의미에서나 우리가 규정한 개념에서 '사건'에 해당하지 않는다. 그런 각도에서 본다면 위의 두 그림에 어떤 행위들이 있어도, 그것은 화면 속의 주체들이 기꺼이 수락하는 질서·조화에 참여하는 일이거나, 사물과의 대립관계를 초월하여 '물아일여(物我

그림 6. 이정, 〈한강조주도〉, 16세기 말~17세기 초, 23.5×19.1cm, 국립중앙박물관 소장.

그림 7. 강희안, 〈고사관수도〉, 조선전기, 23.4×15.7cm, 국립중앙박물관 소장.

一如)' 혹은 '천인합일(天人合一)'의 경지에 머무르고자 하는 일이 된다. 그런 뜻에서 이 그림들은 행위자가 엄연히 있음에도 불구하고 세계관적, 심미적 지향에서 '사건 없음'의 삶을 형상화한 것이라 보아 무방하다.

> 이 듕에 시름 업스니 漁父의 生涯이로다
> 一葉 扁舟를 萬頃波애 띄워 두고
> 人世를 다 니젯거니 날 가는 줄를 알랴
>
> _ 李賢輔, 『농암집』, 고시조대전 3892.1
>
> 이 중에 시름 없으니 어부의 생애로다
> 일엽 편주를 만경파에 띄워 두고
> 인세를 다 잊었거니 날 가는 줄을 알랴

이현보(李賢輔, 1467-1555)의 이 작품은 마치 위의 「한강조주도(寒江釣舟圖)」에 붙인 제화시(題畵詩)처럼 보인다. 작중화자는 조각배 하나를 물결 위에 띄우고 짐짓 어부의 삶에 파묻혀서 세상도, 세월의 흐름도 다 잊었다고 한다. 물결 위에 낚시를 드리웠다 해도 그것은 이와 같은 잊음의 방편일 뿐이며, 이해득실의 욕망이나 사건성과는 아무 관련이 없다.

草堂에 깁픠 든 ᄌᆞᆷ을 새소ᄅᆡ에 놀나 ᄭᆡ니

梅花雨 ᄀᆞᆺ 픤 柯枝에 夕陽이 거의로다

아ᄒᆡ야 낙대 내여라 고기잡이 져무럿다

_ 李華鎭, 『해동가요 박씨본』, 고시조대전 4864.1

초당에 깊이 든 잠을 새소리에 놀라 깨니

매화우 갓 핀 가지에 석양이 거의로다

아이야 낚대 내어라 고기잡이 저물었다

이 작품 또한 앞의 시조와 크게 다르지 않다. 차이가 있다면 「이 듕에 시름 업스니」가 화면을 비교적 원경으로 잡은 데 비해, 여기서는 물가에 위치한 조촐한 집이 근접한 모습으로 포착되었다는 점이다. 그런 가운데서 작중화자를 놀라 깨게 하는 '사건'이 있다. 봄날 오후에 지저귀는 새소리가 그것이다. 하지만 실상 이것은 사건이 아니라 '아무 사건이 없는 자족적 평화'의 수사적 대체표현에 불과하다. 작중화자에게는 아무런 번민이 없으며, 그의 여유로운 잠을 방해할 어떤 성가신 일도 없어서, 어쩌다가 뜨락에 찾아와 우짖는 새소리의 영롱함만이 그를 깨운다는 것이다. 그렇게 깨어난 뒤 아이를 불러 낚시 차비를 하는 것 또한 그에게는 여유로운 삶의 한 순간일 뿐, 급히 서둘러야 할 과업이 아니다. 이 전원의 공간 속에서 모든 사물은 저마다의 본성에 따라 움직이며 조화롭고, 그 속의 인간 주체 또한 욕심 없이 자연의 흐름에 몸을 맡기어 스스로 넉넉하다. 이 세계의 심미적 조화를 길이 간직하기 위해서도 사건성은 회피되어야 할 자질이다.

그러면 이들과 대조되는 뚜렷한 사건성의 모습은 어떠한가? 우선 회화의 사례로서 김득신(金得臣, 1754-1822)의 그림 하나를 보기로 한다.

이 작품은 「파적(破寂)」 또는 「들고양이가 병아리를 훔치다(野猫盜雛)」라는 이름으로 알려져 있는데, 해학적 사건성이 비상하게 뚜렷하다. 병아리 한 마리를 입에 물고 달아나는 검은 고양이가 문제의 핵심인 바, 남편과 아내 그리고 어미닭과 나머지 병아리들의 동작이 절묘하게 어울리고 어긋나면서 이 긴박한 순간의 운동감을 구성하고 있다.

화면 아래쪽에서부터 보자면 어미닭은 빼앗긴 병아리를 구하고자 필사적으로 달려드는 자세인데, 나머지 병아리들은 혼비백산하여 달아나기에 바쁘다. 그중 한놈은 너무도 놀란 나머지 내빼는 방향조차 다르다. 집 주인 남자는 이 그림에서 가장 역동적이면서 위태로운 중심이다. 쭉 뻗은 담뱃대가 어쩌면 고양이의 엉덩짝을 후려칠 법도 한데, 탕건은 벗겨지고 삿자리 짜던 틀은 마당에 나동그라졌으며 몸은 툇마루에서 굴러떨어지는 찰나에 있다. 이 모든 행위자들의 관심이 고양이 쪽에 쏠린 데 비해, 아낙네만은 남편이 마루 끝에서 낙상하는 모습에 기겁을 하여 '에그머니나' 하고 비명을

그림 8. 김득신, 〈파적〉, 18세기, 22.4×27cm, 간송미술관 소장.

지르는 중이다.

이 그림에 등장하는 행위자들은 모두 다 욕망의 주체들이며, 사건은 그들이 각기 지닌 욕구의 연쇄반응 속에서 발생하고 확대된다. 그러면서도 이 그림의 사건성은 심각하기보다 미소를 자아낼 만큼 해학적인데, 뒤에서 더 논하겠지만 조선 후기 풍속화의 사건성은 작품에 따른 농도의 차이가 있기는 해도 대개 해학적 온화함을 띤다.

반면에 사설시조에서의 사건성은 소재의 범위가 넓고 긴장의 밀도 또한 다양하되 풍속화보다 강렬한 면모를 지닌 경우가 많다. 우리가 앞에서 살펴본 작품 중 적어도 반 이상에서 사건성이 뚜렷한 터이지만, 새로운 예를 하나 더 들어 본다.

재 너머 莫德의 어마네 莫德이 쟈랑 마라
내 품에 드러셔 돌곗ᄌᆞᆷ 자다가 니 ᄀᆞᆯ고 코 고오고 오좀 ᄉᆞ고 放氣
　뀌니 盟誓개지 모진 내 맛기 하 즈즐ᄒᆞ다 어셔 ᄃᆞ려니거라 莫德
　의 어마
莫德의 어미년 내ᄃᆞ라 發明ᄒᆞ야 니르되 우리의 아기ᄯᆞᆯ이 고림症
　ᄇᆡ아리와 잇다감 제症 밧긔 녀나믄 雜病은 어려셔보터 업ᄂᆞ니

_『청구영언 진본』, 대전 4221.1

재 너머 막덕의 어미네 막덕이 자랑 마라
내 품에 들어서 돌개잠* 자다가 이 갈고 코 골고 오줌 싸고 방귀 뀌

니 맹서하지 모진 냄새 맡기 하 지긋지긋하다 어서 데려가거라
막덕의 어마
막덕의 어미년 내달아 변명하여 이르되 우리의 아기딸이 고림증**
배앓이와 이따금 제증*** 밖에 여남은 잡병은 어려서부터 없나니

* 잠버릇이 험한 잠.
** 靑淋症. 임질의 일종.
*** 제가 본시부터 지니고 있는 병.

이 작품의 사건은 하층민 사회에서 어떤 사내와 그의 장모가 벌이는 언쟁이다. 문제의 핵심은 이 사내의 아내인 막덕이라는 여인인데, 그녀의 추한 모습과 행태가 참으로 가관이다. 그런데도 장모는 자기 딸이 남보다 못할 것이 별로 없다고 생각해서 야단스럽게 변호하니, '고슴도치도 제 새끼는 함함하다고 한다'는 격이다. 그러나 제 딸이 그만하면 괜찮은 편이라고 변명하는 그녀의 말에서 "고림증, 배앓이"와 이따금씩 재발하는 "제증"이 지병으로 열거됨으로써 막덕이의 누추한 몰골은 더 이상 변명하기 어렵도록 노출된다. 막덕이 어미의 이와 같은 행동 방식과 우격다짐은 「심청전」에서 심봉사를 유혹해서 털어먹고 마침내는 뺑소니치는 뺑덕어멈이나 가사 「용부가(庸婦歌)」의 용부와 비슷한 모습, 행태의 아낙네를 연상케 한다. 요컨대 막덕이와 그 어미는 하층민 사회에서도 행동거지와 심성이 저열한 여인을 극단적으로 과장하여 희화화한 인물이다.

사위와 장모 사이의 언쟁이라는 사건이 이를 드러내기 위한 장치로 기능한다.

사건성은 이처럼 다양한 행위자들을 저마다의 욕구와 이해관계의 교차점에 놓음으로써 각기의 표정, 몸짓, 그리고 육성이 드러나게 한다. 다음 항에서 풍속화와 사설시조를 개별적으로 살피면서 더 논하겠지만, 인간을 욕망의 주체로 파악하는 관점과 사건성이라는 장치 사이에는 꽤 긴밀한 상호관계가 있다. 욕망을 추구하는 행위자들이 부딪치는 가운데 사건(성)이 조성되는 것도 흔한 일이지만, 인간들이 평상시에는 숨겨 오던 일면을 우발적 사건 속에서 드러내는 일 또한 적지 않기 때문이다. 그런 점에서 사건성은 이 두 장르에서 진행된 인간 탐구의 성격과 궤적을 이해하는 데 매우 긴요하다.

고정옥이 일찍이 "장시조가 대부분 소설적인 이야기를 가지고 있다"든가, 「도련님 날 보려 홀 졔」가 "대단히 서사적(敍事的)"이라[02] 한 것은 우리가 여기서 주목하는 사건성의 면모와 관련이 있다. 그 뒤의 연구자들도 비슷한 관점에서 사설시조의 '서사성(敍事性)'을 더러 언급하고는 했다. 그러나 사설시조의 특징을 지칭할 만한 술어가 마땅치 않던 초기 상황에서 '서사성'이라는 인접 장르의 개념을 빌려 쓴 일은 양해하더라도, 오늘날까지 이를 준용하는 것은 재고

02 고정옥 원저, 앞의 책, 76, 159면.

되어야 한다. 서사는 복잡할 수도, 단순할 수도 있지만 '일련의 행동이 시간적, 인과적 연쇄로써 서술되는, 처음과 중간과 끝이 있는 이야기'일 것을 필요로 한다. 시간적 연장(延長)이 거의 없거나 매우 짧으며, 사건 내부의 행동들 사이에 순차적·인과적 줄거리가 형성되지 않으면 그것은 '단편적 사건 장면' 내지 '불충분한 서사의 파편'일 수 있어도, 온전한 서사가 되지는 않는다. 위에서 예시 작품으로 검토한 풍속화 「파적」이나 사설시조 「재 너머 막덕의 어마네」가 이런 경우에 해당한다. 그럼에도 불구하고 풍속화와 사설시조를 논하기 위해 서사성이라는 용어에 집착한다면, 우리는 이들 장르의 흥미로운 특성들을 소설·야담 같은 본격적 서사장르의 미숙한 변종으로 설명하는 함정에 빠져들게 된다. 어떤 사태의 한 순간을 예리하게 포착한 낱장의 사진이 한 시간짜리 기록영화나 극영화의 서사성에 못지않은 표현력을 발휘하는 예를 우리는 적지 않게 알고 있다. 그런 사진의 속성과 효과를 해명하기 위해 서사성이라는 개념에 의존하는 것이 옳은가. 우리가 제안하는 '사건, 사건성'이란 단형서정시와 그림, 사진 같은 장르에서 삶의 어떤 국면이 인상적으로 포착되었을 때, 그것들을 서사적 구조화나 완결성 여부와 관계없이 조명하고 해석, 평가할 수 있도록 해 준다.

2. 18세기 풍속화와 사건성

위에서 살펴 본 의미의 사건성이 사설시조에 등장한 것은 상당히 이른 시기부터의 일로 추정된다. 1728년에 편찬된 가집 『청구영언』에 이미 110여 수의 사설시조가 실렸고, 편자인 김천택은 이에 대해 '노랫말과 내용이 비속하지만, 그 유래가 오랜 것이어서 갑자기 없앨 수 없다'고 보존의 취지를 밝혔다. 그중에 사건성이 뚜렷한 작품들도 상당수 있으니, 사설시조에서 사건성의 내력은 장르 자체의 형성과 병행하거나 적어도 17세기 후반에서 얼마간 앞으로 소급된다고 보아야 할 것이다.

반면에 풍속화에 사건성의 면모가 등장하는 것은 18세기 중엽쯤부터의 일인 듯하다. 아울러, 이 새로운 양상의 대두·전개와 관련된 인물들은 모두 중인 신분의 직업 화가인 화원(畵員)들이었던 것 같다. 이 문제는 미술사 연구의 차원에서 폭넓은 탐사와 토론이 필요한 만큼 문학 연구자가 섣불리 나설 일은 아니다. 하지만 사건성이라는 논점의 도입 자체가 이 책에서 처음 시도되는 것이므로, 그간의 탐사 과정에서 더듬어 본 추이를 여기에 간추려서 장차의 심층적 논의를 위한 디딤돌을 제공하고자 한다.

조선 후기에 본격적으로 발달, 성행하는 풍속화의 형성 기반으로서는 그 앞 시대부터 내려오는 여러 종류의 기록화가 일반적으로 거론된다. 궁중의 행사를 기록한 의궤(儀軌) 그림, 관청의 행사도, 그리고 양반층의 각종 모임을 담은 계회도(契會圖) 등이 그것이다.[03] 아울러, 농업과 서민들의 생산 활동을 중시하는 유교 이념의 투영으로서 빈풍도(豳風圖), 무일도(無逸圖), 경직도(耕織圖) 등이 조선 중기 이래 성장하게 된 것도 풍속화의 형성에 영향을 주었던 것으로 보인다.[04]

이런 흐름 위에서 풍속화의 영역을 새로 열어 가는 데에는 윤두서(尹斗緖, 1668-1715)와 조영석(趙榮祏, 1686-1761) 같은 사대부 신분의 문인화가들이 중요한 공헌을 했다. 이들은 "인간사로서의 민중의 노동을 직접 회화적 대상으로 포착"하고, 인물과 풍속을 사실적으로 관찰·표현하는 데서도 새로운 경지를 개척했다.[05]

그러나 우리가 주목하는 사건성의 면모는 이들에게서 아직 발견되지 않는다. 그들의 그림에는 나물 캐는 여인들, 쟁기질하는 농부, 돌깨는 석공, 작두질하는 이들, 바느질하는 아낙네, 말발굽에 편자 박는 사람들 등 다양한 노동 장면과 인물들이 등장한다. 그중에는 조영석의 「수공선차도(手工旋車圖)」처럼 더운 여름에 웃통을 벗어부친 두 사내의 검붉은 몸통과 억센 팔뚝이 자못 강렬한 '육체성'을 발산하는 사례도 있다. 그렇지만 위의 인물들 모두는 화면 속에서 각자의 일들에 몰입할 뿐, 욕망과 이해관계의 주체로서 모종의 긴장

03 이태호, 『풍속화(하나)』(대원사, 1995), 15-28면; 안휘준, 『한국 그림의 전통』(사회평론, 2012), 334-338면 참조.

04 안휘준, 위의 책, 338-342면 참조.

05 이태호, 위의 책, 30-71면 참조.

에 관여하거나 감정의 지향성이 담긴 몸짓을 보이지 않는다. 그런 양상들이 풍속화에 나타나기 위해서는 시기적으로 다음 단계에 속하는 직업적 화원들을 기다려야 했다.

오명현(吳明顯)이 그 중에서 가장 선구적인 인물이 아닌가 추정되는데, 유감스럽게도 정확한 생몰년이 밝혀지지 않았다. 그는 조영석보다 약간 나이가 아래인 동시대인으로 추정되는데, 그렇다면 화원으로서의 활동기는 대략 1730년대에서 1760년대쯤일 것이다. 그의 작품으로 전해지는 것이 많지 않은 가운데 사건성의 면모가 뚜렷한 두 점이 있다. 그중에서 우선 「노인의송도(老人依松圖)」를 보기로 한다.

'소나무에 기대어 선 노인'이라는 제목이 퍽 고상해 보이지만, 이 그림의 실상은 매우 해학적이다. 한 미술사가의 해설을 보자.

> 간결한 소묘 필치의 그림 속의 인물은 일그러진 갓을 쓴 취객으로 소나무 밑둥치에 막 소피를 보고 허리띠를 추스리는 모습이다. 괴춤을 여미며 오줌 얼룩을 뒤돌아보는 자세나 표정, 형상 포착이 짓궂기까지 하다. 이 취객은 검은 수염이 난삽하고 갓 모양은 일그러졌으나 두루마기에 가죽신을 신은 정장 차림인 것으로 보아 필시 양반층일텐데 웬지 세상사에 대해 호쾌하게 분풀이하는 듯하다. 괴팍한 품성의 인물을 대상으로 삼은 이 작품은 엄정하고 절제된 행동을 미덕으로 생각했던 양반 사회의 관행을 깨는 주제이다.[06]

그림 9. 오명현, 〈노인의송도〉, 17~18세기, 27.0×20.0cm, 선문대박물관 소장.

우리가 이미 정의했듯이 "일상적 질서와 충돌하거나 어긋나는 행동, 사태"라는 점에서 이것은 하나의 사건에 해당한다. 물론 그것은 하찮고, 너저분하며, 우스꽝스러운 사건이지만, 「고사관수도」 같은 그림이 비추지 않는 삶의 뒷면으로 보는 이를 안내한다. 그것은 어떤 이에게 기시감(旣視感)을 불러일으키고, 어떤 이에게는 거북한 느낌을 촉발하며, 또 다른 이에게는 홍소(哄笑)를 터뜨리게 할 수도 있다. 이 그림에는 이념적으로나 심미적으로 이상화된 형상이 없을 뿐 아니라, 오히려 그런 이상화의 과잉에 대해 불만스러운 시선이 잠재해 있는 듯하다. 그렇다면 이 작품의 사건성은 화폭 위의 경쾌한 장난이면서 유교적 엄숙주의로부터의 잠정적 이탈일 수도 있지 않을까. 흥미롭게도 이 작품은 조선 후기 미술품의 저명한 수장가이자 감식안으로도 이름 높았던 김광국(金光國, 1727-1797) 소장의 『석농화첩(石農畵帖)』에 들어 있었다고 하는 바,[07] 오명현의 보기 드물게 새로운 시도는 이미 당대에 상당한 반응을 얻었던 것이다.

이어서 눈여겨볼 오명현의 작품은 「모연(募緣)」인데, 마침 비슷한 소재를 상이한 구도로 다룬 김홍도의 그림이 있어서 더욱 흥미롭다.[08] 오명현의 「모연」은 승려 하나가 권선문 따위를 앞에 늘어놓

06 이태호, 앞의 책, 77-79면.

07 이태호, 앞의 책, 72면.

08 이 작품들은 미술사론에서 흔히 「점괘(도)」라고 지칭해 왔다. 이에 대해 강명관은 점치는 장면으로 간주할 만한 근거가 희박한 반면, 모연(募緣) 행위에 관한 세시기류의 설명이 오히려 그림과 가깝다고 지적했다(강명관, 『조선 풍속사 ①: 조선 사람들, 단원의 그림이 되다』, 푸른역사, 2010, 409-421면). 나도 그의 견해에 동의하여 이 작품들을 「모연」으로 개칭하기로 한다. 모연이란 사원에서 벌이

그림 10. 오명현, 〈모연〉, 1780년, 18.3×28.0cm, 개인 소장.

는 불사에 중생들이 시주를 하여 좋은 인연을 맺도록 권하는 일로서, 그 취지를 적은 글을 모연문 또는 권선문이라 한다. 다만, 강명관은 권선문이 두루마리 형태인데 이들 그림에서 승려 앞에 놓인 것들은 그렇지 않으니 의문스럽다고 유보적 입장을 취했다. 내 견해로는 그런 유보가 불필요하다. 국보로 지정된 「오대산 상원사 중창 권선문」(1464)을 포함하여 현전하는 권선문 자료 중 일부는 두루마리가 아니라, 긴 문서를 병풍 방식으로 접어 색깔 있는 표지를 붙인 첩책(帖冊) 형태이다. 이것을 바닥에 늘어놓으면 그림에서처럼 납작한 장방형들로 보일 수 있다.

고 요령을 흔들며 서 있는데, 그 앞에 더벅머리 총각 하나가 쭈그려 앉은 단순한 구도를 취했다. 그 뒤쪽으로 소나무 두 그루가 서 있어서, 화면의 단조로움을 덜면서 여기가 서울 도성이나 번화한 거리가 아닌 다소 한적한 곳임을 시사해 준다. 이것뿐이라면 그림은 매우 심심할 뿐더러 별다른 흥밋거리도 없는 풍물적 기록에 그쳤을 것이다. 그런 가능성을 단호하게 끊고 화면에 인간적 흥미를 불어넣기 위해 작가는 미묘한 사건성을 도입했다. 그 핵심은 더벅머리 총각의 자세와 시선에 있다. 그의 왼손은 돈 주머니를 쥐었고 오른손은 그 속에 들어가 있는데, 두 눈은 승려의 발치에 놓인 권선문들을 곁눈질하고 있음이 분명하다. 자세로 보아 이 총각은 지금 이런 저런 계산을 속으로 굴려보며 망설이는 중이다. 짐작컨대 그는 신심이 두터운 불교신도는 아닐 것이다. 그래도 불사를 위해 얼마간의 시주를 하면 그 공덕에 힘입어 어떤 소망을 이루거나 재액으로부터 구제받게 되리라는 믿음이 아주 없지는 않은 듯하다. 하지만 주머니 속의 현금을 지불하고 이 불확실한 약속을 얻는 일이 괜찮은 거래인지 총각은 아무래도 미심쩍은 모양이다. 그래서 한동안 쭈그려 앉은 채 그의 망설임은 길어져 간다. 이렇게 보면 승려의 자세와 표정 또한 그저 우두커니 서서 요령만 흔들고 있는 것이 아니다. 장소를 잘못 잡은 탓인지 모연문을 늘어놓은 자리에는 아직 엽전 한 푼도 들어온 바가 없는데, 어쩌다 발길을 멈춘 이 더벅머리 녀석은 주머니 속의 돈을 만지작거리기만 할 뿐 짤그랑 소리 나게 내놓을 것인지 불확실하다. 그런 짐작으로 보면 승려의 한쪽 눈은 슬그머니 총각의 손길 근처를 내려다보고 있는 듯도 하다.

요컨대 이 작품의 사건성은 곁눈질하는 시선과 망설이는 손길로 표현된 이해득실의 계산, 그리고 그 귀추를 기다리는 승려의 태도 사이에서 미묘한 심리적 긴장으로 성립한다. 그리고 이 긴장에 의해 두 인물은 단순한 풍속적 배역을 넘어 제각각의 동기를 가지고 상대방과 불확실한 거래를 수행하는 욕망의 주체로서 현실감을 획득하는 것이다.

김홍도(金弘道, 1745-1816/1818 사이)의 「모연」은 비슷한 재료로 전혀 다른 사건을 만들어 냈다. 달라진 핵심은 승려들 앞에 나타난 인물이 젊은 여성이라는 점이다. 그녀의 계집종인 듯한 여자아이가 담뱃대와 부채 등을 지니고 있는 것으로 보아 기녀가 아닐까 싶기도 하나 단언하기는 어렵다. 중요한 사항은 이 여인이 지금 허리춤에 매달린 염낭(일명 두루주머니)에서 돈을 꺼내고 있다는 사실이다. 그녀는 모연 중인 두 승려 앞에 돈을 내려는 것이다. 그것뿐이라면 별다른 사건이 아닐 법도 하지만, 상황의 세부는 조금 특별하다. 그녀는 얼굴 가리는 용도로 쓰던 장옷을 접어 머리 위에 얹었으며, 게다가 염낭을 꺼내려고 치마를 걷어 올렸다. 평소에 외간남자들에게 노출하지 않던 얼굴이 드러난 것은 물론, 치마폭에 감추어져 있던 하체가 비록 속바지를 입은 상태일지언정 노출된 것이다. 조선시대의 남정네들, 특히 승려가 젊은 여인의 속바지 차림을 볼 기회가 얼

그림 11. 김홍도, 〈모연〉, 18세기 후반, 27.0×22.7cm, 국립중앙박물관 소장.

마나 될 것인가.

이를 마주보는 두 승려의 자세는 허리를 약간 굽혀 조아리는 듯한데, 시선은 분명히 여인의 손 부근을 향해 있다. 그러면 이들이 공통된 시선이, 요즘 말로 하자면, 꽂혀 있는 대상물은 무엇인가?

돈을 꺼내려는 염낭인가, 아니면 걷어올린 치마 아래로 드러난 속바지 차림의 다리인가. 이 선택지 중에서 어느 한쪽을 고르기는 쉽지 않거니와, 그럴 필요도 없을 것이다. 그것들은 마침 그들의 시선이 향하는 곳에 함께 있으며, 두 가지 모두가 승려들의 눈을 번쩍 뜨게 하도록 상승작용을 했을 법하기 때문이다.

김홍도는 이 그림에서 승려의 모연 행위와 신도의 시주라는 풍속적 사실을 예시하는 것으로 만족하지 않았다. 그는 화면 속의 행위자들을 어떤 사회 공간에서 주어진 역할을 수행하는 기능적 존재로만 보지 않고 제 나름의 이해관계와 관심, 욕구를 지닌 주체로 포착하고자 했다. 여인이 걷어올린 치마 아래로 염낭과 속바지가 드러난 순간 그들은 탁발승이라는 기능적 배역으로부터 물질적, 육체적 욕망을 아울러 지닌 주체로 활성화되었다.

그림 속의 여인이 이를 위한 방아쇠 작용을 한 데 대해 조금 더 해석적 검토가 필요하다. 조선시대의 불교 신도는 여성이 압도적으로 많았으므로 여기에 도입된 시주 행위는 전혀 이상할 것이 없다. 그러나 젊은 여성이 길가에서, 더구나 남성 승려가 보는 앞에서, 치마를 걷어올리고 염낭을 꺼내는 일은 예사롭지 않다. 얼굴 가리는 용도의 장옷을 걸치고 계집종까지 동반하여 외출하는 정도의 여성이라면 더욱 그러하다. 굳이 염낭에서 돈을 꺼내야 한다면 잠깐 남의 눈을 피할 만한 곳에서 그렇게 해 오거나, 적어도 남성 승려들의 시선으로부터 돌아서서 치마를 걷어올리는 편이 나았을 것이다. 이 그림의 여인은 그렇게 하지 않았을 뿐 아니라, 손에 쥔 염낭을 여유 있는 자세로 내려다보면서 입가에 엷은 미소조차 보이는 듯하다. 여인의 자세와 표정에 대한 이 판단이 틀리지 않다면, 그녀의 행동은 부주의 때문이 아니라 '의도된 노출'이라고 보아 마땅하다. 여인은 모연승들의 정면에서 장옷을 개켜 머리에 얹고 치마를 걷어 올림으로써 자신의 얼굴과 속바지 그리고 돈주머니가 보이도록 만들었던 것이다. 여인은 그 사물들에 남성 탁발승들의 눈길을 끄는 자극적 힘이 있다는 것을 알았고, 그것을 확인하며 즐기는 방식으로 행동했다. 그녀의 미소는 좋은 일을 위해 시주한다는 만족감과 함께 자신의 젊음과 여성적 매력에 대한 은근한 자부심을 시사하는 듯이 보인다.

18세기 중엽쯤에 일부 풍속화에서 나타나기 시작한 사건성은 이처럼 인간의 욕망, 심리에 대한 통찰과 흥미를 화면에 끌어들이는 수법으로 직업 화가인 화원(畫員)들에게 적극 활용되었다. 18세기 말을 전후하여 풍속화의 융성기를 이룩한 김홍도(金弘道, 1745-1816/1818 사이), 김득신(金得臣, 1754-1822), 신윤복(申潤福, 1758-?)이 이 점에서도 역시 주목할 만하다.

그들이 활용한 사건성 모티프 중에서 가장 많이 눈에 띄는 것은 '여인을 훔쳐보기'이다. 이것은 다시 노상풍정(路上風情) 계열과 빨래터 계열로 나눌 수 있겠는데, 모두 다 김홍도로부터 발원하지 않았던가 한다. 짧은 기간 동안 제한된 범위의 자료만을 접한 내 견문

목록을 아래에 들어 둔다.

① 노상풍정 계열

김홍도: 파안홍취(행려풍속도병), 노상풍정(행려풍속도병), 노중상봉(풍속도첩)

성협: 노상풍정(성협풍속화첩)

② 빨래터 계열

김홍도: 빨래터(풍속도첩)

신윤복: 단오풍정(혜원전신첩), 계변가화(혜원전신첩), 정변야화(혜원전신첩)

작자 미상(19세기): 빨래터(풍속화첩)

노상풍정 계열은 길 가는 도중에 우연히 엇갈리는 행차에서 한쪽의 남성이 마주 오는 쪽이나 길가의 여인을 훔쳐보는 모티프이다. 대개는 양반 차림의 인물이 부채로 제 얼굴은 가린 채 남의 집 아낙네를 훔쳐보는 시선이 약간 음험하면서 해학적이다. 빨래터 계열은 여러 여성들이 물가에서 빨래를 하거나 머리 감는 장면을 남성이 엿보는 것인데, 남성이 동자승(童子僧)인 「단오풍정」이 재미있는 변종이라면, 허벅지를 내놓은 채 빨래하는 여인의 앞을 맹인이 지나치는 작자미상의 「빨래터」는 기발한 패러디라 하겠다. 김홍도의

「우물가」는 소재의 차이가 커서 위의 목록에 넣지 않았지만, 남성의 풀어헤친 몸통을 보게 된 여인들의 다양한 반응이 하나의 화면에 구성된 점이 흥미롭다.

조선 후기의 풍속화가들 중 현전하는 작품으로 보아 사건성의 활용 정도가 가장 높은 작가는 단연코 신윤복이다. 주지하다시피 그의 작품으로서 현전하는 것들은 대부분 남녀간의 춘의(春意), 정태(情態)와 관련된 것인데, 이를 위한 구도에서 그는 예사롭지 않은 시간, 장소, 인물의 배치를 통해 통상적 질서로부터 어긋난 모종의 사건을 보여 주거나 암시하는 수법을 반수 이상의 작품에 구사했다. 제3장에서 살펴 본 「월하정인(月下情人)」이 그러하거니와, 위의 빨래터 계열 작품들과 「소년전홍(少年剪紅)」, 「월하밀회(月下密會)」, 「이부탐춘(嫠部貪春)」 등에서도 같은 면모를 확인할 수 있다. 여기서 우리가 살펴볼 것은 그가 즐겨 택한 소재 공간 중 하나인 기방(妓房)에서의 싸움 장면이다.

「기방난투」라 불리는 이 작품은 기방 앞에서 조금 전에 벌어진 한바탕 싸움의 종결부 풍경이다. 이에 대한 설득력 있는 해설의 한 대목을 옮겨 본다.

> 그림의 왼쪽 세 사람 중에 붉은 옷을 입은 사람은 기부, 곧 기방의 운영자인 대전별감(大殿別監)이고, 다시 그 왼쪽에 상투바람으로 인상을 찡그리고 있는 젊은 사내는 그림 중앙에 웃통을 내놓고 있는

그림 12. 신윤복, 〈기방난투〉, 18세기 후반, 28.2×35.6cm, 간송미술관 소장.

사람과 싸워 패배한 쪽이다. 나머지 두 사람이 문제인데, 맨 왼쪽에 얻어맞은 사람을 말리고 있는 사람은 중앙에 옷을 입고 있는 사람과 한패이고, 맨 오른쪽에 망가진 갓과 갓끈을 쥐고 있는 사내는 얻어맞은 사내와 한패다. 이 사내는 벌겋게 술에 취해 있을 뿐 아니라 옷에 흙이 잔뜩 묻어 있다. 같이 얻어맞은 것이다. 갓의 양태와 대우(갓의 위로 솟은 부분)가 떨어지고 옷이 흙투성이가 될 정도로 싸움은 격렬했던 모양이다. … 별감과 승자의 한편은 좋은 게 좋은 거 아니냐며 패자를 위로하며 말리고 있다.[09]

왜 싸움이 있었으며, 이후의 상황은 어떻게 전개될 것인지에 대해 이 그림은 아무것도 말해 주지 않는다. 그림에서 그런 정도의 서사성을 제공하는 것은 가능한 일도, 필요한 일도 아니다. 그 대신 거두절미의 이 장면에서 작가는 여섯 명의 등장인물들이 취하는 제각각의 태도를 날카롭게 변별하되 절묘한 유기성 속에 엮어 넣었다. 그중에서 다섯 남성에 대해서는 위의 해설이 언급했거니와, 이에 더하여 주목할 것이 기녀의 모습이다. 그녀는 긴 담뱃대를 한 손에 들고 느긋한 자세로 문 앞에 서 있다. 남정네들 사이의 싸움에 관여할 바가 아니어서 그렇기도 하겠지만, 또 한편으로는 기방에서 종종 되풀이되는 사건을 보면서 터득한 처신의 요령이 이 모습에

09 강명관, 『조선 사람들, 혜원의 그림 밖으로 걸어나오다』(푸른역사, 2001), 128면.

작용한 듯하다. 사리분별이나 친소 관계에 따라 어느 일방으로 기우는 태도를 보였다가 잘못하면 큰코다칠 수도 있으니, 국으로 물러앉아서 '굿이나 보고 떡이나 먹지'라는 기회주의적 무관심이 엿보인다면 지나친 해석일까.

18세기 후반의 화원으로 추정되는 김후신(金厚臣, ?-?)의 「대쾌도(大快圖)」에서는 거나하게 술에 취한 한 남성과 그의 친구들이 한 덩어리로 얽힌 해학적 달리기가 사건으로 포착되었다.[10]

이 그림에는 양반으로 추정되는 네 명의 남자가 등장한다. 그 중심 위치의 인물은 갓을 쓰지 않은 맨상투 바람으로 입을 크게 벌리고 허공을 향해 무엇인가 소리를 지르고 있다. 나머지 인물은 얼핏 보아 둘인 듯하지만, 실은 술 취한 사내를 밀기 위해 얼굴을 그의 등에 파묻어서 화면상으로는 갓만 나와 있고 뒤쪽으로 뻗은 다리가 보이는 이가 세 번째 친구다. 첫째, 둘째 친구는 술 취한 이의 좌우에서 그를 붙들고 끌어당기느라 죽을힘을 다하는 중인데, 정면으로 얼굴이 보이는 이는 표정에 걱정과 안타까움이 가득하다. 그러나 주인공 사내는 친구들의 노심초사에 아랑곳없이 고성을 지르면서, 앞으로 밀려가지 않으려고 두 발을 버티어 댄다. 그래도 3대 1의 수적 우세가 있어서 네 선비의 실랑이는 앞으로 달려가면서 계속된

10 김후신의 본관은 개성이며, 호는 이재(彝齋)로서, 행적이 분명하지 않으나 화원으로 추정된다. 국립중앙박물관에 소장된 그의 「산수도」에 강세황(姜世晃, 1713-1791)이 쓴 화제로 미루어 보아, 그의 활동 시기는 18세기 후반 경일 듯하다.

그림 13. 김후신, 〈대쾌도〉, 18세기, 33.7×28.2cm, 간송미술관 소장.

다. 화면 뒤쪽의 나무들은 둥치에 커다란 옹이구멍들이 있어서, 이 야단스러운 광경을 보고 웃는 것처럼 보이기도 한다.

대체 무슨 까닭으로 이 소동이 벌어지는 중일까. 혹시 앞의 「기방난투」에 나오는 것과 비슷한 불상사가 우려되는 상황에서 주인공을 억지로 끌어내어 피신시키려는 것일지도 모른다. 그보다 더 엄중한 가능성을 추론하자면, 화가 김후신의 생애 중 상당 기간이 영조(英祖, 재위 1724-1776)의 재위년간에 걸친다는 점에 생각이 미치게 된다. 영조는 조선시대의 왕들 중에서 가장 빈번하게 금주령을 내렸고, 위반자들에 대한 처벌 또한 비교적 엄했던 것으로 알려져 있다.[11] 그럼에도 불구하고 술의 양조와 음주를 둘러싼 규제에는 허술한 틈과 관용의 여지가 많아서 어지간히 마시는 선에서는 별로 문제될 것이 없었다. 그러나 음주에 동반하여 큰 실수나 물의가 발생하는 경우에는 사태가 심각해질 수 있었다.

그림 속의 세 선비들이 대취한 동료의 행동에 질겁하고 그를 떠메다시피 해 가는 이유가 이 중의 어느 하나인지, 아니면 다른 무엇인지 알 길은 없다. 하지만 이 그림의 사건에서 중요한 것은 그것이 아니라, 대취해서 소동을 피우는 '호걸'과 그를 염려하는 동료들이 한낮에 벌이는 우스꽝스런 활극이다. 이 활극 장면을 통해 작가는 술 취한 이의 실수에 대해 관대한 조선의 문화에 대해 희극적 조명

11 송기호, 「과음과 금주령」, 『자연과 문명의 조화』 제55권 8호(대한토목학회, 2007.8), 67면; 서상용, 「이조시대의 금주령」, 『월간 법제』(법제처, 1969.5) 참조.

그림 14. 작자 미상, 〈기녀와 선비〉, 19세기경, 19.5×33.0cm, 개인 소장.

의 기회를 마련한다. 다만 그 희극적 조명이 비판적 성찰의 차가움과 해학적 관용의 따뜻함 사이에서 얼마만큼의 온도를 지니게 되는가는 그림을 보는 이의 감각에 따라 상당한 진폭이 있을 것이다.

끝으로 19세기 초기작으로 추정되는, 작자 미상의 「기녀와 선비」를 보기로 한다.

이것은 화첩의 양면이 하나의 화폭을 이루도록 만들어진 작품인데, 왼쪽에 여유로운 풍류남아 차림의 선비가, 오른쪽에는 전모(氈帽)를 쓴 기녀가 있다. 그러나 이 작품에 등장하는 존재는 이 둘만이 아니니, 눈에 직접 보이지 않는 제3의 행위자가 있다. 그것은 바로 바람—화폭의 왼쪽으로부터 오른쪽으로 약간 세게 불어 가는 바람이다. 이 바람으로 인해 그림 속의 사건성이 기동한다.

바람이 불고 있다는 것은 선비의 모습에서 먼저 확인된다. 갓끈을 보라. 턱 밑에서 매듭을 짓고 남은 두 가닥이 기녀 쪽을 향해 날리고 있지 않은가. 또한 선비는 센 바람에 갓이 벗겨질까 염려하여 부채를 쥔 오른손으로 갓 테를 잡았다. 그의 도포 자락 역시 바람에 날려서 화폭 오른쪽을 향했고, 이 때문에 허리에 찬 두루주머니와 노리개가 얼핏 드러났다. 선비의 얼굴은 젊고 수려하며 입술이 붉은데, 여기에 고급한 비단인 듯 부드러운 옷자락과 장신구들이 어울려서 그가 유여한 재산과 풍류 감각을 지닌 한량이라는 것을 암시한다.[12]

그런데 주의할 점은 그의 시선 또한 바람에 날리는 갓끈을 따라서 기녀의 오른손 부근을 향하고 있다는 사실이다. 이 역시 바람이 작용한 변화 때문이다. 화면에 부는 바람은 보다시피 기녀에게도 영향을 미쳐서, 전모의 끈이 턱 밑에서 오른쪽으로 약간 날리는 모습이다. 이보다 더 중요한 것은 그녀의 치마폭이 바람에 쓸리면서 둔부의 곡선이 역력하게 드러났다는 데 있다. 선비의 시선이 기녀 쪽을 향하되 45도 정도 하향해 있는 것은 이렇게 드러난 둔부에 주

12 여기서 다룰 여유가 없는 문제지만, 이 그림의 선비가 신윤복의 「휴기답풍(携妓踏楓)」에 있는 젊은 양반의 모습과 거의 같다는 점을 지적해 둔다. 이에 대한 미술사학계의 본격적 검토는 아직 보지 못했는데, 「기녀와 선비」가 신윤복의 작품을 부분적으로 차용한 것이라 해도 인물 표현의 세부를 새로운 작품구도에 어울리도록 솜씨 있게 바꾼 점은 예사롭지 않아 보인다.

목했기 때문이다.

기녀 또한 갑작스런 바람으로 인해 자신의 하반신 곡선이 드러나는 것을 알았고, 때마침 지나치던 한량이 그것을 눈여겨볼지 모른다는 짐작도 했을 법하다. 그녀는 다소곳하면서도 새침한 얼굴로 자신의 둔부 쪽을 돌아보는데, 사실은 몸의 윤곽이 바람에 드러난 데 대해 당혹스러워 하는 여성적 부끄러움의 몸짓을 짐짓 연출하면서 자신에 대한 선비의 관심 여부를 살피려는 뜻도 있는 듯하다.

순간의 바람이 만들어 낸 작은 자취가 이처럼 미묘한 심리적 사건을 산출하게 된 것은 물론 두 남녀가 욕망의 주체이기 때문이다. 욕망의 잠재적 에너지가 없었다면 우연한 요인이 더 자극적인 국면을 조성했더라도 그들은 구름에 달 가듯이 서로를 지나쳤을 것이다. 하지만 상황적 계기가 주어지지 않는다면 욕망의 잠재성 여부나 그 방향, 동력은 또 어떻게 알 수 있겠는가. 내면의 욕망과 상황 조건이 서로 다툴 수도 있는 이 논점에 대해 위의 풍속화들은 어느 한쪽을 편들기보다 그것들의 맞부딪침, 즉 사건성에 더 흥미를 가졌던 것 같다.

사설시조 같은 문학에서도 마찬가지지만, 그림은 이 세상을 정합적 개념으로 설명하기보다는 형상화된 인식의 장면들로 재현하며, 때로는 그 속에 내포된 긴장이나 모순을 회피하지 않고 또 쉽사리 그렇게 하지도 못한다. 사설시조와 풍속화에서 사건성이 중요한 까닭은 그것이 재미있을 뿐 아니라 사건에 관여하는 힘들의 긴장과 비틀림 속에서 인간에게 잠재해 있던 표정과 몸짓 그리고 문제들이 드러나기 때문이다. 그런 점에서 조선 후기 풍속화가 기록화, 빈풍도, 경직도, 평생도의 차원을 넘어서 삶의 동적(動的) 양상들을 포착하는 쪽으로 나아가는 데에 사건성의 도입이 기여한 바는 대단히 크고도 의미 깊은 것으로 생각된다.

3. 사설시조의 사건성과 욕망의 희극

조선 후기 풍속화에서의 사건성에 관해 위에서 논한 바는 사설시조의 이해에도 매우 유익한 참조가 된다. 시각예술인 회화의 선명한 예시 능력 때문에 사건성의 구도와 세부가 어울려서 작용하는 양상을 파악하는 데에도 풍속화의 검토는 상당한 이월가치를 제공할 수 있다. 소재적 차원에서도 어떤 종류의 사건은 풍속화와 사설시조 양쪽에서 매우 높은 친연성을 띠고 나타나는 수가 있다.

그러나 이러한 공통점과 친연성 못지않게 두 장르 사이에서 사건성의 면모가 상당한 차이를 지니기도 한다는 사실 또한 소홀히 하지 말아야 한다. 한쪽은 시각예술, 공간예술인 데 비해, 다른 한쪽은 언어예술, 시간예술이라는 근본적 차이가 이 문제에 우선 관련이 있을 것이다. 예술품 수용의 현실적 조건에서 보자면 기계복제시대 이전의 그림은 그것을 구매한 애호가의 벽에 걸리거나 화첩의 일부로서 심미적 객체가 되어 비교적 한정된 범위의 사람들에게 종종 완상(玩賞)을 받는 반면, 사설시조를 포함한 시가는 가창 공간의 연행이나 독서 행위를 통해 수용자의 상상적, 담론적 관여가 더 많이 작용하는 텍스트로서 유통된다. 다만 이런 사항들을 포함한 심층적 비교는 이 책이 목표하는 논점이 아니므로, 여기서는 풍속화의 사건성이 지닌 상대적 차이를 간명하게 요약해 두고, 사설시조에 관한 논의의 타산지석으로 삼는 정도에 그치고자 한다.

사건성의 차원에서 풍속화를 사설시조와 견주어볼 때 무엇보다 먼저 눈에 띄는 전반적 특징은 '사회적 규범·관습에 대한 일탈적 욕구의 경미함'이라 말할 수 있다.[13] 풍속화가 산수화나 화조도(花鳥圖)류와 크게 다른 미적 취향을 추구한다 해도, 그 역시 심미적 완상물로서 실내공간을 장식하거나 화첩에 담겼다가 거듭 감상 받는 미술품인 한 향유자들의 윤리감각과 수용력을 과도하게 압박하는 내용을 담기는 어렵다. 물론 향유자들의 층위는 다양할 수 있으며, 그 중에서 소수에 속하는 유력한 패트론들이 새로운 예술적 모색에 호의를 보일 경우 다수 대중이나 주류적 평가 집단의 비난에도 불구하고 사회 규범에 대해 상당한 공격성을 띤 미술품이 입지를 마련하는 것도 꼭 불가능한 것은 아니다. 그러나 조선 후기 사회와 화단에서 그런 가능성은 상당히 좁혀서 보아야 할 것이다.

13 이 경우의 풍속화 개념에서 춘화(春畫)는 당연히 제외한다.

조선 후기 풍속화의 사건성에서 일탈적 욕구가 비교적 경미한 수준에 머물렀다고 한다면 그 가벼움이란 어떤 정도인가. 이 책에서 예거하지 않은 작품들까지 포함하여 대체적인 윤곽을 정리하자면, '행동화되지 않은 호기심 수준의 욕망이거나, 사회적으로 관용되는 공간(예컨대 기방)에서 욕망을 배출하는 행동, 그리고 윤리적 위험성이 적은 일시적 실수' 같은 것들이 이에 해당하는 수준이 된다. 그러하기 때문에 풍속화의 사건 구도와 세부 표현에 내포된 일탈 및 파격성은 근엄한 입장에서 보기에 눈살을 찌푸릴 만하더라도, 다소 여유 있는 안목으로 접근한다면 온화한 해학성 내지 가벼운 풍자의 수준에서 관용할 만한 것들이다.

이에 비해 사설시조의 사건성은 사회적 규범·관습으로부터의 일탈이 풍속화에서의 경우보다 훨씬 다양하고 구체적이며 강렬한 경향을 보인다. 사설시조에서는 행동화 이전 단계의 욕망은 물론, 그로부터 나오는 행위의 실행·좌절·성공과 결과적인 파탄·후회의 양상들도 자주 조명된다. 사회적 관용의 경계선을 넘나드는 문제적 사태와 위반 행위들은 주사청루(酒肆青樓) 같은 특수한 공간을 넘어 인간 생활의 다양한 영역을 배경으로 포착된다. 이와 아울러, 사건의 돌출성을 강조하는 상황설정과 구성 및 격렬한 화법 또한 유념해 두어야 할 특징이다. 이로 인해 사설시조의 사건성은 인간과 사회의 면면들에 대한 사실적(寫實的) 재현보다 과장된 수법으로 연출된 '희극적 일탈'인 경우가 더 많다. 앞의 장에서 살펴본 수

십 편의 작품들 중에 이미 우리가 주목하는 양상들이 풍부하게 담겨 있지만, 여기서는 사설시조의 특징적 사건성을 좀 더 예시하는 차원에서 약간의 작품들을 살펴보기로 한다.

窓밧기 어른어른ᄒᆞᄂᆞ니 小僧이올소이다
어제 져녁의 動鈴ᄒᆞ랴 왓든 듕이올ᄂᆞ니 閣氏님 ᄌᆞᄂᆞᆫ 房 독도리 버
　셔 거ᄂᆞᆫ 말 그ᄐᆡ 이 ᄂᆡ 쇼리 송낙을 걸고 가자 왓소
져 듕아 걸기ᄂᆞᆫ 걸고 갈지라도 後ㅅ말이나 업게 ᄒᆞ여라

_『병와가곡집』, 고시조대전 4533.1

창밖에 어른어른하느니 소승이올소이다
어제 저녁에 동냥하러 왔던 중이올러니 각시님 자는 방 족도리 벗
　어 거는 말 곁에 이 내 소리 송낙을 걸고 가자 왔소
저 중아 걸기는 걸고 갈지라도 훗말이나 없게 하여라

듕놈도 사ᄅᆞᆷ이냥 ᄒᆞ여 자고 가니 그립ᄃᆞ고
즁의 송낙 나 베읍고 내 족도리 즁놈 베고 즁의 長杉 나 덥습고 내
　치마란 즁놈 덥고 자다가 ᄭᆡᄃᆞ르니 둘희 ᄉᆞ랑이 송낙으로 ᄒᆞ나
　족도리로 ᄒᆞ나
이튼날 ᄒᆞ던 일 ᄉᆡᆼ각ᄒᆞ니 홍글항글 ᄒᆞ여라

_『청구영언 진본』, 고시조대전 4440.1

중놈도 사람인양 하여 자고 가니 그립다고
중의 송낙 나 베옵고 내 족두리 중놈 베고 중의 장삼 나 덮삽고 내 치마는 중놈 덮고 자다가 깨달으니 둘의 사랑이 송낙으로 하나 족두리로 하나
이튿날 하던 일 생각하니 흥글항글 하여라

풍속화와 사설시조에서 사건적 계기로서 가장 많이 선택되는 소재는 남녀간의 정념과 욕정 문제다. 이 작품들 역시 그러한데, 특이한 점은 홀몸인 여인과 승려 사이의 정사에 초점이 맞추어져 있다는 점이다. 승려와 떠돌이 장사치는 사설시조의 서민층 아낙네들이 남몰래 인연을 맺는 외간남자의 두 유형을 이룬다. 이들은 탁발(托鉢)이나 장사를 하기 위해 여기저기 떠돌고 민가를 방문해야 하니 여인들과의 만남이 잦을 수밖에 없고, 그래서 욕정과 관련된 사건의 확률도 높아지는 것이다. 하지만 그 중에서도 승려의 역할은 좀 더 특이한 점이 있다. 단적으로 말해서, 작중의 여인이 과부라든가 홀몸의 처지이면서 외간남자와의 정사(情事)가 작품의 직접적 관심사가 될 경우, 그 상대역은 승려로 설정되는 경우가 많다. 이와 달리 여염집 유부녀와 성적인 말장난을 벌인다든가,[14] 샛서방 노릇을

14 장사치와 여염집 여인들 사이의 성적 대화를 소재로 한 작품군에 대하여는 김흥규, 「'장사치-여인 문답형 사설시조'의 재검토」, 『욕망과 형식의 시학』, 239-249면에서 자세히 분석한 바 있다.

하되 성적 행위 자체보다는 통간(通姦)이라는 관계에 의미상의 초점이 두어지는 경우, 그 배역은 장사치인 예가 훨씬 우세하다.

어떤 이유로 이처럼 정욕의 행위가 속인보다 승려에게 더 밀접하게 연관되는 현상이 사설시조에 나타나는 것일까. 이런 소재가 보이면 상투적으로 '파계승에 대한 비판'을 끌어대는 논법으로는 해명의 길이 요원하다. 승려와 홀몸 여성 사이의 애욕을 다룬 사설시조들은 오히려 이들의 욕망에 대해 관용적이거나 중립적이며, 적어도 엄혹한 비판의 시선을 보이는 일은 드물다. 인간을 욕망의 주체로 이해하는 세속주의적 관점에서 생각할 때 모든 욕정을 버리고 깨달음을 추구하는 승려의 삶이란 존경스러울지언정 자연스럽지는 못한 것이다. 그런 이유로 승려는 사설시조의 주류적 이미지에서 억압된 욕망의 극단에 있으며, 홀몸인 여인들이 외로운 처지에서 저지르는 희극적 일탈의 그럴싸한 상대역이 된다.

위의 두 작품의 주인공 여성들은 전체적 정황으로 보건대 홀몸으로 지내는 과부로서, 가족들의 눈을 피해 때때로 외간남자를 받아들이는 듯하다. 「창밧기 어른어른ᄒᆞᄂᆞ니」는 밀회가 이루어지려는 순간의 걱정에 초점을 맞추었고, 「듕놈도 사ᄅᆞᆷ이냥 ᄒᆞ여」는 그런 일이 이루어진 이튿날의 회상을 통해 정사의 장면과 충족감을 그렸다.

양반가에서는 물론 서민 집안이라 해도 홀로 된 며느리가 외간남자를 들이는 일이 불가함은 물론이며, 그런 일이 발각될 경우의 처벌은 매우 가혹한 것이었다. 그러나 규범과 제도의 억압에도 불구하고 온전히 다스리기 어려운 것이 성적 욕망의 속성이다. 금지의 벽을 넘어서 비밀스러운 만남과 정사를 체험해 본 시정의 갑남을녀들이라면 더욱이나 그러할 것이다. 위의 두 작품은 이처럼 욕망의 힘으로부터 자유로울 수 없는 범속한 여인들(그리고 그 상대자들)의 표정, 목소리, 몸짓을 보여 준다.

성애(性愛)에 굶주렸던 여인이 체험한 하룻밤의 정사와 그 충족감을 구체적이면서도 함축성이 풍부하게 그려낸 점에서 「듕놈도 사름이냥 ᄒᆞ여」는 우리 고전문학에서 유례를 찾기 어려울 만큼 뛰어나다. '송낙, 족두리, 장삼, 치마'가 엇바뀌고 마구잡이로 내던져진 잠자리의 현장과, 그 과정이 지나간 뒤에 느끼는 충족감이 중장에 생생하다. 종장은 이 일들을 다음날 되새기는 여인의 표정과 육체적 감각까지 여실하게 재현했다.

이런 시적 관찰의 시선에는 작중인물과 사태에 대한 윤리적 매도(罵倒)가 담겨 있지 않으며, 그렇다고 해서 그들의 행위를 합당하다고 시인하거나 옹호하는 것도 아니다. 작중의 행위가 지닌 일탈성이나 부적절함을 그대로 바라보되, 관심의 초점은 그런 사건들 속에서 드러나는 인물의 모습을 생생하게 포착하는 데에 두는 것이 사설시조의 일반적 특징이다.

다음 작품은 여인과의 애욕에 빠진 승려가 십년 수도의 길을 버리고 환속하는 사건을 보여 준다.

長衫 쁘더 즁의 젹삼 짓고 念珠 쁘더 당나귀 밀밀치 ᄒᆞ고

釋王世界 極樂世界 觀世音菩薩 南無阿彌陁佛 十年 工夫도 너 갈 듸로 니거

밤즁만 암居士의 품에 드니 念佛경이 업세라

_『청구영언 진본』, 대전 4195.1

장삼 뜯어 중의* 적삼 짓고 염주 뜯어 당나귀 밀치** 하고

석왕세계 극락세계 관세음보살 나무아미타불 십 년 공부도 너 갈 데로 가거라

밤중에 암거사***의 품에 드니 염불할 경황 없어라

* 고의(袴衣). 여름에 입는, 남자의 홑바지.

** 당나귀의 안장이나 소의 길마에 딸린 제구.

*** 여성 내지 여성 신자를 희학적으로 표현한 말. '거사'는 출가승려가 아닌 일반인으로서 불교의 도리를 수행하는 남성.

여기에 보이는 인물은 남녀간의 욕정에 사로잡힌 나머지 승려 생활을 내팽개치는 승려다. 이를 바라보는 작품의 구도는 일단 풍자의 빛깔을 띤다고 볼 만하다. "암거사의 품에 드니 염불경이 업세라"라는, 종장의 조소(嘲笑) 어린 표현에서 특히 그러하다. 작중 상황을 보건대 이 인물은 환속을 하고 나서 애욕에 빠진 것이 아니라, 승려의 몸으로서 어떤 여인과 인연을 맺고 그 황홀함에 눈이 뒤집힌 나머지 십년 수도의 길을 헌신짝처럼 버린 것이다.

하지만, 이 작품이 승려의 파계에 대한 비판을 주제로 한다거나, 계율의 준수를 기대 가치로 삼는다고 할 수는 없다. 사설시조 외에 조선 후기의 평민가사류에도 승려의 애욕 문제를 다룬 것들이 많은데, 이들은 대개 승려 생활의 반자연적 금욕주의를 부정적으로 보고 세속의 삶과 욕망을 긍정하는 의식을 지닌다. 여승에게 속인의 삶을 권하는 내용이 중심 주제인 「승가타령」 연작(送女僧歌, 僧答辭, 再送女僧歌, 女僧再答辭)이나, 「거사가(居士歌)」 같은 가사가 대표적인 예다. 「장삼 쓰더 즁의 젹삼 짓고」에서도 세속적 가치의식이 문제가 아니라, 수도승의 십 년 공부를 일거에 무너뜨리는 정념과 욕망의 파괴적 힘이 사건성의 핵심이 된다. 장삼을 뜯어서 바지, 저고리를 짓고, 염주로는 당나귀 안장의 부속을 만든다는 대목에서 신성한 것의 희극적 추락이 특히 뚜렷하다. 요컨대 이 작품의 풍자성은 파계나 환속 자체를 비판한 것이기보다 욕정에 휩쓸린 범속한 인물형과 그 행동의 야단스러운 표변에 관련된 것이라 하겠다. 그리고 그 배후에는 회색빛 계율의 통제력이 과연 욕망의 힘보다 강할 것인가에 대한 세속주의적 의문이 깔려 있는 듯하다.

니르랴 보쟈 니르랴 보쟈 내 아니 니르랴 네 남진ᄃᆞ려
거즛 거스로 물 깃는체 ᄒᆞ고 통으란 ᄂᆞ리와 우물젼에 노코 쏘아리
　버서 통조지에 걸고 건넌집 쟈근 金書房을 눈 ᄀᆡ야 불러ᄂᆡ여 두

손목 마조 덤셕 쥐고 슈근슈근 말ᄒᆞ다가 삼밧트로 드러가셔 므스 일 ᄒᆞ던지 ᄌᆞᆫ 삼은 ᄡᅳ러지고 굴근 삼대 ᄭᅳᆺ만 나마 우즑우즑 ᄒᆞ더라 ᄒᆞ고 내 아니 니르랴 네 남진ᄃᆞ려

져 아희 입이 보도라와 거즛말 마라스라 우리ᄂᆞᆫ ᄆᆞ을 지서미라 실삼 죠곰 ᄏᆡ더니라

_『청구영언 진본』, 대전 3770.1

이르리라 보자 이르리라 보자 내 아니 이르랴 네 남편더러

거짓 것으로 물 긷는체 하고 통일랑 내려서 우물전에 놓고 또아리 벗어 통조지*에 걸고 건넛집 작은 김서방을 눈짓해 불러내어 두 손목 마주 덥석 쥐고 쑤군쑤군 말하다가 삼밭으로 들어가서 무슨 일 하는지 잔 삼은 쓰러지고 굵은 삼대 끝만 남아 우줄우줄 하더라 하고 내 아니 이르랴 네 남편더러

저 아이 입이 보드라워 거짓말 말아스라 우리는 마을 지어미라 실삼** 조금 캐더니라

* 통의 손잡이.

** 삼실을 만드는 데 쓰는, 가는 삼.

이 작품의 사건은 두 시골 여인 사이의 말다툼이다. 여인 1이 말하는 핵심은 여인 2가 '김서방'과 함께 불륜을 저질렀다는 것이다. 이에 대해 여인 2는 실삼을 캐러 삼밭에 들어갔을 뿐이라고 변명한

다. 주장의 개요만으로는 볼 때 대등하게 겨루는 이 다툼은, 그러나, 중장의 내용에 의해 시비의 판가름이 이미 나와 있다. '거짓으로 물 긷는 체하고'에서부터 '굵은 삼대 끝만 남아 우줄우줄 하더라'는 데까지 장난스러운 경쾌함마저 서린 생생한 묘사가 나옴으로써, 여인 2의 주장은 궁색한 변명임이 판연하다.

그러나 이 작품에서도 두 여인의 다툼을 보여주는 근본적 관심이 시비의 판정이나 윤리적 평가에 있는 것은 아니다. 작품에 담긴 흥미의 초점은 그보다 세태의 한 단면과, 그 속에서 제각각의 행동 방식을 드러내는 인물 형상들에 있다. 물론 여인 2는 풍자적 인식의 대상일 수밖에 없지만, 작품의 시선은 그에 대한 도덕적 비난을 앞세우기보다 특정 상황에 놓인 인물들의 행동을 조명하는 데에 우선적 관심을 기울인다.

중장에 묘사된 여인 2의 모습은 이 점에서 매우 흥미롭고도 중요하다. '부정(不貞)을 저지른다'는 개념적 서술만으로는 포착되지 않는 심리 및 행동, 즉 남의 눈을 피하려는 조심스러움, 두근거림, 야릇한 긴장감, 욕정의 설렘과 서두름, 삼밭에서 벌이는 정사의 징표 등이 이 대목에 절묘한 수법으로 형상화되어 있다. 그리고 그것은 종장의 태연한 둘러댐과 선명한 대조를 이루면서 웃음을 자아내고, 인정세태에 대한 희극적 관찰의 한 삽화가 되는 것이다.[15]

15 김흥규, 「사설시조의 시적 시선 유형과 그 변모」, 『욕망과 형식의 시학』, 226-227면 참조.

물론 그렇다고 해서 그들의 행위가 지닌 비윤리성이 경감되지는 않으며, 두 남녀는 모두 풍자적 희화화의 대상이다. 하지만 패덕한 인물이기에 그의 내면심리나 표정 따위는 중요하지 않다는 관점은 여기서 통용되지 않는다. 비록 일그러진 동기 위에서 움직이는 비천한 인간일지언정 그의 안타까운 눈빛과 탄식하는 소리는 삶의 다면에 대한 사설시조의 관심에 포용되는 것이다.

다음 작품에서는 처첩간의 다툼이 사건으로 등장한다.

져 건너 月仰바회 우희 밤듕마치 부헝이 울면
넷사ᄅᆞᆷ 니론 말이 ᄂᆞᆷ의 싀앗 되야 ᄌᆞᆺ밉고 양믜와 百般 巧邪ᄒᆞᄂᆞᆫ
  져믄 妾년이 急殺마자 죽ᄂᆞᆫ다 ᄒᆞ데
妾이 對答ᄒᆞ되 안해님겨오셔 망녕된 말 마오 나ᄂᆞᆫ 듯ᄌᆞ오니 家翁
  을 薄待ᄒᆞ고 妾 새옴 甚히 ᄒᆞ시ᄂᆞᆫ 늘근 안ᄒᆡ님 몬져 죽ᄂᆞᆫ다데

_『청구영언 진본』, 대전 4236.1

저 건너 월앙바위 위에 밤중만치 부엉이 울면
옛사람 이른 말이 남의 시앗 되어 잔밉고 얄미워 백반 교사하는 젊
  은 첩년이 급살맞아 죽는다 하데
첩이 대답하되 아내님께옵서 망녕된 말 마오 나는 듣자오니 늙은 가
  장을 박대하고 첩 시샘 심히 하시는 늙은 아내님 먼저 죽는다데

초장과 중장은 본처가 첩에게 하는 말이고, 종장의 "첩이 대답하되" 이하 부분은 첩이 본처에게 응수하는 독설이다. 늙은 본처와 젊은 첩 사이의 다툼에서 누가 옳고 그른지, 혹은 어느 쪽의 심성이 덜 비뚤어졌는지는 이 작품의 구도에서 핵심이 아니다. 이 작품은 서술자의 개입 없이 작중인물들만이 나서서 상대방의 과오와 악덕을 비난하도록 함으로써, 범용한 자들의 언어로 그들 자신의 세계를 풍자적으로 드러내는 방식을 취한다. 하지만 이 폭로는 조선시대의 일상 문화에서 새로운 것도, 특별한 것도 아니다. 그것은 처첩이 있는 집이라면 정도의 차이가 있기는 해도 더러 발생하고 또 어느 정도는 잠복해 있기도 했던 갈등 양상이다.

사설시조는 범속한 삶의 만인보를 추구하는 가운데 이런 비근한 문제들도 하찮게 여겨서 외면하지 않는다. 일상 세계의 인물형과 사태 속에서 시적인 재료를 발견하는 눈길이야말로 사설시조의 특별한 장르적 개성이다. 다만 그런 재료들을 일상적 경험의 수준에서 그대로 그리는 것은 사설시조의 취향에 부합하지 않으며, 여기에 희극적 윤색·과장의 표현 방법이 동원된다.

사설시조의 사건성이 반드시 인물들 사이의 갈등 상황에서만 구현되는 것은 아니다. 일반 서정시에 흔히 쓰이는 극적 독백의 형식은 사설시조에서도 자주 발견되는 것이지만, 다음과 같은 경우는 한숨을 의인화하여 등장인물로 삼고 일종의 의사(擬似) 사건을 만들어냄으로써 독특한 물질적 상상력을 보여 준다.

한슴아 셰한슴아 네 어ᄂᆡ 틈으로 드러온다
고모장ᄌᆞ 셰살장ᄌᆞ 가로다지 여다지에 암돌져귀 수돌져귀 ᄇᆡ목걸새 ᄯᅮᆨ닥 박고 龍 거북 ᄌᆞ물쇠로 수기수기 ᄎᆞ엿ᄂᆞᆫ듸 屛風이라 덜걱 져븐 簇子ㅣ라 ᄃᆡᄃᆡ글 ᄆᆞᆫ다 네 어ᄂᆡ 틈으로 드러 온다
어인지 너 온 날 밤이면 ᄌᆞᆷ 못 드러 ᄒᆞ노라

_『청구영언 진본』, 대전 5310.1

한숨아 세한숨아 네 어느 틈으로 드러온다
고모장지 세살장지 가로닫이 여닫이에 암돌쩌귀 수돌쩌귀 배목걸쇠 뚝딱 박고 용거북 자물쇠로 깊이깊이 채웠는데 병풍이라 덜컥 접은 족자라 댁대굴 만다 네 어느 틈으로 들어온다
어인지 너 온 날 밤이면 잠 못 들어 하노라

근심 걱정이 많아 잠을 이루지 못한다는 괴로움은 동서고금에 걸쳐 너무도 상투화된 것이어서 시상의 범주에 들 만한 자격조차 인정받기 어렵다. 그러나 위의 작품은 무척 신선하고 날카로우며 재미있다. 무엇 때문인가. 근심이니 괴로움이니 하는 심리적 사실을 작품의 언어에서 모두 배제하고, 육체적 감각으로 인지할 수 있는 것들만을 다룬 점이 기본적 이유가 된다. 이를 위해 작자는 한숨을 의인화된 침입자로 설정했다. 그의 침입을 막아내기 위한 작중화자의 고안이 얼마나 치밀하고도 엄중한가는 여러 종류의 문짝과 견고

한 잠금 장치들에 관한 수다스러운 열거에 의해 강조되었다. 급박한 호흡으로 이어지는 열거, 반복의 경쾌한 수사는 사설시조 특유의 강조 방법이다. 그러나 한숨은 바람이 되어 이 삼엄한 방비를 뚫고 어디론가 들어와서 자신의 존재를 드러낸다. 그것이 병풍을 '덜컥' 흔들고 족자가 '댁대굴' 말리게 할 만큼 강하다는 대목은 심리적 사실인 근심, 고뇌를 물질적, 육체적인 것으로 뚜렷하게 지각되게 한다.

이처럼 의인화된 '한숨'은 "어인지 너 온 날 밤이면 잠 못 들어 하노라"라는 종장에 의해 감당하기 어려운 사건의 주역으로 각인된다. 자신의 내면에서 솟아오르는 근심이나 한숨이 아니라, 외부로부터의 침입자이며 집요하고도 완강하게 고문(拷問)을 집행하는 자 — 이것이 그의 모습이다.

물론 이와 같은 내용이 액면대로의 사실이 아니라 다분히 과장된 수사적 표현이라는 것은 작품의 화법이 지닌 해학성에 이미 함축되어 있다. 그런 점에서 이 작품은 근심의 주체가 괴로움을 토로하는 주정적 자기 표출의 시와 조금 다르다. 「한숨아 셰한숨아」 역시 그런 자기 표출의 의미 층위를 가지지만, 동시에 여기에는 내면의 고뇌와 자신과의 관계를 사건으로서 바라보는 대상적 인식의 차원이 추가된다. 달리 말하자면, 이 작품은 괴로움에 사로잡힌 자신을 고백하는 동시에, 고백의 주체인 자신을 또 한꺼풀 밖에서 객관화하여 해학적 시선으로 바라보기도 하는 것이다.

사건성의 활용이 사설시조에서 매우 흥미롭고 특이한 양상이기는 해도, 그것은 어디까지나 일부 작품들의 특질이라는 점을 다시금 환기해 둘 필요가 있다. 그럼에도 불구하고 이에 관한 논의에 상당한 지면을 할애한 것은 사설시조의 주류적 특징인 '욕망의 인간학'에 희극적 사건성이 기여하는 바가 적지 않기 때문이다. 앞에서도 지적한 바이지만, 사설시조의 주요 인물형은 다스리기 어려운 욕망과 현실적 윤리적 장벽 사이에 끼여 있는 존재들로 흔히 나타난다. 이 난관으로부터 벗어나려는 갈망과 시도가 모종의 문제적 국면을 초래하고, 그로부터 달아나려는 시도가 오히려 상황을 악화시키는 희극적 사건들로 빈번하게 이어진다. 그런 뜻에서 사건성은 사설시조에서 욕망의 희극이 예각화되어 드러나는 방식으로서 각별한 조명을 받을 가치가 있다.

제 6 장

맺는 말:
희극적 성찰과 연민

앞의 다섯 장에 걸쳐서 우리는 사설시조의 주류이자 대다수를 점하는 작품들을 심층적으로 이해하기 위한 논의를 펼쳐 왔다. 사설시조는 범속한 시정(市井)의 세계나 조촐한 전가(田家)의 공간에서 이루어지는 삶을 즐겨 다루며, 인간 존재를 내면의 욕망과 윤리적·현실적 제약 사이의 긴장 속에서 포착하는 시선이 그 주류를 이룬다. 아울러, 이 긴장은 흔히 예사롭지 않은 갈등이나 사건으로 발전한다. 여기에 희극적 연출과 강조·과장의 수법이 개입함으로써 때로는 경쾌한 웃음이 생겨나고, 때로는 강렬하고도 파격적인 소극(笑劇)이 산출된다. 이렇게 형상화된 인간 군상들의 다양성에 주목할 때 사설시조는 '조선 후기의 범속한 삶에 관한 희극적 만인보(萬人譜)'라고 지칭해도 무방할 것이다.

범속한 삶에 기본적 관심을 두고, 쉽사리 제어되지 않는 욕망으로 인한 희극적 사태를 흔히 다루기 때문에 사설시조의 인간상들은 고상하기보다는 소박하거나 범용(凡庸)한 경우가 많다. 이로부터 좀더 나아가서는 일상적 균형감각에 못미치는 행동 방식이나, 윤리 규범을 크게 벗어난 자들의 비천한 모습도 종종 발견된다. 이처럼 다채로운 인간 군상들을 다루되, 사설시조는 그들에 대한 윤리적 평가를 앞세우기보다는 각각의 인물들이 지닌 동기와 맥락을 구체적으로 포착하는 데 주력하는 경향이 있다. 이 점은 흥미롭게도 미국의 법철학자 마사 누스바움이 사법적(司法的) 정의를 위한 문학적 상상력의 필요성을 강조하면서 찰스 디킨즈의 소설이 지닌 인간 이해의 특징을 개별 행위자들의 삶에 대한 "비심판적 관여"(nonjudgmental participation)라고 지적한 것과 유사해 보인다.

> [디킨즈의 장편소설] 『어려운 시절』(*Hard Times*)은 우리에게 다음과 같은 것들을 진지하게 고려하도록 요구한다; 낱낱의 모든 삶에 대한 소설의 비심판적 관여에 대하여, 모든 이들의 삶에 제각각의 이야기가 있다는 데 대한 소설적 인정에 대하여, 그리고 모든 이의 삶을 그들 나름의 개별적 관점에서 보도록 하는 소설의 요청에 관하여.[01]

누스바움은 『어려운 시절』이 지닌 이런 특성을 사실주의적 근대소설 전반에 해당하는 것으로 볼 수 있다고 했는데, 나는 그것을 여타 장르와 시대의 문학에까지 확대해서 살피는 것이 가능하고 또 필요하다고 생각한다.[02]

01 Martha C. Nussbaum, *Poetic Justice: The Literary Imagination and Public Life* (Boston: Beacon Press, 1995), p.130. 이 저작의 국역본으로는 아래의 책이 훌륭하나, 여기서는 원문의 구문과 논리를 정확히 옮기기 위해 새로 번역했다. 마사 누스바움, 『시적 정의: 문학적 상상력과 공적인 삶』, 박용준 옮김(궁리, 2013).

02 누스바움은 법철학, 정치철학, 윤리학의 근본 문제들에 대한 논의에서 고전학에 기반을 둔 인문적 성찰을 중시해 왔으며, 여러 저작들에서 그리스 비극을 비롯한 문학 작품들의 인간학적 의의를 강조한 바 있다. 그런 점에서 그녀가 말하는 '문학적 상상력'의 지반을 근대소설 외부로까지 넓혀서 살피는 것은 자연스러운 일이다.

이 문제의 핵심인 '비심판적 관여'라는 개념에서부터 논의를 시작하자. 누스바움은 디킨즈가 자기 소설의 인물들을 어떤 평가적 입장에서 규정하거나 일면화하기보다 그들 스스로의 말과 행동을 통해 입체화되도록 했다는 점에 주목한다. 이 과정에서 독자는 작중 인물들의 욕구, 열망, 책략, 망설임, 결단, 성공, 좌절, 후회 등의 행로에 공감, 의문, 혐오 등의 다양한 심적 반응을 느끼면서 상상적으로 참여하거나 동행한다. 그리하여, 소설은 사람이 사는 세계의 선악, 행·불행, 가치, 그리고 정의의 문제에 대해 무심할 수 없지만, 윤리적 평가의 틀로써 어떤 사태를 재단하기보다는 "인간 존재가 자신의 삶에 다층적인 의미를 부여하듯 삶 속에서 우러나오는 시선으로 바라보는" 방식에 의해 그 입체성이 조명되도록 함으로써[03] 심층적 의미의 세계이해에 기여한다는 것이다.

그러므로 누스바움이 주목하는 문학적 상상력의 '비심판적' 관여란 옳고 그름의 문제에 대한 무관심, 불간섭을 뜻하는 것이 아니다. 오히려 그것은 협애한 윤리주의를 넘어서 '모든 이들의 삶에 제각각의 이야기가 있다'는 것을 인정하면서 그 개별적 맥락으로부터 나온 열망과 행위들이 인간 존재의 차원에서 어떻게 이해·평가될 수 있는가에 대한 도덕적 성찰의 의미를 지닌다.

이와 같은 논법에 유념하면서 조선 후기 가집의 비평 자료를 돌

03 마사 누스바움, 『시적 정의: 문학적 상상력과 공적인 삶』, p.83.

이켜 보면 『청구영언』에 마악노초(磨嶽老樵)라는 필명으로 전하는 이정섭(李廷燮, 1688-1744)의 발문이 각별히 눈길을 끈다.[04] 이 글은 다음과 같이 김천택(1686 무렵-?)의 염려를 인용하는 것으로 시작한다.

> 김천택이 하루는 『청구영언』 한 책을 가지고 와서 내게 보여 주며 말했다. "이 책에는 우리나라의 선인으로서 이름난 명사와 귀한 분들의 작품들이 많습니다만, 널리 작품을 모아 싣고 보니 그 중에는 위항(委巷)·시정의 음란한 이야기[淫哇之談]와 속되고 난잡한 노래[俚褻之設詞] 또한 이따금씩 있습니다. 노래는 본디 소소한 재주인데, 이런 것마저 있으면 군자들이 살펴보고 잘못이라 여기지 않겠습니까?"[05]

시조집을 처음으로 엮어 내면서 김천택이 걱정했던 최대의 문제는 평민 세계의 '음란한 이야기'와 '속되고 난잡한 노래'가 당대의 주류적 가치의식에서 비난받을지 모른다는 가능성이었다. 이 염려스러운 작품들 중에 평시조가 아주 배제되지는 않더라도, 그 대부분

04 이정섭은 선조(宣祖)의 혈통을 잇는 종친으로서, 교유 및 혼인 관계로 보건대 상당한 문벌의 인물이었다. 그러나 그는 생원시에 합격한 이후 교관(敎官), 부솔(副率) 등에 임명되었지만 모두 나아가지 않았다고 한다. 그는 "온갖 일에 서투르되 단가 한 가지에 능하다(百事不能能短歌)"고 술회했듯이 시조 창을 즐겼으며, 현전 자료로 세 편의 창작시조가 확인된다(고시조대전 2693.1, 3075.1, 3075.2). 아울러 그는 거문고 듣기를 좋아하여, "나라 안에서 거물고로 이름난 이로서 내가 들어보지 못한 자는 거의 없다"고도 했다. 그의 저작으로 『저촌집(樗村集)』 4권 2책이 전한다. 김윤조, 「저촌 이정섭의 생애와 문학」, 『한국한문학연구』 14(한국한문학회, 1991) 참조.

05 「청구영언 후발」, 김흥규 외 편, 『고시조 대전』(고려대 민족문화연구원, 2012), p.1233.

이 사설시조였으리라는 것은 의심할 여지가 없다. 이런 우려에 대해 이정섭은 다음과 같이 변호의 논리를 전개한다.

> 염려하지 말라. 공자는 시경의 작품들을 정리하면서 정풍(鄭風)·위풍(衛風)을 버리지 않았으니, 이로써 선과 악을 갖추어 권면과 경계를 삼고자 한 것이다. 시가 어찌 반드시 주남(周南)의 「관저(關雎)」 같아야만 하며, 노래가 어찌 반드시 순임금 때의 「갱재가(賡載歌)」라야 하겠는가? 다만 성정(性情)을 떠나지 않으면 되는 것이다. … [청구영언의 시조들 중] 길거리에서 나온 속된 노래들[里巷謳歈之音]은 악조가 비록 세련되지는 못했으나, 무릇 그 기뻐하고 즐김과 원망하고 탄식함, 미쳐 날뜀과 거칠고 투박한 모습이며 태도들이 다 각각 자연의 진기에서 나온 것이다. 가령 옛적에 민풍(民風)을 살피던 자로 하여금 시를 채집하게 한다면, 나는 그가 시[한시]보다 노래[시조]에서 채집할 것임을 아노라. 노래를 어찌 소홀히 여길 수 있겠는가?[06]

요점을 집약하자면, '시정의 음란한 이야기와 속되고 난잡한 노래'들에 윤리적으로 우려할 만한 점들이 있다 해도, 이들은 인간의 본성에서 나온 욕구와 감정의 진실한 표현이기에 소중히 평가되어

06 같은 글, 같은 곳.

야 한다는 것이다. 이를 위한 도입부에서 '[시경이] 선과 악을 갖추어 권면과 경계를 삼고자' 했다고 한 것은 사설시조류의 비속한 작품들도 존재 가치가 있다는 것을 변호하기 위해 주희(朱熹, 1130-1200)의 논법을 빌린 것일 뿐,[07] 그가 말하려는 초점은 다른 데 있다. '자연의 진기(眞機)'라 한 것이 그것이다. 그것은 일체의 인위적 장식이나 조작이 가해지지 않은, 사람의 본원적 심성을 뜻한다. 이정섭에 의하면 참다운 시란 바로 여기서 나오는 것이며, 시경이 바로 그 고전적 모범이다. 이와 관련하여 각별히 주목할 것은 "기뻐하고 즐김과 원망하고 탄식함, 미쳐 날뜀과 거칠고 투박한 모습이며 태도들"을 담은 노래들이 다 '자연의 진기'에서 나왔다는 그의 관점이다. 사설시조의 주류적 작품들까지 염두에 둔 것으로 보이는 이 발언은 단순한 교화론과 거리가 멀다. 그것은 사람의 마음을 다스려서 윤리적 당위에 부합하도록 이끌어가는 작용보다 성정 자체의 꾸밈없는 발현에 시의 가치를 두는 논리이다. 이런 입장에서 보자면 남녀간의 은밀한 정념과 문제적 사태를 다룬 시경의 작품들이 '경계삼기에 충분할 만큼 악한' 것들이어서 존귀한 경전에 보존되었다는 주희의 주장은 억지스러운 교훈주의에 불과하다.

07 주희는 성리학적 윤리주의의 관점에서 시경을 이해하고 주석한 대표적 인물이다. 그는 남녀간의 은밀한 애정이나 배신, 원망 등을 노래한 시경의 작품들을 '음시(淫詩)'라 규정하고, 이런 작품들이 시경에 남아 있는 것은 공자가 산시(刪詩)를 하면서 "본받기에 충분할 만큼 착하지 못한 것이나, 경계삼기에 충분할 만큼 악하지 못한 것들을 가려내어서 버린" 때문이라고 보았다. 이에 관한 상세한 논의는 김흥규, 『조선 후기의 시경론과 시의식』(고려대 민족문화연구소, 1982), pp.22-30 참조.

“시가 어찌 반드시 주남(周南)의 「관저(關雎)」 같아야만 하는가”라는 도전적 발언의 문제의식이 이와 관련하여 의미심장하다. 「관저」편은 시경 첫 머리의 작품으로서, 유가의 이상이 투영된 주(周)의 황금시대적 덕성을 체현한 노래의 하나로 간주되어 왔다. 일찍이 공자가 “「관저」는 즐거우면서도 지나치지 않고, 슬퍼하더라도 상(傷)하는 데까지 이르지 않는다”고 칭찬한 이래[08] 이 작품은 유가의 시론에서 감정의 절제와 조화에 관한 모범으로 존엄한 권위를 누렸다. 이정섭의 「청구영언 후발」 역시 「관저」편의 그런 훌륭함을 부인하지는 않았다. 그러나 그는 모든 시가가 어찌 반드시 「관저」와 같아야만 하는가고 반문함으로써 그 모범의 절대성 내지 유일성을 거부했다. 그가 제시하는 대안적 논리는 「관저」처럼 감정의 절제에 뛰어난 명작이 있는 한편, 기쁨·슬픔·원망·탄식 등의 거센 힘에 휩쓸려 사납게 혹은 미친 듯이 행동하는 자의 행태를 그린 작품들도 있으며, 후자 또한 개별 행위자가 처한 상황과 내면적 절실함의 부딪침에서 발현된 것인 한 그 진실성을 소홀히 여겨서는 안된다는 것이다.

이 문제의 요점을 집약하자면 바람직한 시가의 가치를 ‘성정의 바름[性情之正]’에 둘 것인가, ‘성정의 참됨[性情之眞]’에 둘 것인가의 대립이 된다. 주희는 「관저」편에 대한 『논어』의 언급을 주석하면서

08 『論語』 八佾, “關雎, 樂而不淫, 哀而不傷.”

공자의 의도는 "배우는 자들이 작품을 깊이 살펴서 성정의 바름을 깨닫도록 하고자 한 것"이라 결론지었다.[09] 이처럼 성정의 '바름'을 강조할 때 「관저」편이 구현했다는 감정의 절제·조화는 어떤 시가도 벗어날 수 없는 보편적 규범이며, 이에 미달하는 것들은 비난받아 마땅하다. 반면에 사람마다 지닌 성정의 자연스러운 발현으로서 '참됨'을 강조할 경우, 뭇 사람들의 욕구·감정·경험에 관한 시적 성찰은 '중화(中和)의 덕'이라는 규율을 넘어 폭넓게 허용될 수 있다. 이정섭은 「관저」에 대한 공자의 평가를 받아들면서도, 모든 시가 다 그러해야 한다는 주희류의 규범화에는 동의하지 않았다. 「관저」는 그 나름의 아름다움과 덕성을 갖춘 모범이지만, 세상의 다채로운 삶과 노래들이 다 그와 같을 수는 없다는 것이다. 그리하여 그는 좋은 노래의 요건으로서 "다만 성정을 떠나지 않을 것"을 강조하고, 사설시조를 포함한 속된 노래들이 감정·욕구·행동의 과불급에도 불구하고 "다 각각 자연의 진기에서 나온 것"이라 긍정했다.

이처럼 '성정의 진실성'을 강조하며 사람살이의 다양한 맥락과 행위 주체들의 개별성을 중시하는 문학의식은 조선 후기 한시사의 일각에서도 발견된다. 그 중에서도 아래에 살펴볼 이옥(李鈺, 1760-1815)의 글은 이정섭의 「청구영언 후발」에 대한 보론(補論)이라 해도 좋을 만큼 관점이 일치하면서 논의의 구체적 설득력이 뛰어나다.

09 『論語集註』 八佾, "夫子稱之如此, 欲學者玩其辭, 審其音, 而有以識其性情之正也."

이옥은 양반가의 규수·새댁에서부터 평민 여성과 기녀에 이르기까지 자기 시대의 다양한 여인들을 주역으로 삼아서 다채로운 욕망, 심리, 사건들을 노래한 66수의 연작시 「이언(俚諺)」을 썼다. 소재와 관점 및 표현에서 매우 도발적인 이 작품의 존재의의를 변호하기 위해 그는 「삼난(三難)」이라는 비평적 선언을 첨부했는데, 그 중에서 왜 여성의 삶에 주목하는가를 밝힌 다음 대목이 우리의 논의에 긴요하다.

천지만물을 보는 데에는 사람을 보는 것만큼 중요한 것이 없으며, 사람을 보는 데에는 정(情)을 보는 것만큼 오묘한 것이 없고, 정을 보는 데에는 남녀의 정을 보는 것만큼 진실한 것이 없다. …… [그러나] 사람의 정이란 즐겁거나, 슬프거나, 미워하지 않으면서도 때로는 거짓으로 꾸며 즐겁고, 슬프고, 미워하는 체 하니, 그 중에서 어느 것이 진실이고 어느 것이 거짓인지 정의 참모습을 알아보기가 어렵다. 그렇지만 오직 남녀간의 일은 인생의 본래적인 것이며, 하늘의 도리와 자연의 이치에서 나오는 것이다.

그러므로 혼례 때 푸른 술잔과 붉은 화촉을 갖추고 혼인하여 서로 인사하고 맞절하는 것 또한 진실된 정이요, 향기로운 규방에서 상자에 수를 놓는 것이나 이리마냥 싸우고 다투며 성내는 것 또한 진실된 정이다. 비단 주렴과 옥난간에 기대어 눈물 흘리며 자나 깨나 사모하는 것 또한 진실된 정이요, 황금에 웃고 옥구슬에 노래하

> 는 것 또한 진실된 정이다. 원앙금침의 아름다운 무늬에 기대어 있는 것도 진실된 정이며, 서리 내린 다듬잇돌과 빗속의 등잔을 벗하여 한을 품고 원망을 가슴에 묻는 것 또한 진실된 정이며, 달 밝은 밤 꽃떨기 아래서 옥패를 주고 향을 훔치는 것 또한 진실된 정이다. 오직 이 한 종류의 참된 정이야말로 어느 한 구석도 진실되지 아니한 곳이 없다. 가령 단정하고 정일(貞一)하여 다행히 그 정도(正道)를 얻은 것이 있다면 이 또한 참된 정이요, 방자하고 편벽되며 나태오만하여 불행히도 그 올바름을 잃어버렸다 하더라도 이 또한 참된 정이다.
>
> 오직 그것들이 참된 것이기에 정도를 얻었을 때는 본받을 만하고, 정도를 잃었을 때는 또한 경계삼을 수 있는 것이다. 오직 참된 것이라야 본받을 수 있고, 참된 것이라야 경계가 된다. 그러므로 그 마음, 그 사람, 그 풍속, 그 풍토, 그 집안, 그 국가, 그 시대의 정을 또한 이로부터 살펴볼 수 있는 것이니, 천지만물을 보는 데에 남녀의 정을 살피는 것보다 더 진실한 것이 없다.[10]

이옥은 '참된 정'이라는 개념을 통해 사람들의 구체적 삶에 대한 인식의 진실성을 시의 우선적 가치로 천명했다. 그런 가운데서 특히 여성의 삶에 주목하는 이유는 무엇인가. 그는 "남녀간의 일은 인

10 李鈺, 「俚諺引 : 二難」, 『藝林雜佩』(국립중앙도서관 소장 필사본), 장3. 이를 포함한 이옥의 문학론에 관하여는 김흥규, 『조선 후기의 시경론과 시의식』, pp.180-190 참조.

생의 본래적인 것이며, 하늘의 도리와 자연의 이치에서 나오는 것" 이기에 꾸밈없는 감정의 모습이 가장 잘 드러난다고 지적했다. 여성을 주인공으로 하여 이를 그리는 이유는 따로 언급하지 않았지만, 남녀간의 사태와 심리의 예각적 국면들이 여성 쪽에서 더 잘 포착된다는 점이 전제되었을 것이다.

그렇다면 시가에서 중요한 것은 성정의 '바름'[正]인가 혹은 '참됨'[眞]인가? 이 양자택일적 시비와 관련하여 위의 글에서 각별히 흥미로운 대목은 둘째 문단이다. 이옥은 여기서 여성적 삶의 여러 상황에서 나타날 수 있는 심리와 자태를 열거한다. 그 중에는 행복한 신부와 현숙한 아내의 모습도 있고, 기다림으로 흐느끼는 여인이 보이는가 하면, 절망·분노와 원한으로 일그러진 얼굴도 있다. 그는 이 모두를 '진실된 정'이라고 받아들인다. "즐거우면서도 지나치지 않고, 슬퍼하더라도 상하는 데까지 이르지 않아야 한다"는 절제의 규범은 여기에 군림할 자리가 없다. 희로애락애오욕(喜怒哀樂愛惡欲)의 감정과 욕구는 그것이 알맞은가를 규정하는 외부적 척도에 따라 정당화될 것이 아니라, 행위 주체의 내면적 필연성과 상황의 맥락에 의해 진실성이 인정되어야 한다는 것이다. 그런 차원에 발딛고 있는 한, "방자하고 편벽되며 나태 오만하여 불행히도 그 올바름을 잃어버린" 여인의 모습 또한 참된 정에서 배제할 수 없다는 데서 그의 입장은 더없이 선명하다.

논의가 여기까지 이르면 문학에서 '감정과 경험의 진실성'이 '규범적 정당성'보다 더 중요하다는 도전적 명제가 뚜렷해진다. 물론 이옥 역시 유가 지식인이었으므로 이 두 가지를 배타적인 것으로 보지는 않았으며, 또 그럴 필요도 없었다. 위에 인용된 마지막 문단에 보듯이, '진실성이 먼저 갖추어져야 윤리적 모범으로든 경계로든 가치가 있다'는 절충주의적 화법이 이 문제에 그럴싸한 타협안을 제공했기 때문이다. 하지만 이것은 담론의 핵심부에서 '성정의 바름'이라는 요건을 결과적 효용의 차원으로 밀어내고, '감정·욕구의 자연성과 진실성'을 우선적 가치로 드높인 점에서 당시의 주류 문학관에 대한 전복적 주장을 관철하는 것이었다.

이정섭(1688-1744)과 이옥(1760-1815)의 생애 사이에는 약 70년의 시간적 거리가 있지만, 그들이 말한 바는 대상 작품들과 비평적 화법의 차이에도 불구하고 삶의 개체적 진실성을 시론의 중심에 놓는다는 점에서 중요한 공통점을 지닌다. 그런 뜻에서 이정섭의 글은 이옥의 연작시 「이언(俚諺)」의 옹호론으로 읽혀도 무방하며, 이옥의 글 또한 사설시조를 포함한 '위항·시정의 음란한 이야기와 난잡한 노래'에 대한 적극적 긍정의 선언으로 전용될 수 있다. 바로 이 지점에서 우리는 누스바움이 디킨즈에게서 주목했던 바 '모든 이들의 삶에 제각각의 이야기가 있음을 인정하고, 그들의 삶을 그들 나름의 개별적 관점에서 보는' 문학적 상상력에 대해 다시금 생각하게 된다. 저마다의 삶이 지닌 동기와 구체적 맥락을 존중하며, 그 움직임을 내부적 관점 내지 동반자의 시각에서 성찰하는 일은 위에 논했듯이 이옥과 이정섭이 '참된 정'의 전제로서 강조한 사항이기도 했다.

'비심판적 관여'라는 술어로 누스바움이 강조하려 했던 이 공감적 상상력이 사실주의적 근대소설에만 국한되는 것은 아니다. 무엇보다도 그녀 자신의 또 다른 저술에서 누스바움은 '연민하는 상상력(compassionate imagination)'과 문학의 긴밀한 관계를 논하면서 다양한 수준의 장르들을 언급하고, 특히 고대 그리스의 비극에 주목했다.

연민(憐憫, compassion)의 인문적 중요성에 대한 그녀의 생각은 대략 다음과 같다.[11] 연민은 어떤 면에서 나와 비슷한 타인이 억울하게 또는 그가 범한 잘못에 비해 과도하게 큰 불행·고통에 빠져 있음을 알게 되는 데서 생겨난다. 아울러 여기에는 나 자신도 그런 불행의 가능성 앞에 취약하다는 인식, 다시 말해서 이 고통받는 사람의 자리에 내가 놓일 수도 있다는 느낌이 관여한다. 그리하여 연민은 인간이 결핍과 불완전성의 개체로서 자신의 통제력을 넘어선 상황조건들에 매달려서 살아갈 수밖에 없다는 허약함을 좀더 예민하게 지각할 수 있도록 한다. 타인의 고통에 대한 연민의 반응을 통해 우리는 한참 득세하여 성공적인 사람도 인간 존재의 근원적 궁핍으

11 이 문단의 내용은 Martha C. Nussbaum, *Cultivating Humanity: A Classical Defense of Reform in Liberal Education* (Cambridge, Mass.: Harvard University Press, 1997), pp.90-92에서 발췌한 것이다. 'compassion'은 다른 사람의 불행, 고통을 깊이 동정하고 아파하는 마음으로서, '동정'으로 번역되는 수도 있으나 좀더 넓은 의미를 지니는 'sympathy'와 구별하기 위해 여기서는 '연민'으로 옮긴다.

로부터 예외일 수 없음을 깨닫는 것이다.

그런 의미에서 연민은 감정의 차원에 그치지 않고 인간과 세계에 대한 깊은 성찰을 함유한다. 누스바움은 고대 그리스 비극을 예로 삼아 그 인간학적 의의를 다음과 같이 설명한다.

> 비극의 전개 과정에서 관찰자가 느끼는 동정은 모든 인간 존재에 공통된 위험들의 인식을 통해 확대된다. 비극 작품들은 사람의 위태로운 삶에 가득찬 여러 가능성과 취약함에 집중적인 관심을 쏟는다. … 그런 과정에서 작품은 관찰자가 상상을 통해 전쟁의 남성적 세계로부터 가정사의 여성적 세계로 이동해 가도록 한다. 비극 작품들은 고대 아테네의 남성 시민이 될 젊은이에게 그가 실제로 그렇게 될 수도 있는 인물들(거지, 추방자, 장군, 노예)과 자기를 동일화할 뿐 아니라, 어떤 의미로는 그가 전혀 그렇게 될 리 없는 많은 인물들, 예컨대 트로이인, 페르시아인, 아프리카인이라든가, 누군가의 아내, 딸, 어머니와 자기를 동일시해 보도록 요구한다.
>
> 그런 장치들을 통해 연극은 유사성과 차이를 아울러 탐구한다. 극중의 여인과 자기를 동일화하면서 젊은 남성 관찰자는 그가 어떤 의미에서는 자기 자신으로, 말하자면 도의적 덕목과 책임을 지닌 이성적 존재로, 머무를 수 있음을 알게 된다. 이와 달리, 그는 이 동일화를 통해 원래 자신의 몫이 아닌 많은 것들을 발견하기도 한다. 예컨대, 적에게 강간당하고 그 아이를 임신할 수밖에 없었던 여인

이 될 가능성, 자신이 양육해 온 아이들의 죽음을 지켜보아야 할 가능성, 남편으로부터 버림받고 마침내는 아무런 사회적 도움도 없이 유기된 여자로 남을 가능성 등에 그는 직면할 수도 있는 것이다.[12]

예시한 것이 고전비극이라 해서 '연민의 상상력'이 비극 장르에만 국한될 수 없듯이, '비심판적 관여' 역시 사실적 근대소설에만 귀속되어야 할 배타적 자질은 아니다. 내용의 상당 부분이 겹치는 이 두 개념은 누스바움이 민주 사회를 위한 인문 교육에서나, 사법적(司法的) 정의를 위한 인간학적 기초로서 거듭 강조해 온 문학적 상상력을 조금 다른 각도에서 지칭한 것들이다. 시대와 장르에 따라 그 현현 방식의 편차가 있다 해도 이들의 광범한 실체성에 대해서는 의심할 여지가 없다.

바로 이런 의미에서 우리는 사설시조의 희극적 만인보 속에 움직이는 인간학적 태도를 '범속한 삶에 대한 비심판적 관여'로 집약할 수 있다. 앞에서 지적했듯이, 이 경우의 비심판적 관여란 도덕 문제에 대한 무관심이나 쾌락주의적 방임을 뜻하지 않는다. 그것은 성급한 교훈적 재단을 유보하고, 작중인물들의 처지, 욕구, 동기와 행위를 가능한 한 그들의 맥락 내지 그들에게 근접한 수평적 위치에서 관찰하는 태도를 의미한다.

12 위의 책, pp.93-94.

물론 사설시조의 희극적 인간상들은 보통사람보다 못한 인물들이어서, 그들에 대한 수용자의 심리는 여타 장르의 긍정할 만한 인물형에 대한 동정적 일체화와 같을 수 없다. 희극적 사태가 불러일으키는 웃음은 해학이나 풍자의 어느 쪽에서 나오는 것이든 작중인물과 수용자를 분리한다. 쉽게 말해서, 희극의 관중들은 어딘가 모자라거나 용렬한 자들의 실수, 우행(愚行), 추태를 보고 그들과 자신 사이의 거리를 확인하며 웃는데, 이때의 웃음 속에는 위의 거리에 대한 얼마간의 안도감이 들어 있다.

다만 사설시조의 경우 이 거리는 작중인물과 수용자를 현격하게 분리할 만큼 크지 않다는 점에 주목해야 한다. 앞의 여러 장에서 상세히 논했듯이 사설시조의 인물들은 다스리기 어려운 욕망과 그것을 가로막는 현실적, 윤리적 장벽 사이에 끼인 존재로 흔히 나타나는 바, 이런 난관의 근원성 자체는 품성이나 능력의 편차를 넘어 누구에게나 공통된 숙명일 수 있기 때문이다. 다시 말해서, 사설시조가 제시하는 욕망의 희극은 지적·도덕적으로 비속한 인물들의 우스꽝스러운 모습을 보여 주되, 그 누추함이 일부 용렬한 자들만의 것이기보다는 좀더 넓은 범위의 삶에 잠복한 난제임을 시사하는 경우가 많다. 그러므로 인간사에 대한 사설시조의 희극적 성찰 속에 연민의 시선이 자주 보인다는 것은 이상한 일이 아니다.

제 4장에서 상세히 논한 「백발에 환양노는」을 비롯하여 용렬한 자들의 욕망 과잉을 다루는 사설시조들조차 차가운 풍자로만 끝나

지는 않는다는 점을 여기서 다시 되새겨 보자. 등장인물의 행태에 대해 비판적 거리를 두면서도 이 계열의 작품들은 갈망의 절실함을 부각시키는 데 매우 적극적이다. 민요 「금강산 조리장사」와 박지원의 「열녀함양박씨전(烈女咸陽朴氏傳)」과 마찬가지로 「백발에 환양노는」도 출구가 막힌 욕망의 문제를 다룬 작품이다. 차이가 있다면 앞의 두 편은 대상 인물을 긍정적 각도에서 바라보면서 깊은 연민을 표시한 데 비해, 후자는 풍자적 상황설정과 연민의 시선이 얽혀 있다는 점이다. 이와 같은 구조적, 의미론적 복잡성이 사설시조를 읽는 묘미를 더해 주면서, 한편으로는 그 해석의 착종을 초래하는 경우도 종종 발견된다.

다시금 강조하건대, 사설시조가 범속한 자들의 욕망과 행동을 즐겨 다루는 것은 그것들을 일시적 희학(戲謔)이나 경멸스러운 조롱거리로 삼기 위해서가 아니다. 사설시조는 인간을 세속의 공간에 처한 욕망의 주체로서 이해하며, 특히 욕망과 윤리규범 사이에 끼인 인물들의 곤경에 대해 깊은 관심을 기울인다. 이에 대한 희극적 연출이 자아내는 웃음으로 인해 사설시조는 경쾌하고 익살맞으며 때로는 장난스럽기까지 하다. 하지만 실제 인생에서든 문학에서든 파안대소의 얼굴 뒤에 반드시 즐거움만이 있는 것은 아니다. 뼈아픈 후회나 탄식을 간직한 웃음도 있고, 폭소가 방금 떠난 자리를 비애가 우두커니 지키는 일도 없지 않다. 그러므로 사설시조의 웃음을 기꺼이 즐기되 희극적 성찰에 자주 동반하는 연민의 인간학적 의미를 놓치지 않도록 웃음과 그 그림자를 함께 바라보는 마음의 눈이 필요하다.

참고문헌

강명관, 『조선 사람들, 혜원의 그림 밖으로 걸어나오다』(푸른역사, 2001).

______, 『조선 시대 문학예술의 생성 공간』(소명, 1999).

______, 『조선 풍속사 1: 조선 사람들, 단원의 그림이 되다』(푸른역사, 2010).

______, 『조선 풍속사 2: 조선 사람들, 풍속으로 남다』(푸른역사, 2010).

고미숙, 『18세기에서 20세기 초 한국시가사의 구도』(소명, 1998).

______, 『19세기 시조의 예술사적 의미』(태학사, 1998).

고정옥, 『고장시조 선주』(정음사, 1949); 김용찬 교주, 『교주 고장시조 선주』(보고사, 2005).

______, 『조선민요연구』(수선사, 1949).

고정희, 「사설시조의 사물 분류 방식과 그 시적 의미」, 『고전문학연구』 41(한국고전문학회, 2012).

______, 『한국 고전시가의 서정시적 탐구』(월인, 2009).

권순회, 「전가시조의 미적 특질과 사적 전개 양상」(박사학위논문, 고려대 대학원, 2000).

길진숙, 「사설시조 담당층과 미의식의 변증」, 인권환 외, 『고전문학 연구의 쟁점적 과제와 전망』 下(월인, 2003).

김대행, 『시조 유형론』(이대 출판부, 1986).

______, 『시가 시학 연구』(이대 출판부, 1991).

김석회, 『조선후기 시가 연구』(월인, 2003).

김용찬, 『조선후기 시가문학의 지형도』(보고사, 2002).

김윤조, 「저촌 이정섭의 생애와 문학」, 『한국한문학연구』 14(한국한문학회, 1991).

김학성, 『국문학의 탐구』(성균관대 출판부, 1987).

______, 『한국 고시가의 거시적 탐구』(집문당, 1997).

김흥규, 『고시조 내용소의 분포 분석과 시조사적 고찰』(고려대 민족문화연구원, 2006).
______, 「사설시조의 애욕과 성적 모티프에 대한 재조명」, 『한국시가연구』 13(한국시가학회, 2003).
______, 『욕망과 형식의 시학』(태학사, 1999).
______, 『조선 후기의 시경론과 시의식』(고려대 민족문화연구소, 1981).
______, 「조선 후기 시조의 불안한 사랑과 근대의 연애」, 『근대의 특권화를 넘어서: 식민지 근대성론과 내재적 발전론에 대한 이중비판』(창비, 2013).
김흥규 · 권순회, 『고시조 데이터베이스의 계량적 분석과 시조사의 지형도』(고려대 민족문화연구원, 2002).
김흥규 · 이형대 · 이상원 · 김용찬 · 권순회 · 신경숙 · 박규홍 편, 『고시조 대전』(고려대 민족문화연구원, 2012).
류근안, 「사설시조의 연행화 양상에 대한 연구」, 『한국언어문학』 49(한국언어문학회, 2002).
박경주, 「17-18세기 한국과 일본의 대중시가 비교 연구」, 『국어교육』 114(한국어교육학회, 2004).
박노준, 『조선후기 시가의 현실인식』(고려대 민족문화연구원, 1998).
박수밀, 「열녀함양박씨전의 구조와 글쓰기 방식」, 『한국한문학연구』 54(한국한문학회, 2014).
박애경, 「사설시조의 여성화자와 여성 섹슈얼리티」, 『여성문학연구』 3(한국여성문학학회, 2000).
박영민, 『한국 한시와 여성 인식의 구도』(소명출판, 2003)..
박영주, 「사설시조의 표현미학과 시적 지향」, 『도남학보』 15(도남학회, 1996).
박을수, 『한국시조대사전』 상 · 하(아세아문화사, 1992).
방종현 · 김사엽 · 최상수 편, 『조선민요집성』(정음사, 1948).
성호경, 『시조문학』(서강대 출판부, 2014).
______, 『조선시대 시가 연구』(태학사, 2011).

신경숙, 「사설시조 연행의 존재 양상」, 『홍익어문』 10 · 11(홍익어문회, 1992).

______, 『19세기 가집의 전개』(계명문화사, 1994).

______, 『조선후기 시가사와 가곡 연행』(고려대 민족문화연구원, 2011).

______, 「초기 사설시조의 성 인식과 시정적 삶의 수용」, 『한국문학논총』 16(한국문학회, 1995).

신경숙 · 이상원 · 권순회 · 김용찬 · 박규홍 · 이형대, 『고시조 문헌 해제』(고려대 민족문화연구원, 2012).

신은경, 『사설시조의 시학적 연구』(개문사, 1995).

______, 「조선후기 '님' 담론의 특성과 그 의미: 사설시조와 잡가를 중심으로」, 『시조학논총』 20(한국시조학회, 2004).

신호열 · 김명호 옮김, 『연암집』 상(돌베개, 2007).

안대회, 『18세기 한국 한시사 연구』(소명출판, 1999).

______, 『한국 한시의 분석과 시각』(연세대 출판부, 2000).

안휘준, 『한국 그림의 전통』(사회평론, 2012).

______, 『한국회화사』(일지사, 1980).

이동환, 『실학시대의 사상과 문학』, 지식산업사, 2006).

이상원, 『조선시대 시가사의 구도와 시각』(보고사, 2004).

이승수, 「조선후기 사설체의 성립과 그 의미: 사설시조를 중심으로」, 『한양어문』 12(한국언어문화학회, 1994).

이우성 · 임형택 편역, 『이조한문단편집』 중(일조각, 1978).

이태호, 『풍속화(하나)』(대원사, 1995).

이형대, 「사설시조에 나타난 시, 공간 표상의 양상」, 『한국시가연구』 12(한국시가학회, 2002).

______, 「사설시조와 근대성」, 『한국시가연구』 28(한국시가학회, 2010).

______, 「사설시조와 성적 욕망의 지층들」, 『민족문학사연구』 17(민족문학사학회, 2000).

______, 「사설시조와 여성주의적 독법」, 『시조학논총』 16(한국시조학회, 2000).

정병욱, 『한국 고전의 재인식(홍성사, 1979).

정재호, 『한국 시조 문학론』(태학사, 1999).

정흥모, 『조선후기 사대부 시조의 세계인식』(월인, 2001).

조동일, 『서사민요 연구』(계명대 출판부, 1975).,

조세형, 「사설시조의 시학적 고찰」, 『국어교육』 112, 한국어교육학회, 2003.

______, 「사설시조의 중층성과 욕망의 언어」, 『한국고전여성문학연구』 7(한국고전여성문학회, 2003).

조태흠, 「18, 9세기 장시조 연행의 기반과 그 문학적 의미」, 『도남학보』 15(도남학회, 1996).

조해숙, 「사설시조의 담당층과 문학적 성격」, 『국문학연구』 9(국문학회, 2003).

조흥욱, 「사설시조의 장형화 양상 연구」, 『어문학논총』 27(국민대 어문학연구소, 2008).

진재교, 『이조 후기 한시의 사회사』(소명출판, 2001).

진홍섭 · 강경숙 · 변영섭 · 이완우, 『한국미술사』(문예출판사, 2006).

최규수, 「사설시조의 장르론적 연구 성과와 전망」, 『한국시가연구』 2(한국시가학회, 1997).

최동원, 『고시조론』(삼영사, 1986).

홍선표, 『조선시대 회화사론』(문예출판사, 1999).

아리스토텔레스, 『시학』, 손명현 역주(박영사, 1960).

Butcher, S. H., *Aristotle's Theory of Poetry and Fine Arts with a Critical Text and Translation of the Poetics* (London: Macmillan & Co., 1932).

Bywater, Ingram tr., 'Poetics', Richard McKeon ed., *Introduction to Aristotle* (New York: Random House, 1947).

Goody, Jack, *The Theft of History* (Cambridge: Cambridge University Press, 2006).

구디, 잭, 『잭 구디의 역사인류학 강의』, 김지혜 옮김(산책자, 2010).

Gottschall, Jonathan and Marcus Nordlund, 'Romantic Love: A Literary Universal?', *Philosophy and Literature*, No.30(2006).

Jankowiak, William R. and Edward F. Fischer, "A Cross-Cultural Perspective on Romantic Love", *Ethnology*, Vol.31, No.2(April, 1992).

Nussaum, Martha C., *Cultivationg Humanity: A Classical Defense of Reform in Liberal Education*(Cambridge, Mass.: Harvard University Press, 1997).

______, *Poetic Justice: The Literary Imagination and Public Life*(Boston: Beacon Press, 1995); 누스바움, 마사, 『시적 정의: 문학적 상상력과 공적인 삶』, 박용준 옮김(궁리, 2013).

Stone, Lawrence, "Passionate Attachment in the West in Historical Perspective", *Passionate Attachment*, eds. W. Gaylin and E. Person(New York: Free Press, 1988).

_찾아보기

_작품명

석학人文강좌 29